著作权合同登记号　图字 01-2018-2213
Dacia Maraini
LA BAMBINA E IL SOGNATORE
© 2015-2017 Rizzoli Libri S. p. A./Rizzoli，Milan
The simplified Chinese edition is published in arrangement
through Niu Niu Culture Limited.

图书在版编目（CIP）数据

　　小女孩与幻梦者/（意）达契亚·玛拉依妮著；孙双译. —北京：人民
文学出版社，2018
　　（21世纪年度最佳外国小说）
　　ISBN 978-7-02-013946-0

　　Ⅰ.①小… Ⅱ.①达…②孙… Ⅲ.①长篇小说—意大利—现代
Ⅳ.①I546.45

　　中国版本图书馆 CIP 数据核字（2018）第 043648 号

责任编辑　陈　旻
装帧设计　崔欣晔
责任校对　李义洲
责任印制　苏文强

出版发行　**人民文学出版社**
社　　址　**北京市朝内大街 166 号**
邮政编码　**100705**
网　　址　**http://www. rw-cn. com**

印　　刷　**三河市西华印务有限公司**
经　　销　**全国新华书店等**

字　　数　222 千字
开　　本　880 毫米×1230 毫米　1/32
印　　张　10.5　插页 3
印　　数　1—5000
版　　次　2018 年 4 月北京第 1 版
印　　次　2018 年 4 月第 1 次印刷

书　　号　978-7-02-013946-0
定　　价　58.00 元

如有印装质量问题，请与本社图书销售中心调换。电话：010-65233595

21世纪 年度最佳外国小说 2017

小女孩与幻梦者
La bambina
e il sognatore

〔意〕达契亚·玛拉依妮　著

孙　双　译

人民文学出版社
PEOPLE'S LITERATURE PUBLISHING HOUSE

出版说明

评选并出版"21世纪年度最佳外国小说",是一项新创的国际文学作品评选活动和出版活动。在世界文学格局中,由中国文学研究机构和文学出版机构为外国当代作家作品评奖、颁奖,并将一年一度进行下去,这是一个首创。

"21世纪年度最佳外国小说"评选活动由人民文学出版社和中国外国文学学会及各语种文学研究会(学会)联合举办,人民文学出版社主办。评选委员会由分评选委员会和总评选委员会构成。各语种文学研究会(学会)遴选专家,组成分评选委员会,负责语种对象国作品的初评工作;再由人民文学出版社、中国外国文学学会及上述各语种文学研究会(学会)委派专家组成总评委会,负责终评工作。每一年度入选作品不得超过八部。入选作品的作者将获得总评委会颁发的证书、奖杯,作品由人民文学出版社组成丛书出版,丛书名即为:"21世纪年度最佳外国小说"。

总评委会认为,入选"21世纪年度最佳外国小说"的作品应当是:世界各国每一年度首次出版的长篇小说,具有深厚的社会、历史、文化内涵,有益于人类的进步,能够体现突出的艺术特色和独特的美学追求,并在一定范围内已经产生较大的影响。

总评委会希望这项活动能够产生这样的意义，即：以中国学者的文学立场和美学视角，对当代外国小说作品进行评价和选择，体现世界文学研究中中国学者的态度，并以科学、谨严和积极进取的精神推进优秀外国小说的译介出版工作，为中外文化的交流做出贡献。

自 2002 年第一届评选揭晓到 2015 年，"21 世纪年度最佳外国小说"评选活动已成功举办 15 届，共有 26 个国家的 90 部优秀作品获奖，其中，2006 年度、2003 年度法国获奖作家勒克莱齐奥和莫迪亚诺先后荣获了 2008 年、2014 年诺贝尔文学奖，足见这一奖项的权威性和前瞻性，也使"21 世纪年度最佳外国小说"成为一个名副其实的重要文学奖项。

自 2008 年开始，这套书不再以外文原版书出版时间标示年度，而改为以评选时间标示年度。

自 2014 年起，韬奋基金会参与本评选活动，在"21 世纪年度最佳外国小说"评选基础上，设立"邹韬奋年度外国小说奖"，每年奖励一部作品。

我们感谢韬奋基金会的鼎力支持。我们相信，"21 世纪年度最佳外国小说"的评选及其出版将结出更加丰硕的成果。

人民文学出版社
"21 世纪年度最佳外国小说"评选委员会

达契亚·玛拉依妮首次在其作品中化身为男性，以男性身份剖析一起离奇的失踪案。作品结构独特，文笔冷峻，既揭露残酷的现实，又传递出坚强与希望。作者将心理学与文学，故事与现实融为一体，与读者展开对话，启发人们对时代和人生展开思索。

"21世纪年度最佳外国小说"评选委员会

Nel suo romanzo La bambina e il sognatore, Dacia Maraini per la prima volta nella sua opera si identifica con un uomo, analizzando l'enigmatica scomparsa di una bambina. Caratterizzato da una struttura originale, il libro rivela la miseria della condizione umana, ma nel frattempo ci da' forza e speranza per affrontare le difficolta' della vita. La scrittrice sovrappone analisi psicologica e creazione letteratura, finzione e realta', dialogando con i lettori, facendoci riflettere a proposito della vita della nostra epoca.

**Il comitato di selezione dei migliori
romanzi stranieri dell'anno, il XXI secolo**

致中国读者

　　我很高兴这本谈论学校、崇高的教师、充满好奇心的孩子们以及学习时光的书被翻译成中文——一种音韵十分流畅、我们在意大利的城市中越来越频繁地听到的语言。

　　这部小说讲述了一位失去女儿并被妻子抛弃的小学老师的故事。与此同时,在他教书的学校失踪了一个小女孩,与他因白血病夭折的女儿同岁。尽管警方在一年徒劳的搜寻之后决定将案件搁置,这位老师却仍然觉得必须继续寻找。实际上,失踪的小女孩出现在他的梦里,并与他的女儿如此相像,以至于他寻找的愿望日益迫切。

　　对这位老师而言,这如同女儿又一次离他而去。因此,他开始调查,我们便也同他一起了解到失踪的小露西亚的家庭:母亲的工作是缝制嫁衣,她越是绝望,便越将手中的嫁衣缝制得柔软、奢华,不仅薄如蝉翼,而且花饰精美;父亲是一位卡车司机,经常不在家;这个家庭的朋友;学校同学的情况。萨比恩查老师勇敢而积极地寻找,并通过讲童话、做游戏、画画儿、叙述古老的神话等方式带动全班同学关注此事。

　　在这里,我并不打算告诉大家纳尼·萨比恩查老师是否找到了露西亚,所有人都认为她已经不在人世,只有他还坚信

1

她还活着。故事的结局有待读者去揭开，而寻找本身令萨比恩查和读者发现了其他许多事情，以及存在一个与剥削儿童相关的地狱般的场所。

和他在一起，学生们的最大收获并不是学会上级强迫学习的课程，而是聆听到众多触动心弦的故事，并开始了解世界。萨比恩查小心翼翼，尊重学生们的幼小心灵，以含蓄、诙谐的方式让他们知道世界上恶的存在。

从描述中我们得知学校丧失了不少威信，但只要有像萨比恩查这样热爱学生、努力带领他们步入困难而有趣的认知过程的老师，学校便不乏生机。萨比恩查对待他的职业并不是例行公事地尽义务，他也不觉得自己比学生们知道得更多，相反，他认为应当聆听最纯真无邪的声音，我们永远应该向他人学习，即便我们学习的对象还不能熟练驾驭语言。因此，他使用童话和古代神话中温和而具有象征性的词语。

最后，我们可以说，小说在一座外省小镇中展开了一场一波三折的历程，这个小世界充满流言蜚语和怀疑，但也不乏团结和友爱。这个意大利小社区与遥远陌生国度的其他社区并无区别，人类共有的恐惧、好奇、纯真、狡猾、嫉妒，当然还有欢乐、仗义、美好、友爱交织在一起。

达契亚·玛拉依妮

译者前言

　　梦是日常生活中的普遍现象。虽然时至今日，人类依然无法解释梦形成的机制原理，但精神分析学派的观点认为：集体无意识可以通过梦境表现出来，梦是通向无意识深层的一扇窗户，通过梦可以了解到人们真实的心理活动。《小女孩与幻梦者》的主人公萨比恩查是一位沉浸在丧女之痛中的父亲，一场与现实惊人吻合的梦促使他对一个失踪的小女孩展开调查。通过这场调查，作者达契亚·玛拉依妮将当今的意大利现状、一系列社会问题、复杂的人性以及人生中苦难、残忍的一面真实地呈现在读者面前，并对人类心灵未知的部分展开探索，引发读者对时代、社会、人生进行思索。

　　达契亚·玛拉依妮一九三六年十一月出生于意大利菲耶索莱（佛罗伦萨），她的母亲托帕奇亚·阿里阿塔身为西西里贵族后裔，是一位画家、作家；她的父亲弗斯科·玛拉依妮是一位著名的人种学者，撰写过多部关于西藏和东方文化的书籍。一九三八年，其父为了开展一项关于阿伊奴族的研究，举家迁往日本。一九四三年，日本政府根据与德国和意大利缔结的协议，强迫玛拉依妮夫妇拥护萨罗共和国。两人誓死不从，同三个女儿一起被关进东京的一处集中营里，遭受各种非

1

人的待遇，甚至食不果腹。直至一九四五年战争结束全家才重获自由。幼年的这段不同寻常的经历令玛拉依妮刻骨难忘。

青年时代的玛拉依妮曾与米兰画家卢西奥·波齐有过一段维持了四年的短暂婚姻，他们孕有一子，却不幸流产，这给她带来巨大的悲伤。在与其他几位作家共同创办"刺猬"剧场的过程中，玛拉依妮与意大利文坛巨匠莫拉维亚相识。一九六二年，莫拉维亚与妻子艾尔莎分手，与玛拉依妮开始共同生活，这段关系一直持续到二十世纪八十年代初期。

玛拉依妮从小便对文学和写作表现出浓厚兴趣。十九岁与其他一些青年创办文学杂志《文学时光》，二十一岁开始与《比较》《新观点》《世界》等多家杂志合作，为其撰写文章。不到二十四岁时便把全部精力投身文学世界。时至今日，玛拉依妮仍为当今意大利文坛最著名、最活跃的女作家之一，著作颇丰：一九六二年至今，她已著作品近百部，体裁包括小说、评论、诗歌、访谈录等等。她的小说屡获意大利和国际文学奖项。其中，《惶惑的年代》（1963）获弗尔门托国际文学奖；《小岛》（1985）获弗雷杰内国际文学奖；《玛丽安娜·乌克里亚漫长的一生》（1990）获坎皮耶罗文学奖及该年度意大利畅销书奖，再版十九次，被译成十七种语言；《黑暗》（1999）获意大利最具权威的文学奖项——斯特雷加文学奖。她较有影响的小说还有《一个女贼的回忆》（1973）、《战争中的女人》（1975）、《致马丽娜的信》（1981）、《开往赫尔辛基的火车》（1984）、《巴盖利亚》（1993）、《开往布达佩斯的火车》（2008）、《欢聚》（2011）、《阿西西的齐亚拉》（2013）等。二〇一二年后，玛拉依妮多次获得诺贝尔奖提名。然而，目前我国对这位杰出女作家的译介和研究依旧稀少。

《小女孩与幻梦者》于二〇一六年获得意大利薄伽丘文学奖。故事发生在小城 S 市郊一个叫做"半截井"的社区。主人公萨比恩查是一位悲伤的父亲:八岁大的女儿因白血病夭折,妻子也离他而去。一天凌晨,萨比恩查梦见一个与女儿十分相似的小姑娘,醒来后听到广播中的寻人启事,新闻报道中失踪的小女孩露西亚与梦境中的小姑娘一模一样。离奇的梦境纠缠着萨比恩查,丧女之痛促使他对他人的痛楚感同身受,因此当案件几乎已不了了之、无人关注之时,萨比恩查决定亲自调查。随着调查的展开,主人公刻骨铭心的过去被娓娓道来,众多人物形象跃然纸上,与"飞禽"的对话以及次第出现的梦境将萨比恩查的内心世界呈现在读者面前。与此同时,对案件的调查还引出了众多事件和一层又一层的问题……

这部小说最为新颖之处在于,玛拉依妮身为一位女性作家,第一次将男性作为笔下叙事的"我":她不仅化身为萨比恩查,还以日记的方式展示了恋童癖玛穆奇的内心独白。作者以置换性别代入角色的方式,尝试以男性口吻发声。这是极具独创性的文学形式。难怪作者本人曾对来他人对其定语式的文学评论"女性文学"不屑一顾。在一次采访中,作者曾这样表述:"我不认为存在女性文学,作家风格各异,与性别无关,而存在的是角度,角度具有历史性,因而存在女性的角度,正如存在非洲的角度或西方的角度……角度的影响的确存在:男人在战场上打仗,女人在家里照顾孩子——至少历史上曾是这样——那么他们看待事物的立场自然不同。"通过性别置换,作者从女性角度剖析男性心理,揭示男性尚未意识到,或者不愿承认的强烈愿望:想要一个完全属于自己的孩子——正如《木偶奇遇记》中的杰佩托,甚至不要女人的参与，自己创造出一个孩子。如果说萨比恩查的所思所想和玛穆奇的日记是作者的创作，那么文中提到的众多文学名篇则说明由男性作家缔造的文学传统中也不乏证据：匹诺曹的故事，猎户星座的传说，帕韦泽的诗句……作者借萨比恩查之口告诉我们：人性中的这种愿望本无过错，而恋童癖的罪过在于以强凌弱，把这种欲望强加给一个弱小无助的身体，通过暴力、霸占来满足自己。作者在文中质疑，一个越来越藏不住秘密的网络时代，为何仍有为数不少的失踪儿童无迹可寻。她将遭受恋童癖、性暴力侵害、被绑架的儿童所遭受的莫大身体和心灵伤害客观地呈现在读者面前，呼唤社会的觉悟、重视与担当。萨比恩查这一人物形象塑造得真实、立体：众人都做冷漠的大多数，甚至连栖息在他心里的"飞禽"——人格的另面——也在冷漠的大多数之列。丧女之痛是诱发他探寻失踪案的心理原因，他近乎偏执地追寻真相，以致在最初的几个章节，甚至令读者也对他的偏执表示不解，就如同"半截井"社区的民众一样。随着结果水落石出，我们对萨比恩查的敬慕之情油然而生：他不仅战胜了世俗，也战胜了自己，并以他的积极感染了身边的人。作品的意义还不仅局限于此，玛拉依妮凭借着她对现实敏锐而深刻的洞察力，作品中忠实地描述了其他一系列现象：丈夫蛮横、暴力地对待妻子；汽车不顾行人，横冲直撞；恐怖分子伤害手无寸铁的无辜民众；人类枪杀野兽，在现代化养殖场里毫不顾及动物的生理和情感需求，密集化养殖。究其根本，都是人性中自私自利、以强凌弱的一面在作祟，可以说，人与自然同受其害。然而作品却并不让读者感觉悲观和消沉，虽然探讨的话题沉重，字里行间却传递出温情、坚定与希望：我们身边还有萨比恩查，还有滋养心灵、给人力量的众多书籍。

作品内涵丰富,结构独特、巧妙,文笔细腻。此书还让我们重温众多经典:从古希腊神话到《格林童话》,从《地下室手记》到《爱丽丝漫游奇境》,从《木偶奇遇记》到《在少女花影下》……它如同一把钥匙,为我们开启了一扇通往文学宝库的大门,并从崭新的角度解读这些经久不衰的作品,赋予它们全新的时代意义与生命力。若仅从女性文学角度解读作家和作品,的确有失偏颇。

希望通过上述简介,能激发读者阅读这部小说的兴趣,并关注这位睿智、渊博、多产、深刻、传奇的女作家,进而给予意大利当代文学更多的关注。相信作家富有魅力的文字一定能够吸引读者对小女孩的命运以及幻梦者的心灵世界一探究竟,相信这部小说一定能令我们的精神世界更加丰富。期待读者从更多的角度,对作品进行更为深刻的解读。

借此机会,感谢人民文学出版社的编辑陈旻和中国社会科学院的吴正仪教授,有机会翻译这位耄耋之年的意大利杰出女作家的作品,我不胜荣幸。此外,感谢我的同事 Federico Castigliano 博士,他对我在原文中遇到的问题进行了详尽、耐心的解答。特别感谢我的良师益友李萌女士,她对初稿逐字逐句进行校对、润色,付出了辛勤的劳动,她对待文字的严谨精神令我受益匪浅。因为她的鼓励和帮助,本书的翻译工作才得以在有限时间内顺利完成。

翻译不足之处一定存在,请各位读者不吝指正。

孙　双

北京第二外国语学院

二〇一八年三月

1

我在一条几乎被雾遮挡得什么都看不清的路上快步前行。一股凛冽的邪风令我眯起眼睛，无法呼吸。我问自己我在哪儿，要去何处。忽而发觉左边有一堵矮墙，边缘残破，覆满了爬山虎，恍惚中认出了这是通往我教书的学校的那段路，可又看不见两米以外的东西。我顶着那道由风和雾构成的屏障，艰难地向前走，忽然，我几乎撞在一个步伐敏捷的小女孩身上。她裹在一件红色的小大衣里，露出白净的长脖子。我正打算说抱歉，然后超过她，但她身上有些东西令我错愕地呆立在路中间。红色的小大衣，栗色的头发梳成一条马尾巴垂在脖子后边，几缕金色的卷发随意散落着，走起路来摇摇晃晃，微微有点儿歪斜。这是我女儿，我对自己说。我喊道："马尔蒂娜!"我看见她在人行道上停住脚步，迅速转过身来，就好像我往她身上扔了块儿石头似的。

小女孩转过头来，微笑地望着我，但没有说话。她不是马尔蒂娜，我绝望地想到，尽管有些东西令她与她十分相像，但到底是什么呢？哦，当然了，走路姿势：小女孩走起路来和马尔蒂娜一样,那种步子曾被我打趣地叫做"小鸭步":两脚脚尖儿向外叉开,步伐坚定但有点儿歪斜。她有一双大眼睛,颜色介于蓝色和绿色之间。她看上去像是要逗逗我,或是向我挑衅,谁知道呢。她的眼神单纯而坚决,恰如一个自认为已经长大了的小女孩那般。一个小爱丽丝,我想到,眼前几乎显现出那个会穿越镜子,落入最深的井里却毫发无伤的神奇小姑娘。

我正要对她说,早上好!并打算鞠个小躬,正如从前的每个早上,每当看到女儿裹在她那身红色的和服里出现在我面前时,我都会和她逗着玩儿,屈身向她行礼,对她说:"早上好,小夫人,咱们准备准备,上学去好吗?"但当我笨拙地弯下腰,木偶般地鞠躬的时候,我再次看到她把背影留给我,毫不犹豫地在人行道上走远,晃动着棕色的文件袋,马尾巴在洁白的脖子后边甩来甩去。我抑制不住心跳:被一阵撕心裂肺的爱意紧紧锁住喉咙。我想跑过去,叫住她,问她要去哪儿,问她叫什么,问她为什么用那种姿势走路,为什么和我女儿一模一样,却又不是我女儿。

我大喊一声醒了过来:一片黑暗突然而至,抹去了那个欢快而坚定,在我前方行走的小身影。忽然间,我看到的不再是那个女学生的形象,而是一群喳喳叫着的鸟儿,有白色的、黑色的,它们四处乱飞,疾闪着,盘旋着,喉咙里发出低沉的咕咕声。

我起身一头冲进卫生间,在洗手池的龙头下面掬起双手,但喷涌而出的水先是滚烫,而后冰凉。是今天早上我的手不对劲儿,还是混水阀坏了?我抬头定睛,望着镜子,镜中是一个面庞清瘦、神情呆滞的男人:胡子过早地变得灰白,两眼眼圈发黑,栗色的头发粘在耳朵上面,瞳孔张大,仿佛整夜失眠未合眼。

我身上穿着睡衣，往脸上胡乱喷抹了些剃须沫，想把这些灰白色的须毛刮掉，它们让我一夜苍老。我拿起剃须刀，开始动手，感到双手不停地抖动。今天的我到底是怎么了？

我把收音机打开收听新闻，心不在焉地听着那个小伙子用忧郁的声音谈论着税费和罢工。听到后来，有些内容引起了我的注意。在体育新闻，也就是每天广播的结尾内容之后，一个女人的声音谈到一个失踪的小女孩。

"今天，十月二日，在小城 S 市郊的一个叫做'半截井'的社区，一名女童在从她家通往朱塞佩·马志尼学校的一条不足百米的路上失踪，未留下任何线索。该女童身穿红色外衣，白色橡胶短靴。失踪女童的母亲现已报警。"

当我在镜子中看到泡沫发红时，才发觉把自己刮破了。赶紧把刮胡刀甩进洗手池，草草地擦了把手，跑过去一把抓起放在卫生间窗台上的小收音机，凑近耳边：再说一遍！再说一遍啊，该死的！那个匆忙的声音并没有再多说一遍。它接着报道即将来临的恶劣天气。

呆坐在浴缸的边缘上，试着回想广播里是怎么说的：肯定有个小女孩失踪了，她从小城 S 市郊的一所房子出门，那儿正是我居住的城市，她朝着朱塞佩·马志尼学校走去，那正是我教书的学校，但她却没能到校。她的母亲立刻跑去报警。

我被吓呆了。梦境依旧如此清晰。小女孩穿着一件红色小大衣，白色的靴子我没注意到，或许有吧，她穿着白色的靴子。但我看到她天鹅一般的长脖子，以及那条在肩膀上甩来甩去的马尾巴，她的步伐坚定，却有点儿不平衡。我清清楚楚地记得她朝我转过身来时那张苍白的脸，一双大而忧伤的眼睛，嘴很小，但长得十分可爱，上嘴唇比下嘴唇更突出一些，这令她看起来神情坚定,同时却又有些没把握,但依然甜美,一股孩子气。可我如此清楚地看见她的那会儿,大概是几点?清晨四五点?也就是在她去上学之前。在那个钟点儿她肯定还没有出门,我是怎么做到如此真切地梦见她朝学校走去的呢?现在十点钟了,我必须抓紧,因为十一点有课。哦,不对,三天以来我一直发烧,一直把自己关在家里。

没错,没错,关在牢笼里,你却还在为一个不意味着任何事情的梦揪着心,栖在我肩头的那只鹰①在我耳边窃窃私语,它自以为像守护天使一样,可以审判我,指引我。事实上,它只是自以为是。对我而言,它不过是一头多嘴且自命不凡的飞禽而已。我还在为那个灵验的梦而发抖,而它却想让我为此感到难为情。

别哆嗦了,那只是个梦,它坚持己见。我明白,那只是个梦,可如果随后你发现它就如同一枚邮票般贴在现实上,那你就该允许我害怕。但是谁说的那就是现实?收音机,该死的,我怎么没连它也一块儿梦见!我肩头一紧,它更加急迫地要说服我了。我疼得撇了撇嘴。我明明白白地知道那个存心与我作对的家伙究竟想要干吗。它想让我怀疑自己,但它不会得逞。收音机的声音无比明了清晰。那是我亲耳听到的声音。我没有神智癫狂。

再次打开收音机,漫无目的地从一个台调到另一个台,但没有人再说起失踪的小女孩。我打开电视,从一档家庭主妇节目调到一档政客对话节目,他们互相攻击,互相嘲讽,一个

---

① 此处的"鹰"以及后文的"飞禽""破鸟儿""蠢鸡""乌鸦"等指守护天使。根据基督教传统,每个教徒都会有一位守护天使陪伴一生,助他渡过困境,指引他心向上帝。——译者注

振振有词，另一个摇头表示反对，够了，够了，我决定关掉一切。或许在大区新闻的时候会有详情报道，我对自己说，然后抓起电话，打给学校，却无人接听。

你还深陷在女儿去世的打击中，放下吧，那头飞禽在我耳畔喳喳叫道。放下什么？这儿有一则事关重大的头条新闻：一个小女孩在上学的路上失踪了，而她上的是我的学校，你打算劝我别着急？但你不知道这些事是你想象出来的吗？小女孩不存在，广播里的声音不存在，事实不存在，你自己也不存在，好好瞅瞅你自己，你太荒唐了！

我开始怀疑自己听错了。或许就像那只破鸟儿坚持认为的那样：我神智癫狂，我发烧了，我还深陷在女儿去世的打击中，是我神经错乱了：我眼前到处都是身处危险之中的小女孩。我是一个悲痛的父亲，我重复道，我是一个消沉的父亲，我是一个杜撰事实的父亲，我应该这样忧心忡忡么？我突然想起在梦里，一些白色的鸟儿在小女孩的脑袋四周飞舞。海鸥？这一切意味着什么？那张脸我看得很清楚：她微笑着，却面带忧伤；她很平静，却露出嗔怨；她很美，脸却有点儿变形。

我感觉天旋地转。最好洗个热水澡，有时这有助于理清头绪。我坐在浴缸边缘，胡子刮了一半儿，下巴上贴了块儿创可贴，热水流了出来，我还沉浸在自己的思绪中。我发烧已经三天了，全身骨头酸疼，嘴唇干裂，没一丁点儿胃口，只觉得恶心，困倦。学校派来的大夫对我说吃抗生素没用。

"是病毒，五天后就能痊愈。但得注意：别出门，多喝水，好好休息。"

"连出门儿取报纸也不行吗？"

"您必须避免出门儿。有人能帮您买东西吃吗？"

"没有，我一个人住。"

"您给食品店老板打电话,让他给您送些饼干和茶吧。"

"好吧,我在家待着,喝茶看书。"

实际上,我像个犯人似的,已经在这四壁之间被关了整整三天。我轮番换着书看,从那些最让我愤慨的书,比如写饱受毒害的意大利、黑手党肆虐的意大利、政府无能的意大利的书,到我所钟爱的黎措里综合丛书系列①的经典读物,也就是那些封皮灰鼠皮颜色,能装进兜里的书,它们是我父亲年轻时代的收藏,后来传给了我。

我像个机器人一般站起身,走到客厅的书柜前。我的手不由自主地向右上方伸了出去,那儿是我存放英语书籍的地方。我把一本老版《爱丽丝》拿了下来,那是刘易斯·卡罗尔的作品,由坦尼尔爵士配制的插图。自从十六岁起,我就不再看这本书了。可为什么偏偏是爱丽丝呢?事实上,在梦里,当我看到那个小女孩在路上走的时候,我在心里叫她"小爱丽丝",我看见她就要坠入地下。给她取的这个名字,我甚至从未叫出声来,但它和那件红色的小外衣一起,和她那条系着红头绳,在脖颈后边晃来晃去的小马尾巴一起,印在了我的脑海里。

这种巧合太过离奇,我想知道个究竟。我手里捧着书,耳朵却听着收音机。我想听他们说小女孩走出家门的准确时间,她叫什么,她要去哪儿。在第一次播放的失踪启事中,他们说她朝着马志尼学校走去。那个电台不是国家台。应该是个地方台:名叫"绝望广播",我偶尔听听这个台的要闻。可是为什么给一个广播电台起这么愚蠢的名字,"绝望广播",

---

① 原文为 Bur:Biblioteca Universale Rizzoli,黎措里综合丛书系列。——译者注

实在搞不懂。从理发师那里听说过，那是一些年轻人，他们租了一间地下室，因为没有钱，缺少器材，无人相助，仅仅凭着做下去的强烈愿望，依靠稳固的友谊以及坚不可摧的团结一致，几个人"带着绝望"在那里开办了一家广播电台。看上去，小城 S 的居民经常听他们的广播，有些时候，这座小城宛如一艘在稻田的海洋中随波逐流的小船。这些新鲜而年轻的声音参与报道本地的要闻详情，他们不进行观点鲜明的评判，只是精确且忠实地描述事实。譬如现在他们正在谈论一种洗涤剂，似乎是它使得"半截井"的几位家庭主妇患上了皮炎，手和胳膊的皮肤起泡开裂。我把声音调小了一些，但并没完全关掉。

水流从龙头里缓缓滴流，越来越细，这也不是件正常的事儿。总之今天早上一切都怪怪的。我一边等，一边打开书，阅读爱丽丝。她正走在生机盎然的英伦乡间。我问自己，促使爱丽丝离家出走的原因，是厌倦——正如尊敬的道奇森，即笔名为刘易斯·卡罗尔的作者所启示我们的那样；还是为了逃避一场正在为她准备的婚姻，而她甚至都不想知道有这场婚姻——如同导演蒂姆·波顿想要传达给我们的那样。我不久前刚在电视上看了他导演的那部爱丽丝的电影。跑吧，爱丽丝，快从那个他们打算给你当丈夫的愚蠢男人身边逃走，你甚至都不了解他，他在你心里根本无关紧要！但爱丽丝真是个有涵养的姑娘，所以她彬彬有礼地对准新郎说："对不起，亲爱的，我觉得我还没准备好结婚。"然后她转身跑开。她越过田间，穿着一双白色缎面的鞋子，那鞋又小又不舒服。她怎能不被地上凸起的树根绊住脚？她怎能不落入土拨鼠挖好的坑里？她怎能不被依然挂着露水的嫩草丛中，那些突兀而尖利的石头磕到？

电影里的爱丽丝是个十三岁的少女，而在卡罗尔的书中，爱丽丝说自己七岁半。她和那只匆匆忙忙的兔子庆祝的就是那半岁吧？为什么蒂姆·波顿觉得需要增加她的年龄？在他的影片中，我们看到一个正处豆蔻年华的小姑娘，她那些十九世纪打扮的亲戚们把她许配给一个蠢笨滑稽、惹人讨厌的丈夫。爱丽丝逃跑了，越过重重障碍，直到跑累了，停下靠着一棵大树，她没看见脚边的地上有一处裂隙，宛如井口。小姑娘探身观察，想弄明白这个在草地边缘突然出现的洞口通往何处，不料一只脚在潮湿的洞边儿滑落。她娇小、轻盈的身体失去平衡，飘过洞口，飘过石子，飘过树根，在深不可测的狭窄地道中旋转着，翻滚着，朝着充满未知、充满黑暗的地带急速跌落，直到落在一片崭新小天地的中央。那里的一切注定令她吃惊，令她畏惧，并且终将是一场充满冒险、难以预料的蜕变。我梦到的就是这个吗？

为什么会想到爱丽丝，为什么会把她和"半截井"社区的失踪女孩联系到一起，我自己也说不清楚。我患上了"入迷读者疯狂幻想症"，会不由自主地把不同读物中的角色和情节，以及小说故事和真实生活中的人物和事件关联在一起。比如说，刚一想到爱丽丝坠入地道，脑海中便紧跟着浮现出《地下室手记》里的年轻公务员形象。"人有时强烈地爱上苦难"——陀思妥耶夫斯基这样说过。

我乐于对爱丽丝的地下之旅与《地下室手记》之间的奇特联系进行深入探究。爱丽丝的世界满是礼仪体面，优雅举止，这位小女子即将步入婚姻。然而当她坠入地下，情形大变，一切都无法捉摸，难以预料。难道这不正和俄国文豪小说中的无名主人公一样？他的世界也充满资产阶级风尚。我愿意对陀思妥耶夫斯基所说的"意识的黑暗地带"做更深入的了解，在那里，一切都是可能的，一切都是颠倒的。在那里，时间既可以前进，也可以倒退。在那里，人既可以变得高高的，长长的，以致头顶撞到天花板，也可以变得无比矮小，轻而易举就能钻进鼠洞。

可失踪的小女孩不到十三岁，也并非因为不愿意而逃婚。于是呢？我们回到今天，回到现在，回到我发烧的身体，回到睡醒之前，那个简短而又清晰的梦境，回到收音机里的声音，是它报道了在我居住的小城，在我教书的社区，一名身穿红色外衣的小女孩失踪了。我必须知道小女孩几点走失的！她叫什么名字？还不知道她的姓名令我十分困扰，就好像真的是我把她虚构出来的一样。只有知道了她的姓名，我才能确定她是真实的，活生生存在的。我确定梦境是在五点前出现的，因此梦境早于现实。这是预言吗？

别吹牛了，你不是预言家，不过是一位因为女儿去世而不肯给自己安宁的父亲，你不断地梦见她，把别的女孩当成她，停下来吧，快醒醒！为什么我偏偏梦见那个小女孩？她走在一条我能从千万条道路中一眼认出的路上，因为它通往我教书的学校。为什么梦境恰好在我正要和她说话的时候中断呢？这只是偶然，你就认了吧，先兆和预言都不存在，存在的只有巧合。

那只破鸟儿的声音再次响起，它自诩高明，紧跟着我，纠缠着我，令人生厌。我想捂住耳朵，但它总能让人听见。

我把收音机放在架子上，音量调到最大，然后让自己浸入浴缸的热水中。刚刚躺下身，便舒服很多，感觉疼痛的筋骨也得到舒活。我一动不动，眼睛盯着天花板，那儿画着一只巨大的蜘蛛。也不知道谁画的，看着有点吓人，却也稚气童真。我把头弯向一侧，斜着观察，它让人联想起章鱼。但如果从另一个角度观看，它又像一只千足虫：无数毛茸茸的黑色小细腿儿好似在缭绕的水蒸气里慢慢蠕动。这幅图像重压在我赤裸的身体之上,最好还是别让它过多地激发我的想象为妙。

我问自己,当我们买下这所房子的时候,蜘蛛是不是已经在那儿了。我从没画过它,也确定我妻子绝不可能有在天花板上画蜘蛛的念头。之前我不记得曾经注意到有它,直到有一天,我和安妮塔吵架,两人恰好在卫生间里,吵到身心俱疲。正是那天,在她摔门转身离去之后,我也像今天这样,让自己沉在热水里,仰面躺着,全身都浸在肥皂水中,只露出鼻子和双眼。

那天我第一次看到蜘蛛。我想也许是幻想的产物,说起来惭愧。当时我的情绪很差,说了一些原本绝不想说的话,心里无比内疚。我看见那只昆虫逼近我焦灼的思绪。蜘蛛会麻痹它的猎物,这是我为了给学生上课,备课时在书里看到的。课上我常常会讲一些题外话。记得那天,我在讲什么是银河,观察一张蛛网状的星座图时,我开始讲起蜘蛛的捕猎技巧。我对孩子们说,蜘蛛网制造精良,它的材料不仅富有黏性和弹性,而且是透明的,很多猎物根本看不见它,什么都还不知道的时候就被它缠住了。蜘蛛不会立刻出现,它要等待猎物为了挣扎脱身而把力气耗尽。之后,当它把握十足,便不慌不忙、有条不紊地用一层又一层的唾液把落网的倒霉蛋裹起来,直到把它变成一个小木乃伊。最后,唾液变干变硬,猎物死去,但尸体还是温热的,它这才把它吃掉。

水已经不热了,我迈出浴缸。头发湿漉漉的,感觉蜘蛛已经一切就绪,正要把我裹入它唾液做的网里。我把翠绿色的毛巾布浴衣围在身上,那是妻子安妮塔送的礼物,它散发着淡淡的薰衣草香味儿。重新拿起刮胡刀,因为发现下巴底下生出一撮胡须。可我不但没刮掉胡须,反而刮到了肉,那里开始流血。因为剃须刀的刀片坏了才被刮到。我绝对应该买把新的了,这件事我已经对自己说了六个月,但后来都没去做。电动剃须刀我也有一把,是岳父送的礼物,它还躺在塑料包装盒里。我从来没用过,不知道是因为讨厌岳父,还是因为不相信电动剃须刀能刮干净。传统剃须刀我有十几把,还有一包刀片儿,天知道它们都跑到哪儿去了。

2

我盯着架子上的小收音机,听着广播,但并没真正留心它报道的内容,而是把注意力集中在播报的语调上,在报道负面新闻时,主播的语调会明显上扬。他们迟早得说起失踪的小女孩,而我想对此事了解更多。我急急忙忙地穿好衣服,打算跑出去买报纸,但随后想起自己正发着高烧,不能出门。如果赶上学校来检查,那就麻烦了。我试着调换频道,有的台在谈足球,有的台在讲烹饪。坐在厨房里择豆角儿的时候,我还在不停地拧收音机的旋钮,至少我得做点儿什么。其实我有作业需要批改,还应该查几本书,为下几节课做准备。但此时此刻,这些事儿我都不想做。发烧令我眼底灼热。

豆角儿让我想起妻子安妮塔。自从独自生活开始,我发觉自己在模仿她日常生活中的举动。麻利地布置餐桌,把面条扔进开水里的模样,快速切好生洋葱并用油煎炒变色,在平底锅的边儿上恰到好处地敲击一下,磕碎鸡蛋的敏捷动作,这一切对我而言,既熟悉,又遥远。她每次抓起三条豆角儿,用手指把它们弄整齐,拿厨用剪刀把三个尖儿一起剪掉,再把另一头的尖儿弄整齐、剪好。她把它们弄齐的速度如此之快,简直就像个魔术师。我努力模仿她,却屡屡弄巧成拙。

安妮塔搬到其他地方住了。她为人坦诚。她让我坐在她对面,对我说:"纳尼,开诚布公地说,我没法留在这里和你一起生活了。虽然我依然喜欢你,甚至觉得自己明明爱你,但我需要离开。我永远不会做任何对你不利的事情,但我不能继续待在这个家里了。我并没有爱上别人,如果你想问这个的话,虽然能做伴儿的人我身边的确有。我没法儿留下来,这儿的一切都让我想起马尔蒂娜,而且我们俩再也做不到好好沟通不吵架。"

那一刻我呆若木鸡,一句话也说不出来。感觉自己像块石头,在她面前动弹不得。我失去一切知觉,只剩下麻木,就像看见雪崩从山上翻滚而下一般目瞪口呆。他无法动弹,无法转移,无法自救,只能承受那场冰雪崩裂,或许就要粉身碎骨。山崩地裂即将把他毁灭,然而他,一块石头,没机会逃走,没机会抱怨,没机会祈求,只能粉碎。这就是他的宿命。

"自从马尔蒂娜走了,这几间屋子再也没有家的感觉。一切都让我觉得陌生,甚至包括你。但这不是你的错,我明白。纳尼,我爱你,你是我的全部生命,或许将来我们还能再回到一起,但现在我要离开。"

她就坐在我对面,紧紧握住我的双手,低声而温柔地说出这些话。她的手温暖而平静。我的手冰冷而沉重。不知道她有没有发觉我的手指犹如大理石一般,不知道她是否在等我开口,或许我至少应该做出点儿反应。可我无语,一个字也说不出来。望着她灵动而亲切的双眼,那里似乎还充满爱。决心集中表现在她嘴唇周围的两道印记上。任性的印记,我思索着。事实上,我没有思索,而是要反抗。我的一面,最原始最野蛮的那一面,提议暴力反击:抓住她的脖子,使劲勒,直到她断气。但我不想让她死,我要她活着,活在我身边。我的另一面呢？作为一名忠实的民主主义者，难道我没学会尊重女性独立自主的要求吗？我点头同意了。她满怀柔情地向我微笑，我简直想要亲吻她。但是可以亲吻这样的妻子吗？她刚刚说过再也无法忍受你了！

我把豆角儿丢进水里，像她从前那样，手臂动作轻柔，尽量不把水溅到身上。这时我听到收音机里播报的语调升高了。我走近把音量调大。果然又开始报道失踪的小女孩了。女主播的语气听上去颇为得意，像是要说:这儿有一条能满足听众好奇心的新闻，请大家欣赏我清脆嘹亮、魅力难挡，且不失恭敬克制的声音吧。

"又一起儿童失踪事件。一名无辜幼童:我们是否可以说她是一个背着小书包，没有任何戒心，准备去上学的小宝贝？"

在梦里她没背书包，只是手里拿着一个棕色的文件袋。

"从家到学校的路程很短，而她就在这段路上失踪了。唉！可怜的小姑娘，谁知道她现在落到什么人的手里了！如果因为事故丧生，沿途应该可以找到尸首，但附近没有任何踪迹。警方正带着警犬对整个地区进行仔细排查。难道小朋友们都不能在我们认为最安全的地方自由出行了吗？露西亚·特雷贾尼居住的那条街并不算荒郊野外。那是近郊的一个社区，邻近草地和田野，距墓地也不远，但社区里有很多别墅和三四层高的小单元楼。学校以前有一所教堂，不论老少，都经常光顾。教堂神甫堂·安东尼奥以做慈善事业闻名。一个可爱柔弱的小姑娘，怎么能这样消失得无影无踪了呢？绝望的母亲希望有线索的朋友与警方联系。"

"我女儿露西亚穿着红色外衣和一双白色靴子，"广播接入电话连线，一个女人的声音一边哭泣一边诉说，"她栗色头发,脑后梳着一条辫子,用红头绳扎住。手里拿着学生用的文件袋,是深棕色的。谢谢大家,谢谢大家,请帮帮我!"

年轻母亲对小城 S 居民说话时的语调似乎很动听,仿佛在唱歌,一首绝望之歌。新闻播报员矫揉造作地继续报道,说警方已经扩大搜索范围,派警犬前往寻找。小女孩在八点钟准时出门,直接前往学校,那儿距离她的住所只有几百米,而她却没能到达。学校老师萨利娜·帕沃内女士确认在课堂上没有见到她。帕沃内女士的语调也很诚恳,却毫无动听之处。

那位母亲提到过深棕色的文件袋,和梦里一模一样。太多巧合,太多一致:马尔蒂娜八岁,失踪的小女孩也八岁;马尔蒂娜常穿一件红色的小大衣——那件衣服现在还挂在她的柜子里,白色柜门上还有我画的淡蓝色天鹅——梦中的小女孩也穿着红色小大衣。

可你女儿得白血病已经去世了!那个唠唠叨叨的声音又从我脑后响起。我知道,我知道,不过这个小女孩,这个露西亚与马尔蒂娜很相像。所有梦里出现的小女孩都很相像。但我梦见她在我前面走,姿势和马尔蒂娜一样,两脚脚尖儿向外叉开,身体摇摇晃晃。可是这个露西亚身体健康,每天上学,不像你女儿那样患了白血病。可她朝学校走去,也许她就是我女儿,也许不是,也许她是爱丽丝,正要坠入颠倒的世界。但在我梦里,她就是那个样子:步伐敏捷地走着,身子有点儿歪斜,辫子在脑后甩来甩去。我敢打赌,那件小红大衣就是你女儿穿过的那件!没错,你是怎么知道的?哼,你又一头扎进文学的小胡同儿里了:显而易见,这次我们面前是树林里失踪的小红帽,她就要被恶狼吃掉了。你别胡说,我在梦里看见的小女孩不是去找外婆的小红帽,而是一个真正的小女孩,她去上学,去我教书的学校。

和那头无礼飞禽的对话令我疲惫不堪。但独自一人时,我始终无法摆脱它。我们不停地对话。那是说话者被掩盖的欲求吗?或许是吧。你别烦我,我一边说,一边做出赶苍蝇的动作。通常,它便会嘟囔着走开。

我要出门去买报纸,反正不过是走到卡杜尔纳大街的拐角儿。我会把自己穿成爱斯基摩人,并且飞奔回来。那只破鸟儿没有说话,我趁机赶紧穿上鞋和带帽子的羽绒服,围上安妮塔几年前送给我的驼绒围巾,走出家门。

出门之后,我做的第一件事是踩了一脚狗屎。我破口大骂,来到一棵高大的梧桐树旁,试着在树下生长的草丛上把鞋底蹭干净。我注意到一个窟窿,成千上万的蚂蚁从那里进进出出,感觉它在眼前不断扩大,我在想自己会不会掉下去。突然,我以一个吓人的姿势歪倒在树干上,但随后便明白不过是因为头晕。是虚弱,我对自己说。这时感觉脑袋发冷,便又把帽子裹紧一些,但这些四处乱钻、横施淫威的肆虐寒风简直令人无计可施。深深吸了口气,我离开大树,向报刊亭走去,买了本城的一份报纸,据我所知,这份报纸的要闻报道最为详尽。拿上报纸,我一路几乎跑着回家。

我翻找小女孩的照片,却没有找到。真是糊涂:新闻是今天早上的,怎么可能出现在昨天晚上印刷的报纸上呢?明天才有可能登报。都是发烧把我弄得时间概念错乱。

我重新打开小收音机等待跟进的报道,同时拿起学生们的作业本,在厨房的桌子上把它们整理好。自从马尔蒂娜去世,安妮塔离开,房子便显得硕大无比,屋里出现回音,这以前从没有过。如果我大声儿说句话,回音便反弹回来。可回音不是山里才有的吗？房子里能装下山吗？

　　另外，我一点儿也不喜欢在这个空空荡荡的家里待着，这里有太多磨难和痛苦的印记。昨晚的梦我也不喜欢：梦见一个裹在红色小大衣里的小女孩走在一条我熟悉的路上，之后便消失得杳无踪迹，仅仅几个小时之后，广播便报道，恰恰今天早上，一个裹在红色小大衣里的八岁小女孩在从家到学校很短的一段路上失踪了，这太吓人。"这意味着什么？这意味着什么？"我一只拳头重击在桌上，大声喊叫。

　　我不是预言家，不是占卜师，不是通灵者，只是一个因为失去女儿和妻子而心如死灰的男人。前者离去并非自愿，而是由于残酷的重病，后者离开则是她的心愿，因为她再也无法忍受自己的丈夫，再也无法生活在勾起她对女儿回忆的地方。一切都可以理解，但一切又绝对无法理解。所受过的教育让我接受现实，控制并驯服自己的毁灭本能，然而有些东西在我体内反抗，它在呼喊，甚至咆哮。我突然想大笑，因为看见自己张开大嘴，一副要发动攻击的架势，牙齿露在外面，脖子上一圈长而卷曲的鬃毛，活像米高梅①的著名吼狮，童年时代，电影在开始之前，它总会出现。

　　理智和伪装是一对盟友，理智甚至依靠伪装滋养：没有伪装，理智便也不再坚定有力。我懂得该如何运用理智，但理智却很少顾及情感，而强烈的情感如同饥肠辘辘的跳蚤一般往我身上跳。在这些寄生虫的疯狂叮咬面前，伪装却飘然离去，只留下疼痛的叮咬痕迹。我自认为是个理性的人，能够控制情感，甚至本能。栖在我肩头的那只猛禽一定会说——你学

---

　　① Metro Golwyn Mayer：米高梅电影公司。——译者注

会升华①了，对吧？——情感充溢在我的体内，捆绑住我，令我呆滞，令我作呕，令我疲惫不堪。有些早晨，就像今天一样，我感觉头脑一片空白，仿佛就要坠入巨大的陷阱，无计脱身。

"小露西亚·特雷贾尼身穿红色外衣，知情者请拨打这个电话。"女主播声音妩媚，我从没见过她，但不难想象，她一定刚刚做过头发，新涂抹的口红，手里拿着一只塑料杯子，在插播广告的时候，踩着极高的高跟鞋挪到玻璃的另一边和技术员说话。然后她再次坐到铺着绿布的桌子旁：举起装着咖啡的塑料杯，凑近嘴边，此时意识到咖啡已经凉了，还带着一股塑料味儿。她撇了撇鼻子，抬起头看着显示器，用娇滴滴的声音说："开始吗？"

对这家私人电台女主播的厌恶感油然而生，这不是那家由社区青年创办的"绝望广播"，他们的设备简陋，信号常有干扰。这是一家很成功的无线电台，信号遍及全国。女主播在报道要闻时，声音流畅、投入，却带着冷漠。好像一边甜言蜜语，一边偷偷计算收听率，贪婪地设想将得到上司几许表扬，自己陈词滥调的叙述能博得多少同情。

知道吗，你这么说人家太不公平。那位愚蠢天使的声音紧随而至，它一直盯着我，批判我。好吧，我不认识她，但我讨厌她的声音。当然了，她工作起来一丝不苟，我并不觉得她在播报假新闻：她有条不紊，准确无误，冷漠得恰到好处。可她也很虚伪，我一边反驳，一边看着那头飞禽的翅膀——有人执意叫它天使，但它并不太像天使——此刻它正在我肩头扇动

---

① 升华一词是由弗洛伊德最早使用的，他认为将一些本能的行动如饥饿、性欲或攻击的内驱力转移到一些自己或社会所接纳的范围时，就是"升华"。——译者注

翅膀。它假装保护我,实则打算要我受苦。它想要我死。也许守护天使都这样:它们想把你变成和它们一样——肉体死亡,没有重量,长着翅膀,不食人间烟火。

广播里那个假慈悲的声音依旧在报道失踪的小露西亚,说她今天早上在从父母住所到学校的一段很短的路上走失。她不仅限于陈述新闻事实,还增添评论博取同情,愈发显得矫揉造作。这副腔调简直令人愤慨,我再次把她唾骂了一番。

你对她成见太深,看在上帝的分上,仔细听听,现在她不正好讲到小女孩的父母吗?对啊,正是,那两位年轻的父母,那对让八岁大的女儿独自去上学的特雷贾尼夫妇是什么人?好吧,我们现在又没打仗:如果一个八岁大的小姑娘在一座地方小城里都不能走二百米远的路去上学,那说明我们正在打仗——你是在想这个吗?我们并没打仗,但是看看经常发生什么:为什么欧洲今年已经失踪了一百多个小女孩?而且为什么她们全部是在地方小城失踪的?与此同时,认真听听广播是怎么报道那对父母的,很引人注目。我讨厌那个声音,敢打赌她嘴唇厚得跟香肠似的。她的嘴唇跟你有什么关系?好好听,你这个笨蛋!

"露西亚·特雷贾尼的父亲是一名汽车货运司机。他总是在路上,很少在家。今天早上天刚亮他就出门了,要到晚上二十一点才能回家。他驾驶一辆海蓝色卡车。"

你看,我说得没错吧,一个说"海蓝色"的人,嘴唇肯定厚得跟香肠似的。你别再说了,我可是觉得她一定是个年轻漂亮的女人,眼睛闪烁着光芒,而且一定学过播音,你没听出她的发音既平稳,又标准吗?说的正是,女主播最不能让人忍受的,就是发音既平稳又标准。她不是女主播,而是女记者。得了,在那家自视甚高的私人电台,两者没什么区别。那么,这位父亲呢？我一边与破鸟儿争论，一边用耳朵听着女记者的报道。暂且先把她放在一边，以后再说。

所以，父亲乔万尼·特雷贾尼是一名卡车司机，在意大利境内四处奔波，运输货物。他与妻子卡尔梅拉一起居住在小城S的东郊。邻居们总是看见他们宁静和谐，都说这家人很亲密，很平和。虽然最近特雷贾尼先生遇到了一些困难，他上班的公司几乎濒临倒闭，但经裁员改组，他又和从前一样，重新投入工作，甚至比以前更好。母亲卡尔梅拉祖籍卡拉布里亚，在家里做裁缝。她向新闻记者展示了几年以来，一直在在为女儿露西亚缝制的嫁衣。

多不吉利啊，你听见了吗？她是怎么想的，女儿还扎着小马尾巴，胳膊底下夹着书去上学呢，怎么就想起给她做嫁衣了呢？

3

今天我一清早就出门了。高烧基本消退。我买了十几份报纸，事实上，小露西亚的照片随处可见，有些在头版，有些夹在里面的要闻版面。越看她，越觉得她像我女儿，我们父女经常在梦里相见。每当看到她，她总是生机勃勃，自信而爽朗地和我说话，这正是她的样子。我们时常一同朝学校走去，就像以前她妈妈很早出门去法院上班，我们一同前往学校一样。我梦见自己拉着她的手，听她说话。女儿马尔蒂娜很聪慧，特别喜欢思考："爸爸，你知道吗，时间就像皮筋似的，当你期待着什么的时候，它很长，但当你感觉很幸福，希望它变长的时候，它又很短。这很奇怪不是吗？"现在的孩子们说话所用的语言，简直是我小时候做梦都想象不到的。"爸爸，为什么上帝很仁慈,却让小孩子们被炮弹炸死?"

我为她这份善于思辨的天赋感到骄傲,并经常鼓励她。那时却不知道死亡的阴影已经遮住了孩子喜欢思考的小脑袋,她令人惊奇的思维能力就要被一只夺命之手扼杀。是上帝之手,还是疾病之手?如果上帝是仁慈的,他为什么要让无辜的孩子夭折?女儿话音未落,马尔蒂娜,我不知道上帝是否仁慈,也许他想袖手旁观,希望世人自由地按照自己的意愿做决定。可我是自由的,爸爸,而且我一点儿也不想死。自由在哪里?我不知道,宝贝,也许上帝只是看着,他随风而来,随风而去。

最近,我常常梦见她在医院里,我陪她时的情景,她与另外三个小白血病病友同住在一间病房里,脑袋上没有头发,皮肤蜡白,眼睛因为疼痛和呼吸困难而睁得大大的。

"爸爸,你觉得我会死吗?"

"怎么会呢,马尔蒂娜,我们还要一起生活好多好多年,我老了以后你得陪着我,当我老到不能自己上厕所了,你得扶持我,当我老到长眠不醒了,你得帮我合上眼睛。"

"护士说,如果我能战胜疾病,我就会一直这么小。"

"别听护士的,她是个傻瓜。"

"爸爸,妈妈什么时候来呀?"

"妈妈在法院审案子,你知道的,我跟学校请了假,今天早上来陪你。她明天来,你做完手术就能看见她了。"

"如果她在这儿,她会说些什么?"

"她会说你特别强大,仅仅一场病不会把你从这个世界上带走。"

而梦境就像破碎的云朵,四散分离,消失殆尽。

报纸立刻抓住了这起失踪事件吸引眼球的一面:一个娇

弱、柔嫩的小女孩，一张稚气、天真的脸，一所近郊的普通房子，小花园无人照管，铁栅栏锈迹斑斑：这说明那个家庭并不富裕，因此不涉及绑架勒索——何况，母亲是一名裁缝，父亲是一名卡车司机——所以这起失踪事件颇令人费解。城里的妈妈们纷纷提高警惕：真的不能让女儿独自去上学了吗？即便家距学校只有几百米远，路上人来人往，在住宅区内也不行了吗？

我听有人悄悄说起"恋童癖"这个词。爸爸，"恋童癖"是什么意思？就是爱孩子的人。爱孩子有什么错？那不是一种美好的、友善的、温情的爱，而是一种掠夺性的爱。"掠夺性"是什么意思？你还记得《小红帽》里的大灰狼吗？我当然记得：那个小女孩去找外婆，一只胳膊挎着装满香肠和苹果的篮子。我不记得她是不是带着香肠和苹果，你在插图里看到的吗？大灰狼对小姑娘做了什么？它一口吃了她，但后来猎人来了，他把大灰狼的肚皮刺开，救出了小姑娘，然后小红帽和外婆幸福快乐地一起回家。没错，马尔蒂娜：一个活泼聪明的小女孩不会被大灰狼吃掉。

小露西亚的母亲卡尔梅拉——报纸上写道——在门口亲吻了孩子并和她说再见，但没有把她送到院门口。这是为什么？邻居维尔吉尼亚·佩拉女士看到了这一幕，并告知警方。她还说卡尔梅拉"怒气冲冲地"关上门。文章使用了"怒气冲冲地"一词，把重点放在"怒气"上，好像母亲想要摆脱小女儿，以一个象征性的冷酷举动让女儿随便去哪儿见鬼。

那么，我们能得出什么结论呢？是她谋杀了小女孩吗？在我肩颈之间赖着不走的那只乌鸦暗示道。你说的是什么鬼话，母亲不可能谋杀自己的孩子！可是这是常有的事儿！你没看报道说有个母亲亲手掐死了自己七岁大的儿子，然后开车载着他,最后把尸体扔到沟里了吗?的确,这是真的:有时母亲会杀死自己的孩子,可一个杀害自己孩子的母亲,不就是在杀害她自己吗?我不想说话了,你简直走火入魔了,你的胡思乱想已经到了病态程度,我可不会把你女儿因为白血病去世的事儿和小女孩失踪的事儿搅和在一起,你脑子里已经乱七八糟了。可我梦见的就是她,和我现在从照片上看到的她一模一样,是她太像我女儿了!你女儿已经去世了,你能面对现实吗?她去世了,已被安葬,你总是不能从这件事里走出来,你女儿已然是一具尸首,而这个小女孩没准只是去树林里摘草莓,几天之后又活蹦乱跳地回来了。

我打开收音机。女邻居还抱着她的证据不放。她显然对卡尔梅拉·特雷贾尼没有丝毫同情。聚在卡尔梅拉家附近的记者在对她进行采访时,她始终严肃,表示看到卡尔梅拉女士在俯身亲吻女儿之后便重重地把家门关上,小女孩跑着走下台阶,推开栅栏门,独自走到街上,显然生着气。

"家门被关上了?"记者问道。

"不仅关上了,而且是重重摔门而去。"

还不止这些:从同一扇窗户,她不仅看见小女孩走出门,女邻居摔门而去,而且还看见小女孩停下来和一个穿着牛仔裤的年轻人说话,那个人微笑着,"好像有很多闪光的假牙"。

"您怎么知道是假牙?"

"从闪光看出来的啊,真牙不会那么闪亮。"

"小女孩朝哪个方向走的?"

"朝她平常走的方向,往学校那边走。"

"学校在哪儿?"

"在左边,刚过圣·露琪亚教堂就是。"

"您还看见其他什么了吗？小女孩的母亲在家继续做家务还是准备出门？"

"我没继续看。"

"您确定看见小女孩朝学校方向走去了吗？"

"确定。"

"您看着她走了多远？"

"嗯，没几步，后来我就转身去厨房了。"

"如果您转身进厨房了，怎么发现小女孩和一个穿牛仔裤的年轻人说话的呢？"

"在我回厨房之前看到的，那时我还盯着她，看到一个男人靠近露西亚，冲她微笑，父亲一般地弯腰对着她。"

"他给她什么东西了吗？比如糖果之类？"记者引导着话题继续提问。

"没有，我觉得没给。他只是弯下腰冲着她微笑，露出闪亮的假牙。"

"您觉得小女孩当时状态如何？"

"挺好的，感觉她和往常一样活泼。"

"露西亚是个活泼的孩子吗？"

"是的，她总是爱玩儿，经常把球扔到我这边来，然后跳到花坛上，把刚长出来的小草儿都踩坏了。我老说她，而她总是两面派，冲我弯腰鞠躬说：'对不起，维尔吉尼亚夫人，我没投准，现在我把球取走，我一定注意不踩您的花草。'"

"她就这样说话吗？"

"是的，小露西亚说起话来就跟念课文似的。"

"露西亚，和教堂的圣人同名？"

"是的，她在家附近的教堂受了洗礼，她的母亲把她托付给女圣人露西亚保护。可我觉得，那个女圣人的眼睛是两个洞,手里托着一只小盘子,盘子上面放着两只直勾勾地盯着正前方的眼珠,这真令人作呕。"

"据您了解,放着眼珠的托盘会对小女孩产生影响吗?"

"我觉得不会,因为她经常去那所教堂,和神甫堂·安东尼奥成了好朋友。神甫是个古怪的小伙子,常穿毛衣和牛仔裤,喜欢踢球,莫西干发型,吃东西时狼吞虎咽,还经常放屁。"

"经常放屁?那您和他很熟吗?经常来往吗?"

"嗯,可以这么说吧。我经常帮他在他开办的救济穷人的慈善餐厅做饭。"

"您刚才说道看见一个穿着牛仔裤的男人停下来和小女孩说话:您还记得那个男人长什么样儿吗?像不像神甫堂·安东尼奥?你不是说他常穿牛仔裤吗?"

"当然不像了,跟他有什么关系。堂·安东尼奥长得瘦高、修长。那个牙齿闪光的人身材矮小,将军肚,长相凶残,走起路来好像脚疼似的。"

采访听上去很荒唐。那个男人,或者其实她是个女人,意味着什么?那顶遮住了脸,却没能遮住闪光的牙齿、凶残的微笑的帽子意味着什么?维尔吉尼亚·佩拉女士想要暗示什么?

4

独自在家。又一天过去了,总有批改不完的作业。我没法集中精力,总想着那个令人不悦的采访,想着给小露西亚缝制嫁衣的母亲,想着做卡车司机的父亲,想着凝视我的小女孩,她似乎要对我说些重要的事,却没有开口。我心乱如麻。

头脑中浮现出桑德罗·贝纳①的诗句：

> 我爱这世上一切美好
> 而我仅仅拥有
> 阳光下
> 白色的笔记本。

我拥有的,也只是学生们的这些作业纸,上面布满字距宽大、犹豫不决的笔迹。

如果可以,我真想睡上几个世纪。不是彻底死去,死亡是件残忍的事,而是睡上一段时间,之后醒来,更为兴致勃勃,充满生机:难道这样不好吗?你愿意在骷髅堆里醒来,发现自己也是具骷髅吗?什么鬼话,你这只老猫头鹰,我只想睡觉,睡醒之后有所不同,比现在更满足。你还是想着判作业吧,都拖了好几天了。

实际上,我正拿着一只红蓝铅笔。但我没在改作业,而是开始画一幅教室平面图。小学四年级,A班。教室门上的漆皮已经脱落,合页转动吃力。讲台左边的墙壁上挂着一幅巨大的欧洲地图。右边有两扇横宽、低矮的窗户,卷帘百叶窗已坏,既不能拉上去,也不能放下来,卡在中间,露出由于潮湿而涨弯的细木条,一条条互相交叉在一起。教室后面,正对着讲台的墙壁上钉着许多挂钩,用来挂学生们的外衣。最后是讲台,讲台桌腿儿下面是木板拼成的地台,接缝已经松动,导致讲台不稳,每天早上我都得把纸叠成四折,垫在两边的桌腿儿下面。桌面是光滑的栗木板材,刷了深色的漆,但表面开裂,布满划痕。我在右侧忠实地画了一

---

① 桑德罗·贝纳(Sandro Penna),意大利诗人(1906—1977)。——译者注

小瓶装得满满的矿泉水，旁边放着一只塑料杯子，学校工友会随时注意更换。在讲台后边，我勾画出钉在十字架上的耶稣受难像，它挂在墙上，尘土令它灰暗。木头椅子的靠背上缺了两根木条，空空无人。

纳尼·萨比恩查老师在哪儿？你在问我吗？不，我在问可怜的耶稣，他只能张开双臂，悬挂在那里，其他什么也做不了：你觉得我们为什么要崇拜一个受伤的身体，而不是把精力集中到一个在贝特塞达①湖水中赤脚行走的人？我在第一排画了小塞提米诺，他几乎是个小矮人，脑袋上的头发挺立着，衣服领子沾着红色和黑色的墨水痕迹，竖在脖子周围。他身旁是马里奥，这孩子兜里经常装满钉子、绳子、饼干、巧克力条、南瓜籽、奶糖。然后我画了害羞的塔提安娜，她戴着厚厚的眼镜，穿着T恤衫，扣子一直系到脖领，常常局促地微笑：她专注、好学、聪明。我又画了小乔瓦娜，她总是心不在焉，随时会发笑，她看书很多，喜欢小说。我继续画上身材健壮的阿麦德，他脸色黝黑，深黑色的眼睛炯炯有神。他旁边是瘦弱的亚斯明，她总是神秘地微笑，痴迷于学习，但不露锋芒。

铅笔几乎自己在作画。我乐于把小学生们再现在教室平面图上。大个儿乔瓦尼的脑袋明显高出其他人很多。比翁多长得很漂亮，单纯天真，极不喜欢学习，踢足球却是无人能比。他旁边是胖乎乎的小米凯拉，她头发浓密、金红，小眼睛里射出敏锐犀利的目光，天生一副洪亮的好嗓子，念起课文声音响亮、流利，她是班上最聪明的孩子，是个小开心果，经常讲傻傻的笑话，学习刻苦，时常语出惊人。挨着她的是阿莱西亚，这个小丫头爱化浓妆，指甲涂成黑色，简直像个女明星：数学上

---

① 贝特塞达，又译"伯赛大"，《圣经》中提到的城市。——译者注

没人能超过她,所有人做作业遇到困难时都会找她帮忙。

后边还有一排课桌,总共十六张。但很多孩子来学校似乎只是为了睡觉或把自己藏起来,不引起别人的注意。他们抄袭作业,躲在最好的学生后边,喜欢随大流。这些温顺的小家伙们有时很有趣,比如小阿德里亚诺,如果我站在讲台时叫他,他会哭出来。还有战战兢兢的丹尼斯,会用害怕的眼神盯着我,但同时我又能从中读出信任。布鲁娜有一头金黄色的长发,有用消毒剂反复擦手的怪癖:她罩衣的兜里总是放着两小瓶。然后还有马可,他的全部精力都用在避免被提问上,伪装得几乎与课桌融为一体。

最后,我画了弗朗西斯科·巴斯勒,他的体格几乎像成人一般,是个不守纪律但非常优秀的孩子,对所有人、所有事都充满批判精神,随时准备着登上奥兰多的骏鹰,飞向未知的土地。他具有无法估量的想象力,说话时黑色的眼睛总是闪烁着光芒,懂得如何像大人一样思辨。实际上他比其他孩子大三岁,不知道他学习困难是否因为多次蹲班。但我确定自己可以信任他,尽管有时他会跑得太快,变得无法预料。然而他值得追随:他的思路总是直指目的地,从不出错。

总共十六个孩子,我想要教导他们爱文字、爱书籍、爱知识、爱思考。

你别太装腔作势,那头飞禽对我窃窃私语,每当我雄心壮志的时候,他总会出现。你只是个心力交瘁、心情抑郁、浑身疼痛不适的可怜教师,你教不出什么大本事来。你要羞辱我吗?不,我只想嘲笑你,你这个蠢蛋。我努力耸起肩膀,它在我肩颈之间安营扎寨,我要把它从那里赶走。但它却非常喜欢蜷缩在那里,观察我,批判我,待得舒舒服服的,丝毫没有打算离开的意思。

有些脑袋似乎装不进任何东西,学习会把他们累死。

都是你的错,你应该更努力,更决断,更权威,把不听话的都揪出来,别因为有几个聪明学生就沾沾自喜:你难道没发现自己恍恍惚惚、犹豫不决,就像一只剃秃了毛的小鸟儿?说起鸟儿来,这儿的确有一只,但不是我。

我听到一阵拍打翅膀的声音。这头飞禽想要羞辱我,它自以为是头雄鹰,其实不过是一只笨鸡。

你乱画了一下午,弄出什么成果了?作业你也没改,只会用你那个当会计的小脑袋胡乱推算,荒废时间,一事无成。不是这样,我制作了一幅班级平面图,把我的学生们逐个儿画了出来,他们中的有些人真的令我骄傲。你是个忧伤的老师,另外,你太爱做梦了。关于我的梦,你有什么要说的吗?没什么,我只想说你过分迷信那些梦,那些云山雾罩的想法了,这样不好。云山雾罩的想法?它们可都言之凿凿。"在梦里称王,醒来却只是一场空。"你知道是谁说的吗?莎士比亚,他对梦很在行。"不知周之梦为胡蝶与?胡蝶之梦为周与?"这话是谁说的?是公元前三百年一位伟大的中国哲人说的。你知道了吧,引经据典我比你强。我承认,你过目不忘,但引经据典你赢不了我。"梦是现实的无尽之影"是谁写的?我知道,我知道,帕斯科利,出自他的《飨宴诗》。

实际上,我们在各自施展才华。应该承认,飞禽看书比我多。或者说它通过我阅读,在我思想深处阅读,利用我的记忆力,仿佛那是它自己的一般,这只寄生虫。

5

现在有关失踪小女孩的报道越来越少。只有国家广播电台第三频道——报道这类主题最严肃认真、言无不尽的频道——还记得这起事件，他们会再续失踪报道，对小女孩的母亲以及看到牙齿闪光的男人和小露西亚说话的那位女邻居进行采访，以免致使这起事件杳无声息。由于无论在失踪之前还是之后，除了佩拉女士以外，没有任何人见过那个男人，因此普遍认为这位女士可信度不高，她之所以那么说，很可能是出于对女邻居的莫名仇视。谜团重重，大都认为小女孩已经死了。

几乎三个月——现在已经是十二月中旬了——既未发现尸首，也没找到嫌疑人的任何踪迹，似乎再没有人为此担忧。关于小女孩的假设有两种：她被绑架，并带到其他地方被人收养，有些报纸提到过这种观点，并且似乎的确存在某些国际组织，借此勾当获取大量钱财；或者小女孩已经被杀害并埋在某处。但无论警犬还是地毯式搜索，都没能在"半截井"社区附近发现任何线索。

包括我的学生们。这几个月我对他们说起过失踪事件，但其实他们早已知晓，他们也认为小女孩已经死了，然后便不去想这件事了。"事情发生在咱们学校，"我气愤地说道，"难道你们真能无动于衷么？""可大家都知道，孩子们通常健忘。"一位学生的母亲对我说，我曾和她儿子谈起过这件事。"也许他们并没有我们想象得那么健忘，只是他们懂得如何让人认为他们健忘。"我回答。她微笑着走了。我想她认为我有些偏执。

就因为梦见了小女孩，我就该寻根究底吗？我是不是过分地把两件事情混为一谈？不惜一切代价坚持查明原委的愿望是否迫使我变成私人侦探、麻烦制造者？

你这么着急干吗？露西亚·特雷贾尼和你有什么关系？

飞禽质问我。和我有关，虽然我也说不清究竟为什么，或许因为她像我女儿，或许因为我梦见她失踪，然后她就真的失踪了，就像我有预感似的。什么预感？她不是你女儿，也不是你的邻居。但她在我教书的学校上学。可她又不是你们班的，她的老师叫萨利娜·帕沃内。没错，要找也应该由她去找，跟你有什么关系？

然而，第一次孤独不仅不令我苦恼，反而使我精神抖擞。我第一次感到，自己多得用不完的时间可以用来寻找，不再心有愧疚。总之，你想说寻找失踪的小女孩能使你这个孤独男人的生命获得意义？也许吧，为什么不呢？

梦会说话吗？它们会说些神秘兮兮、令人费解的东西吗？或者它们是现实派来的信使，既危险，又邪恶？

你又梦见那个小女孩了吗？既然能做预兆梦，你说说她出什么事儿了？实话实说，我没再梦见过她，但我感觉她还活着。你凭什么这么觉得？不知道，但这是我的直觉。如果你坚持要跟着感觉走，那咱们的麻烦少不了，你看看，最近你不仅玩忽职守，懈怠教师工作，还忘了自己是那家名称可笑的网络小报的兼职合作人。它叫什么来着？"即时贴"？嗯，也许你说得对，虽然他们不给我钱，但"即时贴"允许我发表观点，坚持练笔。那就继续练笔，写点儿别的，放过失踪的小女孩吧！我才不会放弃：我已经开始对失踪的女孩们进行调查了，而且发现了好多以前不知道的事情。譬如说？譬如每年全世界有几万名儿童失踪。在意大利，二〇一三年六个月内便有六百九十五名儿童失踪：内政部公布的名单长得见不到底。你知道吗，还有四岁大的儿童呢，消失得无影无踪。普遍担心这些孩子或者被盗取器官，或者落到人贩子手里。有一位名叫娜迪亚·弗兰卡拉齐的女记者，她是位十分出色的调查员，为我们提供了触目惊心的数据:从一九七四年一月到二〇一四年六月三十日,全意大利未能找回的走失人口为二万七千人。其中,九千五百三十四名意大利人,一万七千四百四十六名外国人;一万五千四百三十五名成年人,一万一千五百六十五名未成年人。

　　你要当这方面的学者么? 这我倒是挺有兴趣,我突然发现这件事情与我有关。为什么和你有关? 也许因为我在寻找女儿,就像奥菲欧前往冥界寻找尤丽狄茜,在这未知的旅程中,我遇到了其他许多曾经受难或正在受难的小女孩,觉着自己想做些什么。想做什么? 亲爱的老师,你太文学化了,已经病入膏肓了,你看过太多书,做过太多虚无的梦,该停下来了,不能一直这样思考,就好像生活在一则比你自身的存在更为真实的神话中似的。也许我已经找到了女儿,只是不知道该如何挽留她,她生活在我们不了解的平行世界里,你懂吗? 但她依旧在我们身边,带着神秘,带着苦难,追随我们。总之,就如同规模庞大的老鼠世界:你知道吗,地球上每个人都对应着地下的一百三十只老鼠。我们从没见过它们,从不去想它们,但那个世界确实存在,它们依靠我们,依靠我们的残羹剩饭给养,靠我们生存,靠我们成长。悄然无声的寄生虫,却生机勃勃,有股冲破一切的力量。别说蠢话:你怎么能拿为数众多的人类失踪人群与污秽的老鼠世界做比较? 我没有做比较,只是说老鼠在地下生活,它们数量庞大。我不容许你拿我女儿和老鼠做比较! 笨蛋,我所说的是抽象意义上的老鼠,你别净想着阴沟里的老鼠,你想想老鼠的机智、缄默和神秘。中国人把它当作属相之一绝非偶然:它是未知力量的象征,代表未知世界或是颠倒世界中那股令人不安却无比强大的力量。因此对你而言露西亚是只老鼠? 不是,我说的是象征。你对我说我是个爱做梦的人，可你也做梦，做愚蠢的梦，在想象中驰骋，老鼠是你，而不是那个可怜的失踪女孩。

事实上，我无法做到不去想这件事。失踪事件发生不过几个月就没有人再提起了，这简直可耻。我不停地寻找类似事件，把它们进行对比，我埋头于描述失踪儿童的书籍中，发现人们在写这个话题的时候极不情愿，仿佛提起这件事都是种耻辱。儿童失踪，当然了，这是现实。但他们过去也失踪，不是吗？而且将来他们依然会失踪。可这是谁说的？

我在电影《浩劫》中看过痛彻心扉的证据。一些犹太儿童走下火车，手里提着小行李箱，一心以为自己将要前往"劳动队"，身边是他们的妈妈们，她们头上戴着软呢帽，精疲力竭，饥肠辘辘，对等待着她们的一切一无所知。一名党卫军军官弯下腰，捡起从一个小男孩头上刮落下来的帽子，并微笑着还给他。妈妈不再颤抖，她感觉那是个友善的举动。或许他们将要告诉她哪里能带着孩子好好睡上一觉。军官拉着小不点儿的手，对母亲说跟他走。他步子缓慢却十分坚定地向一扇门走去。九月的傍晚光线昏暗，看得不十分清楚，微风在四周温和地吹拂着。远处能够看见灯光。也许那是为新到劳动队的人准备的房舍？火车喷着黑烟开走了，人们成群结队地待在一起，几个手持鞭子的军官过来，麻利地把他们按组分开。但这位党卫军中尉出人意料地和善，他不用鞭子，一手牵着小男孩，时不时低下头冲着他微笑。小男孩毫无戒心，顺从地跟着他，每走几步都扭头确认妈妈是否跟在身后。此时他们面前是一扇巨大的、镶着铁栅的木门。门敞开着，里面隐约可见许多一人高的管孔，竖立在地上。

军官弯下腰，让小男孩脱掉衣服，好好洗个澡，衣服可以挂在墙上的挂钩上。经过如此漫长的旅途，他怎能不想洗个热水澡？小男孩点头同意。年轻的母亲问道："那我呢？我也需要洗个热水澡，车厢简直如同地狱，根本无法呼吸，所有人都在角落里大小便，空气糟透了。"军官惊讶地望着她，若有所思。之后他说："您不能，请跟着那队人走，我一会儿过去找您！"但女人坚持说："我无论如何不会丢下儿子。如果他去洗澡，我也要去洗澡。"军官恼羞成怒地看着她。他嘴唇紧绷，看上去立刻要还以一声怒斥，然后发号施令，就像其他人那样。但他克制住自己，点了点头："好吧，您也把衣服脱掉。"他语气温和，递给她一条毛巾，一块肥皂。

母子俩脱掉衣服，并把它们挂在写有编号的挂钩上，此时，其他孩子和妈妈陆续到来。他们赤身裸体，准备洗澡。几名脚穿闪亮长靴的军官把他们推进敞开的澡堂。看上去没人害怕，洗个澡算什么！顶多从那些孔里流出的不是热水，而是凉水，但现在天气还算暖和，在肮脏、恶臭的车厢里挨过漫长旅途之后，这完全可以接受！

小男孩脱掉衣服，把两只小鞋子在挂钩下面摆放整齐，钩子上挂着他的小裤子、衬衫、内裤。他再次把手伸给军官，要他领他去该去的地方。小男孩不敢抬头看赤裸的母亲。他从没见过母亲一丝不挂的样子，同时也为自己毫无遮掩的身体难为情。他用空出的那只手使劲儿遮住肚子。但那里所有人都光着身子：人群中孩子的数量越来越多，一些妈妈用毛巾遮住下体，她们没有拒绝，没有反抗，没有说一个字，只是服从命令，耐心地跟着人群，走进宽敞的澡堂。

直到党卫军把厚重的大门关紧，并用几根铁棍闩牢时，妇女和儿童们才开始心生疑虑。管孔已经开始喷水，水还算温热。"妈妈，你看，还有热水。"小男孩说道。他闭上眼睛，体会温暖的水流从赤裸、疲惫的身体上滑落所带来的舒适感受。

"是啊,我的宝贝,咱们太脏了,认真洗洗。"母亲回答道。她
在一阵迷乱中把深色的肥皂块弄丢了,在旁边人的脚下仔细
搜寻。混乱中,没人发觉天花板上露出几道缝隙,几股蓝色粉
末从缝隙中飘落而下。没人知道那是齐克隆 B,人类所发明
的毒性最强的毒药,仅仅几分钟,就会把他们送到另一个世
界。粉末一旦接触地面上的积水,便开始溶解,挥发。它的烟
雾上升,飘入孩子们的鼻孔,先是孩子们,因为他们离地面更
近,他们一起开始咳嗽,然后呕吐,之后抽搐,如同被塔兰图拉
毒蜘蛛袭击了一般。母亲们把他们紧紧抱在怀中,不知道毒
气从何而来,而就在那一刻,散发出淡淡的苦杏仁味道的蓝色
蒸汽也即将钻进她们的鼻孔,她们就要和自己的孩子一同倒
下,倒在一片呕吐物和血泊之中。

6

五月中旬的一个礼拜五,暑假即将来临。在课堂上,我发
现学生们看我的样子如同第一次见到我似的,充满惊异,还带
着一点点好奇。事实上,我也好像第一次见到他们。十岁、十
一岁的小孩子,上小学四年级,通常非常容易走神,而今天却
专心致志地听我说话。这是为什么?我又在讲述露西亚·特
雷贾尼以及她的失踪,这次讲得更为深入。这件事激发了他
们的想象力,如同它曾激发我的想象力一样。鉴于我心中认
定这是一宗绑架,便开始给他们讲说古代历史中劫持的意义。
我并没有把要点放在"设立同一法律的必要性和培养欧洲统
一意识的需求"——如同教学大纲里所写的——而是开始述
说宙斯幻化为牛,引诱正在海边与女伴玩耍的年轻欧罗巴,把
她驮在背上带走的故事。

"欧罗巴是个温和的小姑娘,养在深闺,幸福快乐。当她看到一头俊美的白色公牛欢快地小跑着,向她靠近,举止友善,便开始在它形似银色弯月的两只牛角上把刚刚采摘的花朵编成花环。公牛愈发温柔和善,打动人心,鼓动她爬到它的背上去。欧罗巴没有让它重复邀请,她一向喜爱骑马;公牛步伐坚定,简直像跳舞一般,驮着她向海边走去。就这样,它先把一只蹄子伸进水中,仿佛在试探海水是否清凉,然后又伸进另一只,之后便立刻扑入浪花里浮游,它努力把头竖立得高高的,角上还缠绕着花环,这样身着一袭白衣的小欧罗巴便不会心生戒备,继续和它玩耍。转瞬之间,它便把她驮到海的另一边。那是一片不为人知的荒芜之地,直到那时,欧罗巴才开始害怕。不知不觉中,她已远离家园、朋友、亲人。"

我要求孩子们画一幅画,描绘一头壮美的公牛,背上驮着一个小女孩,纵身投入水中游泳。他们立刻动笔。有的孩子简直把它画成一头红色巨龙,有的画成一匹长着翅膀的白色骏马,有的画成身上布满条纹的熊,活像斑马。

小乔瓦娜画了一头奶牛,身上长着很多乳房,说这是为了给欧罗巴喂奶。另一个孩子,贪吃又慢吞吞的大马里奥,草草画了一只黑箱子样子的东西,在下面写着:"公牛是一种身上裹着皮的动物,长着一条打卷儿的尾巴,背上驮着一个小女孩,可是我不会画。"

之后我又让几个孩子按他们自己的想法改写天神变身为牛,把天真无邪的小姑娘带走的故事。弗朗西斯科·巴斯勒起初嘟囔了几句,然后进行了生动准确的描述,鲜明而深刻地表明绑架绝非正义。然而其他许多孩子却认为绑架是正当的,甚至觉得希腊主神化身为牛,掠走小姑娘一事稀松平常。

"宙斯,真正的首领,爱上了那个漂亮的小妞儿,不惜一切代价要把她弄到手,但因为不知道该怎么办,它变成了一头牛,开始陪她玩耍,然后对她说,小美妞儿,快爬到我背上来,那个傻丫头听从了,公牛便背着她越走越远,走向大海,走向惊涛骇浪。"这是法布里西奥写的,他自认为写得不同凡响。

"法布里西奥,减少一些幽默成分,不要使用'小妞儿'一词,它含贬低意味。"然而他满不在乎,到同伴中去寻求赞同。

塔提安娜很晚才把改写交给我,她写道:"公牛喜欢那个女孩儿,带她去了远方,而年轻的姑娘再也见不到她的家人了,他们很为她担忧。"

趁着这个时机,我不露声色地把话题转移到小露西亚身上。"她是一位和你们相仿的小女孩,像大家一样,每天早上都去上学。也许你们之中还有人认识她。小女孩的家就在学校附近。有人记得她吗?有人和她有过交往吗?"

结果是没有人认识她,没有人和她交往过。她年纪更小,而他们和比自己更小的小女生没任何联系,小个子塞提米诺这样为我解释,他一向能说会道,口若悬河。

"可你们不觉得奇怪吗?一个小女孩就这样失踪了,没有任何人知道她在哪?谁能告诉我可能发生了什么事情?"

亚斯明头上梳着两条褐色的小辫子,她举起手,但随后困惑地看着我,没有开口。我问她在想什么。她几乎结结巴巴地回答我:"我觉得是卖鱼的人把她带回家吃掉了。"

"哪个卖鱼的人?你认识吃小孩儿的鱼贩么?"

"有个卖鱼的人和我家住同一楼层,他总是拿着斧子出门,还砍鱼头。也许小女孩已经被剁成块儿,像鱼一样卖掉了。"

"你觉得一个小女孩会被误当成一条鱼吗?"

"在我家邻居那儿会的。他每次看见小女孩的时候都坏笑。他的牙是黑的,还把手插进小女孩的裙子下面。"

"你们那个卖鱼的人行为不端,应该告诉妈妈去告发他。"

"爸爸说他有点傻,可他有好多钱,如果给他找麻烦,他会生气的。"

"你呢,马里奥,关于小姑娘露西亚的失踪,你是怎么想的?"

"我觉得她变成透明人了,没人能看见她,而她也许就在这里,正在笑话我们呢。"

孩子们不安地四处看看,比起亚斯明所说的,他们更相信马里奥的话。

"你呢,弗朗西斯科,你觉得发生什么了?"

弗兰西斯科的嘴边永远挂着心满意足的微笑,回答我说他什么也没想。调查的任务应该交给警察,总会发现 DNA 线索拿去鉴定的,不是吗? 总之,他说起话来就像个小律师。

"你从不担心被绑架吗?"

"呵呵,谁会绑架男孩? 只有女孩才会被绑架。"

"不对,弗朗西斯科,男孩也可能遭到绑架。"

"他们绑架一个男孩干吗?"

"可以把他卖掉。"

"就像在菜市场一样?"

"是的,就像在菜市场一样。"

你没发觉自己正在触及一个棘手的话题吗? 这会激起家长们抗议! 如果校长听见你这么说,会把你赶出学校:课堂是教学的地方,不是讨论负面新闻的地方! 如果我决定把负面新闻作为教学的一部分呢? 轮不到你做决定,你不知道教学大纲的存在吗? 是教育部制定的! 但孩子们必须知道他们有被绑架的危险。你讲的那个公牛和小欧罗巴的故事把他们的脑子弄糊涂了。我只是想让他们脑子里有个历史背景。你除了把他们搞糊涂没起到别的作用：宙斯和欧罗巴与小女孩的失踪有什么关系？有关系，因为一切都是从那儿起源的：如果没有天神们的传说，那是谁规定了绑架是正当行为？如果不朽的天神都允许自己劫持小姑娘，那为什么某个凡人不能这么做？一个爱上小女孩的常人为什么不能这么做？你认为一个男人可以爱上某个小女孩而不变成恋童癖吗？我认为可以，爱不是过错，但如果把自己的欲望强加给一个弱小无助的身体就是过错了，而且是严重过错。你怎么区分那是本真、善意的欲求还是一个男人对儿童的非法不端行为？每个人都可以去爱任何人，只要尊重他。你在逃避评判。我什么也没逃避，只是想把推理继续下去，不想让你插嘴，不想让你把我的思绪引得偏离正轨。你记住，我是你的觉悟。像你这样的觉悟，我留着一点用都没有。你有胆量把我赶走吗？我当然有，你不记得我已经这样做过了吗？但我知道，把你赶走也没用，刚在路口转个弯，就会又遇见你喋喋不休地唠叨……那你就以适合孩子们思考能力的方式和他们说话。什么叫适合的方式？就是谨慎的方式，持重的方式。可你知道这些孩子从早到晚都吸纳过什么信息吗？你知道他们在那些以游戏为名义的小屏幕上都看到过什么吗？我知道，但是体面，萨比恩查老师，你授课的风格应该体面。那么体面是什么？拜托你给我讲讲它是什么？你认为体面就是不顾真实、装装样子吗？

7

　　昨天夜里梦见她了。我马上讲述这个梦，为了在它仍然清晰的时候把它记下来。那是个真切、鲜明的梦。小女孩露西亚的眼睛是两个洞，和"半截井"教堂画中的女圣人露西亚一样。你把眼睛放在哪里了？我问道，却并没有张开嘴，而是用一种哑语说话。她神秘地微笑着。之后我就看不见她了。

你梦做得太多了，而且你的梦都没头没尾。可是梦中的画面非常真切，她看上去离我如此近，我几乎觉得只要伸出一只手，就能抓住她的胳膊，把她从无边的迷雾中拉回来。那你为什么没拉她？先不说这个，我更想知道他们为什么停止调查。因为缺钱，你知道调查会花掉公家好多钱。我知道，但一个失踪的小女孩，也许落到了一个有不良癖好的人手里，值得我们为她做任何牺牲，难道不是吗？我觉得你现在神志不清：小女孩已经死了，都过去八个月了，现在已经五月底了，什么都没找到。你忘了那张小女孩骑旋转木马的照片了吗？她旁边还有位头戴硕大紫色帽子的女士，所有报纸上都刊登了它，有人在照片里认出了露西亚·特雷贾尼。这我记得很清楚，可然后呢……拍照的人说自己搞错了，头戴帽子的女士是小女孩的姑姑，一切线索都是虚假的。

不出所料，我被校长罗莎·塔伦缇叫去了。她让我坐在她对面，在一张巨大的、深色玻璃面的桌子另一端。

"萨比恩查老师，您一定知道我为什么把您叫来。"

"我在努力想原因。"

"亲爱的萨比恩查，您一定知道，因为您违反了学校的一些基本规定。"

"哪些规定？"

"您承认在课上讲过一些少儿不宜的话题吗？"

"谁规定过哪些话题适合给一个十岁大的孩子讲？另外，他可以自由进入互联网四处浏览，那上面什么都有，从色情内容到高级哲学。"

"校规规定过……您必须遵守学校的教学计划,不能不顾严肃体面,心血来潮地乱讲。您不仅讲了一则不健康的故事,说一头牛劫走了一个小姑娘,甚至还提起小女孩失踪事件的新闻。"

"校长女士,一头牛劫走小姑娘的故事不是其他,而是宙斯劫走欧罗巴的传说,这则神话讲述了欧洲历史的起源,而今天,不论是您,还是我,还是这所学校里的孩子们,都生活在欧洲这片土地。至于那则新闻,讲讲有什么不好?他们随时可能在电视上听到,不经任何过滤。我努力合情合理地叙述这件事,顾及体面,也尊重他们幼小的年龄,同时还介绍了古代神话传说常识。"

"但是,亲爱的萨比恩查,这些都是禁止的,您必须按我说的做,因为我是校长,我必须对这所学校负责。"

我看着她,想弄明白这些话是她的由衷之言,还是她在扮演角色。我希望是后者,这说明她虽身不由己,却不失良知。我的目光落到她戴着戒指的手上。那双手光滑、秀美,指甲精心地修剪过,涂着粉色指甲油,这双手让我明白,她没有演戏。我所担心的,正是她会一本正经相信自己说过的话,真心认为我是个伤风败俗的老师,在课堂上谈论禁忌话题,几乎就是个教唆孩子们学坏的人。

我抬起眼睛,目光掠过她的豹纹衬衫,掠过戴在她脖子上的粗大金项链,掠过两只硕大、笨重的耳环:它们就像两盏吊灯,更适合挂在天花板上,而不是一位女子的耳朵上,一阵扫兴油然而生。我该怎么办?装腔作势,先表示赞同,然后说一套做一套?或是照章办事,一副悔过自新、毕恭毕敬的样子?直觉告诉我,我永远无法让她理解我的教学理念。

我的过激情绪让她揣摩出了些许想法。也许她并不像看起来那样莽撞,她开始露出宽容的微笑。

"萨比恩查,别灰心,我知道您为人诚恳,是位好老师。如果不是因为几位学生家长投诉,我是不会把您叫来的。您知道,孩子们经常充当狡黠的间谍,把老师在家长那里揭短亮丑,以此为乐。他们想让您丢脸,这些小孩儿的鬼把戏我心中有数,您别介意。但是您得更加谨慎,别再提那些古希腊神话了。我当然了解宙斯和欧罗巴的故事,但您不了解这些孩子家长,他们认为您在课堂上有失体统。"

这个女人令人大出所料。身穿豹纹衬衫、手戴数只戒指、耳挂吊灯耳环的她其实只是在扮演角色,而我却对她花哨庸俗的外表偏见过深,以致把她当成庸人。她不过是在设计一出表演:校长责备老师,这是职责所在,她的身份规定她必须如此。她的一举一动就仿佛天花板上装有摄像机,会把整出戏剧录制下来。过后她便会把手伸到桌子下边,按下按钮,关闭摄像机,重归通情达理:一个善解人意、同甘共苦、同心协力的女人。但真是这样吗?

几天以来,我在课堂上不再谈论失踪的小女孩,也没再提起神话故事。孩子们又一如既往地心不在焉,勉为其难地听着事先规划好的地理课和历史课。每次我都得提醒自己记得让他们把手机放到讲台上来,免得他们沉湎于那些庸常的游戏之中。

后来,一天早上,我再次说起露西亚·特雷贾尼,并发现他们立刻全神贯注。这只是校长所说的病态好奇心,还是他们终于意识到这件事和他们确有关系?如何辨别他们是出于好奇,并止于此,还是出于迫切的求知愿望,跃跃欲试地渴求去了解、去评判?

别妄谈哲学了，你这个蠢蛋，注意言行！那头飞禽在我耳边嘟嚷。我束手无策，摆脱不掉那自诩为天使的愚蠢飞禽，只得任由它对我冷嘲热讽。

我把个头矮小却能说会道的塞提米诺叫上讲台，要他按照自己的想法叙述一下同校学妹失踪事件。"你认为，为什么没能发现丝毫线索？为什么大家不再关注这件事？为什么人们如此健忘？"

他盯着自己的那双与矮小的身材极不相称的大脚，思索了好半天，然后用一双黑亮的眼睛一动不动地盯着我说："老师，我觉得那个女孩太小了，不能分辨一个人是朋友或不是朋友。也许某个人对她说，'你来吗？'然后她就跟他走了，没准是坐飞机走的。"

"那他们是怎么去机场的？小城 S 没有机场。"

"他可能开车带她去的。"

"可是没有人在当天早上八点看见汽车。你的意思是，可能有人用花言巧语哄骗了小女孩，引诱她跟随，一直到机场？"

"我想是一头猩猩。"

"为什么会想到猩猩？"

"在一部电影里看到的，猩猩用手拦腰攥住一个女人，就像抓苍蝇一样把她抓走，带到一座摩天大楼的顶上。"

"你觉得，猩猩为什么要抓那个女的，并把她带到摩天大楼上？"

"嗯，为了独自占有她。"

"即便她并不情愿？"

"当然了，他是庞然大物，而她十分弱小。"

"那你认为他做得对吗？因为强大，就可以为所欲为吗？

这叫做以强凌弱:人可以以强凌弱吗?"

他们一脸愕然地看着我。毕竟,强大可以压制弱小是稀松平常的想法,没人会为此大惊小怪。只有少数几个人认为这并不公正,理应谴责,其中包括弗朗西斯科。

我让学生们画一幅画,描绘一个小女孩或者小男孩手里拿着一只文件袋,在上学的路上遭到劫持。结果冒出了许多大猩猩——显而易见,前不久,不少家庭都看过了电影《金刚》——此外,还有插着翅膀的马,长着无数弯月形犄角的牛,里边坐着蒙面人的汽车。小女孩总是被画得很潦草,胳膊和腿线条粗糙,一张死板的小脸儿,梳着深色的长辫子。

校长想怎么责备我都随她,但自从电视节目"谁看见他了?"重提此事,人们便又开始谈论失踪的小女孩,我并不觉得自己所激发的幻想,会比电视更多。

8

周日下午,我厌倦了待在家里,便出门去"半截井"社区转转。我把自行车停放在马尔默拉大街上,步行穿过整条加富尔大街,来到特雷贾尼的家。角落里不再有摄像机埋伏,街道冷冷清清。我在锈迹斑斑的铁栅栏前停下脚步,小女孩应该就是从这里出来的,据那位女邻居说,露西亚的手推开的正是这扇栅栏门。如今栅栏上拴着一条崭新的锁链,用一把金锁锁住。

我从那里继续前行,想重走一遍小女孩走过的路。刚刚经过她家,左手边竖立着一堵矮墙,墙皮脱落,上面覆满了爬山虎,叶子已经干枯。往前走,左侧看到一片废弃的田地,用铁丝网围着。那是一块长方形的田地,杂草丛生,荆棘密布。

再往前走,有几所房子和另一条拐向左边的下坡路,那是一条没有名字的土路,被当作停车场,停放着几辆汽车。

右边竖立着圣·露西亚教堂新近粉刷成白色的墙壁。那是一处五十年代的建筑,更像是按照土地测量员的设计图纸勉强建造的,而非出自真正的建筑师之手。教堂是个平行六面体,两侧的配楼极不美观,显然是后盖的,钟楼也毫无美感可言,扣着水泥小圆顶,下边挂有一口假钟,它从不摆动,虽然每到整点钟声都会响起,并且通过音量开到最大的喇叭向外传送。

我穿过马路,登上台阶,向宽大的石门走去。门关着,我试着把它推开,很奇怪地感觉它顺着我的手自动打开了,我走了进去,一股潮气扑面而来,四周弥漫着燃香和发霉的气味。第一眼看去,教堂空无一人,但我随即发现一名妇女跪在那位女邻居描述的著名画像前:没有眼球的女圣人露西亚。

图上的年轻女子头顶光环,身穿一袭蓝色长衫,仰着苍白的脸望着天空。她挺立着,一副恍惚的神情,手里托着一只盘子,上面引人注目地放着两只浑圆的蓝色眼球,注视着教堂内部。

这个形象无法令人心神安宁。我甚至觉得它很不吉利。我坐在正在祈祷的女人身后,与她相隔两三条长凳。此时看到她的肩头一跳一跳的,仿佛在啜泣。我走到她旁边。

“女士,您需要帮助吗?”

她转过身来,吃惊、害怕地望着我。她没听到我走过来。我友善地冲她微笑。她不甚安心地盯着我看了一会儿,之后看上去平静下来,也朝我微笑了一下。

“我们认识吗?”

“我是附近学校的萨比恩查老师。”

"谢谢您的好意,但我不需要帮助。"

我感到她还心存疑虑:我们从没在学校见过面,对她而言,我是个彻底的陌生人。她看上去还在迟疑,似乎在问自己:有必要害怕吗?

"您看见神甫了吗?"我向四处望了望,然后问道。

"没有。"

"您需要纸巾吗？我有一整包。"

"谢谢……我在想女儿,她在这附近失踪了。我在祈求圣·露西亚帮我把她找回来。"

"哦,那么,您是特雷贾尼夫人？"

"您怎么知道？"

"我一直在关注小女孩失踪的事情。"

"您发现现在已经没人再提这件事了吗？"

"打扰您一下,我能请您和我出来一下吗？我也失去了女儿,她和您女儿同岁……我能问您几个问题吗？"

女人望着我,神色有些踌躇,之后她决定信任我,擦了擦鼻子,走出教堂。我跟在她身后,看着她在我前面走:她很年轻,可能还不到三十岁,身材修长,清瘦,轻巧,衣着朴素,头发在脖子后边盘着,这种样式我们从前称之为发髻。她走得很快,步子有些紧张。当我听女邻居的证言时,头脑想象中的她与本人截然不同:一位粗暴且心怀仇恨的女人。而我面前的她腼腆、惶恐,性格随和温顺。

我们在马尔默拉大街上找了一家酒吧,在小桌子旁坐下。酒吧名叫"蜘蛛",这令我想到生活中星罗棋布的巧合。实际上,菜单上画着一只硕大的蓝色蜘蛛,笔法稚气粗略,与我卫生间里的那只非常相像。只不过这只是蓝色的,从而给人一种欢快的感觉。

卡尔梅拉·特雷贾尼坐在我对面,她注视着我,神色介于戒备与信任之间。

"您想喝点儿什么?"

"一杯白水,谢谢。"

"您不想要杯咖啡吗? 或者一杯茶饮?"

"不用,谢谢,一杯白水就可以。"

我问自己,这是不是保持距离的表示:不接受陌生人的任何东西! 在她的童年和少女时代,这句话不知道听过多少次……我为自己点了杯咖啡,为她点了杯矿泉水。

我看着她那张风华正茂、不施粉黛的脸,发觉这个女人身上没有丝毫对于虚荣的爱慕。只需端详她白皙而水灵灵的皮肤,蓝色的大眼睛,紧紧挽成髻的黑色头发,柔软细嫩的嘴唇,便足以发现她的美。但我不能盯着她太久,我不想让她感觉尴尬。

当她用手把杯子举到嘴边的时候,我忍不住想道,她有一双粗糙的手。如果没记错,她是一位裁缝,手指上满是斑斑点点的老茧,那是缝纫、织补留下的痕迹。

"您真的也失去女儿了吗?"她殷切地问我。

"是的,她八岁时因白血病夭折了,我妻子也离我而去,因为无法忍受继续留在家里,那儿无处不能让人想起孩子。"为了让她明白我们处境相似,为了赢得她的完全信任,我把一切和盘托出。

"我很抱歉。"她低声说道,我能感到她的诚恳,"我能为您做些什么吗?"

"想要做些什么的人是我。"

我们两个都笑了出来。看上去她已经不再局促不安。

"我不明白您为什么会对露西亚如此关注。大家都认为她已经死了。"

"我觉得露西亚还活着,应该继续寻找,而不是像他们那样结束调查。"

我再次看到她目不转睛、若有所思的神情,她显然在问自己是否可以相信,背后有没有阴谋。

我和她说起女儿马尔蒂娜的事,这似乎消除了她的疑虑。

"可我还是不明白您为什么如此关注露西亚。"她再次不解地问道,我一时无言以对。她言之有理。事实上,我还没和她说过自己的梦。说还是不说?我担心自己不被相信。

"您知道吗,无数离奇的巧合鬼使神差地在我身上发生。"我终于鼓起勇气对她说,"您女儿失踪的头天夜里,我梦见一个小女孩在路上走,要去我教书的学校。那条路正是您女儿失踪的地点。我看见了那个小女孩的脸,虽然不认识她,但感觉有点儿眼熟。我注意到她的走路姿势和我女儿一样,两脚外八字,走起来有点儿摇晃。'你走路像只鸭子。'我以前经常对她这么说,然后两人一起大笑。我笑话她,她也笑话我,说我有啃指甲的毛病。另外,我还梦见那个小女孩穿着红色外衣。起床后,我从广播里听到小露西亚失踪的新闻,说她也身穿红色外衣,当时我简直感觉肚子上挨了一拳,似乎自己被扯进这件事里了,就像这是我的事儿一样。您现在明白我为什么如此关注它了吧?今天早上我来看您家的房子,还有梦中您女儿走的那条小路。然后我朝学校走去,想弄清楚您女儿都途经了哪些地方。我看到教堂,走了进去,从没想过会在那儿遇见您,希望没有打扰您。"

"那您是警察。"她突然睁大眼睛惊愕地盯着我说道。

"不是,我是一名老师,在您女儿上学的学校教书。今天是星期天,学校关门,所以想来看看失踪地点。我把自行车停放在马尔默拉大街上了,步行穿过整条加富尔大街,为了有个空间概念。"

"那您是记者。"她又说道,我的话她根本听不进去,"一开始来过许多记者。他们都想采访我,但我拒绝了,厌恶说起这件事。我把自己关在家里做嫁衣。我主要做婚纱,然后卖给一家很大的成衣铺,他们在市里还有商店。"

我从没问过她这些,不知道她这么说是信任的表现还是为了拖住时间,以便仔细观察我。

"如果您不反对的话,我想继续寻找,因为一个小女孩值得这么做,不能遗忘她,尤其在她很可能还活着的情况下。"

"您真觉得她还活着吗?所有人都认为她已经死了。"

"那他们找到尸首了吗?既然没有,凭什么说她死了?"

"都快过去一年了,一点儿线索也没有。"

"我们会找到她的,卡尔梅拉。"我一时激动,直呼其名,自己也颇为吃惊。

"您真这么想?"

"我会竭尽全力,如果您愿意协助我,那将更好。"

"真希望能有人帮我找回女儿!无论生死,我要知道她在哪儿。"

我看见她露出微笑,满怀信心的微笑。

9

我不得不向校长请假去警察局。特雷贾尼夫人说出了我的名字,但不知道她具体都说了些什么。另外,我把自己的个人信息和住址都告诉过她。警官让我坐在他对面,在桌子的另一端,他的桌子和校长的那张十分相似,桌面也是深色玻璃做的。这个男人并没有穿豹纹衬衫,而是一身刚刚熨过的漂亮制服。然而他的格调让人感觉他身上也不失"豹纹"印迹。

"您在对失踪的小女孩进行调查。那么您是做什么的,私人侦探?"

"不,我是学校老师。我的班上有许多孩子,他们的年纪和失踪的小女孩相仿。我曾失去女儿,她和露西亚同岁,我感觉自己被牵扯到这起失踪案件里了。"

"您为什么觉得被牵扯到这件事里了?"

"实话实说,我认为结束调查是不对的。小女孩有可能还活着。"

"您是怎么知道的?"

"我没法儿知道,但这是一种假设。如果她死了,你们应该能找到尸体。"

"从现在起,您也进入了需要被调查的嫌疑人行列,这您知道吗?您的过度关注显得十分可疑。"

"这我并不担心。我没有任何需要隐瞒的。"

"您能告诉我小女孩失踪的当天,也就是去年十月二日早晨八点您在哪里吗?"

"我在家,当时发着高烧。"

"因此您不像往常一样,上午在学校上班?"

"是的,我告诉过您,当时我在发高烧。之前的那天,学校派医生来给我看病,他嘱咐我卧床休息,饮食清淡。这您可以调查,医生名叫那波利,这是他的电话号码。"

"我们会核查的。"

"抱歉,可如果我是罪犯,您觉得我能如此泰然自若地来这儿和您谈话吗?"

"犯罪分子的心理通常十分扭曲,无法预计。"

"好吧,现在我能走了吗?"

"您可以走了,但要准备好,随时听候传唤。"

你闲得蛋疼,插手别人的麻烦干吗?现在你知道能得到什么好处了吧?我又没做坏事。你做的事叫引火烧身:你没有不在犯罪现场的证据,明白吗?每个去绑架孩子的人都可以说自己当时在家,而且发烧了。你这么认为?你就等着瞧吧,他们会去家里搜查。不会的,他们有什么可搜查的?他们会去的,你就等着吧。

事实上,第二天上午当我从学校返回家中时,发现门口全是宪兵。

"我们有检方的搜查许可。"

"嗯,请进!"

我把门打开,让他们进屋。没想到过程如此漫长。他们翻查了各种文件,搜索了每个柜子,扣押了一包女儿马尔蒂娜的照片,还把电脑拿走了。

"抱歉,我得用这台电脑工作……另外,如果我是罪犯的话,您认为我会主动调查这件事吗?"

"这是犯罪分子从犯罪现场回来后的典型心理。"

"犯罪?拜托!"

然而我无能为力。他们把电脑和手机都带走了。

现在你知道不该插手与你无关的事了吧!可这和我有关,出现在我梦里了!那些都是巧合,并非任何预兆,你记清楚!巧合纠缠着我,折磨着我,它们总在那里,屡屡令我不寒而栗,而我无法做到对那些召唤置之不理。你这个白痴,你看书太多,陷在故事里难以自拔,就好像那是你自己的故事一样。没错,我入戏太深,可奥特加·伊·加塞特不也说过:"置身令人不安的故事,仿若亲临其境,掩卷沉思,不由得瞠目结舌,恍惚迷离。"这就是你要置身其境的故事吗?对,没错。小女孩失踪这件事,究竟哪一点值得你如此关心?不知道:你没发现在我梦里她穿着马尔蒂娜的红色外衣吗?这些巧合难道还不令人惶恐不安吗?是令你惶恐不安,只有你的脑子里才云山雾罩,一团乱麻,尽是令人费解的想法:你就知道在那儿绞尽脑汁,冥思苦想。为什么不像大家一样,踏上一条笔直平坦的康庄大道?路就在你脚下:你有房子,有自己热爱的工作,本可以把日子过得多姿多彩,你可以谈恋爱;真是,我不明白你为什么不花点儿心思,去寻找一个值得爱的女人,你还年轻,刚刚三十九岁,身材高挑,相貌堂堂,天生一张招女人喜欢的脸,微笑起来魅力难挡,你不认为身边有个爱你的人更好吗?你还可以再生个儿子或是女儿,疼爱他,照料他,难道不比穷追不舍一个死去的小女孩强吗?是啊,没错,是应该开始找个人去爱,我很想恋爱,但这个家里出现另一个女人,单是想想都会令我作呕。

那么你就不是真心想恋爱。是的,这一切发生之后我的确不想,只想独身一人,寻找失踪的小女孩,因为我相信她还活着,并且需要我们。又来了,你又被梦中的预兆牵着鼻子走……这些梦会把你弄得一败涂地。这些梦给予我力量,让我感到勃勃生机,你懂吗?前所未有的勃勃生机。现在除了折磨你的那些小学生,逼他们画出失踪的小女孩以外,你还能做什么?我要去和那个女邻居谈谈,也许她能帮我把小女孩母亲的脾气秉性弄明白,她起初貌似信任我,随后却到警察那里告发我。

10

五月底的礼拜四，天气温和，我用冻鱼和白灼蔬菜草草做了顿午餐，之后骑着自行车朝加富尔大街走去，此时感觉有人跟踪。

你必须谨言慎行，因为现在他们视你为目标嫌疑人……他们没找出罪魁祸首，很可能最后把你抓去充当替罪羊。寄生虫在我耳边窃窃私语，我使劲儿摇头，不想听他说话。但事实上，很有可能会是这样。他们找到嫌疑人，而他又没有不在犯罪现场的证据，这就足够结案了。可仅仅因为做了些调查就进监狱的话也太冤了。那都赖你如痴如狂地专注和你无关的闲事：你知道吗，他们马上就能编造出一个罪犯来。可是我需要熟悉失踪地周边，以便了解这件事的来龙去脉。你懂不懂，这么做会让你更加可疑。又不是私人侦探，你四处找邻居谈话干吗？更何况，在众所周知的那天早晨，你连不在犯罪现场的证据都没有，这可是第一要害！但我当时在家，发着高烧！说得没错，但如何证明？大夫可以作证，之前的那天他来到家里，并且诊断出我患了重感冒，正在发烧。那是前一天，之后那天你干什么了？任何人都可以假装发烧，叫大夫来给自己看病，以此编造出不在犯罪现场的证据，但这种证据采信度不高。我给校长打过电话，告诉她我发烧了。你留有凭证吗？没有。这下知道了吧，你是嫌犯，十分可疑。

警官在审问我的时候，曾仔仔细细地打量我，试图把我看明白。在他眼中，我读出了怀疑：是不是这个男人绑架了小女孩，实施性侵，再把她杀害？可我连一只苍蝇都没伤害过，我失去了女儿和妻子，都不曾对命运进行任何诋毁，现在却突然被当成施虐狂、恋童癖！你们都疯了吧！

我对面的男人依旧目不转睛地盯着我，眼里充满苛责。他对我的话字斟句酌，努力推断凶手究竟是不是我。一名预审员，哪怕只具备最基本的刑侦经验，也该能看出我绝不是一个能做出这种龌龊勾当的人。

这你就说错了：难道你不知道许多犯罪分子都具有双重人格吗？也许他觉得你看上去并不像那种冷酷无情的杀手，但还是心存几分疑虑，毕竟有些罪犯很会演戏，具备瞒天过海的本事，能骗过所有人。你太烦人了！我受不了你的含沙射影、喋喋不休，能不能行行好，离我远点儿！

听见它的翅膀拍打移动的声音，我真希望自己触怒了它，至少留给我片刻安宁。我无论如何不会放弃：还要继续寻找小女孩，就当她是我的女儿，我没有任何需要隐瞒的事情，也不会中断调查，因为觉得自己应该这样做。

那如果假设事实上你是罪犯呢：如果你不是梦见了这件事，而是真正做过它，然后把它想象成一场梦，并以此蒙骗自己呢？怎么又来了，你这只倒霉的蠢鸡，你要把我怎样？看到没有，你有暴力幻想。别胡说八道，我心智健全，知道自己在做什么……尤其要告诉你，我没有什么双重人格，单一人格是否具备都不确定，更别说双重了！你可能杀了小女孩，然后把她埋在某个地方。你这个妄想狂：我都没见过小女孩，仅仅梦到过她。你梦到她说明你见过她：红色外衣该怎么解释？没准儿就是你把她杀了，现在却在这里调查一桩你曾犯下的罪行。别再胡言乱语了！你和俄狄浦斯一样，四处寻找凶手，然而正是他自己杀了父亲，睡了母亲，还对此毫不知情，当然了，毫不知情，亮点就在这里……该死的蠢鸟，现在满口文学的是你！另外，你妻子对你说要离开的时候你还要掐死她。我做梦都没这么想过:那只是一瞬间的情急闪念,我决不可能那么做。无意识里都有黑暗地带,我们不愿正视它所以才用盖子把它紧紧盖住。你缩头缩脑,夸夸其谈,信口雌黄,让人忍无可忍,我再也受不了你了!你自诩民主,认为自己与众不同,而现在我让你对自己产生了些许怀疑,对不对?你想让我有负罪感,为什么?因为负罪感十分可贵,心怀负罪感的人时刻懂得忏悔,因为一切罪过起于他,而忏悔大有裨益,能净化灵魂。你这个疯子,十足的疯子。

我来到特雷贾尼的女邻居——维尔吉尼亚·佩拉女士家,并敲开了她家房门。

她是个令人生畏的女人,短粗脖子,说话声音不大,但穿透力很强。我对她说自己是记者,否则她不肯开门。

"哪家报纸的?"她立刻疑忌地问道。

"一家网络报纸,名叫'即时贴'。"这是事实,如果她去查,能在编辑的名字里找到我。

"我从来没听说过,不过报纸的确太多了,有纸质的,不是纸质的。您找我想干吗?"

"能否准确地描述一下小露西亚·特雷贾尼失踪的那天早上,您从窗户里看到的一切?"

佩拉女士直起腰板,腮帮子鼓得如同一只巨大的青蛙,她开始讲述,吐字缓慢而肯定。

"当时我正在擦地,听到特雷贾尼家的房门打开了,我习惯性地向外瞧了一眼,看见卡尔梅拉正弯腰亲吻小女孩。"

"您是否记得她穿着红色外衣?"

"是的,我觉得是,但现在我记不清楚了,到底是红色还是粉色,不敢肯定。"

"然后发生了什么?"

"小女孩刚刚走下楼梯,朝花园走去,卡尔梅拉就重重地把家门撞上了。"

"所以您没看见她陪女儿走到栅栏门?"

"没有,当然没有。她看上去很着急,可能要赶制婚纱,着急交货。您知道她是做婚纱的吗?"

"嗯,知道。"

"有时他们催她催得很急,因为要试穿。他们不会上她那儿取货,而是由她把衣服送到裁缝店,新娘在那儿试穿,如果需要改动的话,卡尔梅拉就得动手重做。有时客户希望婚纱更长或是更短,或者胸部多些刺绣,要不就是加个暗兜,放手绢用。这样她就得把婚纱装在塑料袋里重新带回家。"

"她每天工作几个小时?"

"不知道,早上等女儿出门上学后她就开始干活,将近八点,一直干到中午,然后出门买菜。"

"她丈夫回家吃午饭吗?"

"不回,从来不回。她给他做一份香肠面包,加点儿水果,再带一壶热咖啡,他都放在一个黄色双肩背里,几年来他一直用那个包。每天晚上将近十九点他才能到家。"

"您从窗户那儿能看见她干活吗?"

"是的,能看见,我们两家的房子几乎是连着的。"

"那天早上您都看见什么了,能说得具体些吗?"

"我看见母亲陪着女儿走到家门口,弯下身子亲了她一下,然后重重把门撞上,仿佛在说:我烦透你了!她那么摔门我很吃惊,她从没那样做过……而那天早上她重重地把门撞上,那个动作里隐含着不耐烦和暴力倾向。"

"之后她做了什么?"

"不知道,我没再继续看。她也可能从后门出去了。从我家窗户看不见她家后门。"

"那小女孩做了什么?"

"我看见她穿过光秃秃的花园,她家从不用心照管花园,里边的植物总是枯黄的,我跟他们说过几次:灌木和花朵需要喷防虫剂,防止被蚂蚁和甲壳虫啃坏,可他们满不在乎。"

"之后呢?"

"之后我看见小姑娘推开铁栅栏门走了出去,朝学校方向走的。"

"可您和别的记者说曾见到一个穿牛仔裤的青年男子走近小女孩并冲她微笑。"

"其实我不确定那是不是个青年男子,也可能是个女人,他头上戴着帽子。"

"这您没对警察说过。"

"我没说是因为当时仿佛觉得是个男的,后来仔细一想,感觉自己没看清他的脸,他穿着裤子,因此我那时认为是个男人,可现在女人也都穿裤子,所以……"

"您不是说他的牙闪闪发光吗?"

"对,但当时阳光刺眼,我没看清楚。女人也有可能牙齿闪闪发光,不是吗?"

"因此您不确定靠近小露西亚的人究竟是男是女,可这种不确定您对警察说过吗?"

"没有,我在他们那儿已经耽误很多时间了。如果咱们还得重新开始各种审问,我就什么都别干了。我帮神甫做饭,您知道吗,如果我不能把饭做好给他,他就不给我工钱。"

"您经常帮堂·安东尼奥神甫做饭吗?"

"通常每周六和每周日,工作日有时也做,比如今天。"

"您得做多少人的饭?"

"那得看有多少人在慈善餐厅吃饭。"

"所有人的饭都由您一人做吗?"

"不,还有另一位住在卡多尔纳大街的女士也帮堂·安东尼奥神甫做饭。"

"一份饭他付您多少钱?"

"知道吗,您好奇心太重了。我不想谈论收入,何况我又没和他签过合同。"

"总之是灰色收入。"

"您不是税务部门派来的吧? 这和小女孩失踪有关系吗?"

"那个戴着帽子的男人或是女人年纪大概多大? 戴的是什么样儿的帽子,那种把脸全部遮住的吗?"

"戴的那种和羽绒服一体的帽子。年纪我不知道。"

"什么颜色的羽绒服?"

"绿色,我感觉是深绿色,但不确定。"

"他的脸全盖住了吗?"

"没全盖住,但只能看见一点点。"

"所以警察现在正在寻找一个男人,而您告诉我也有可能是个女的? 您知道这很严重吗?"

佩拉女士看着我,神色略带傲慢,仿佛在思索自己是否说得太多了,毕竟这里是小社区,大家互相都认识,还是不要说过多细节为妙。

"您认识那个戴帽子的男人或女人吗?"

"我真不认识。除非是卡尔梅拉从后门出去,追上女儿,还用帽子遮住自己。"

"您在暗示是母亲杀害了女儿?"

"没有,我什么都没暗示。我只是说什么事儿都有。您没听说有个母亲杀了自己的儿子,把他扔进水沟里了吗?一切都有可能,您明白吗?母亲可能追上女儿,拉着她走小路,到荒郊野地杀了她,扔进水渠。"

"您所说的非常严重。这只是猜测还是您手里有什么证据?"

"看您说的,证据!哪有证据啊?我什么也没看见,什么也不知道。另外,能不能拜托您离开,我可不想和报纸新闻有什么麻烦。"

走在路上,我心里充满疑惑和问题。那天早上八点,佩拉女士真的看见一个女人弯腰对着小女孩吗?那个女人会是谁?会牵扯到那位母亲吗?一位慈爱的母亲可能把女儿带到荒郊野外杀死吗?佩拉女士暗示了自己的猜疑:她是否看见了什么,却不想说?实际上,她编的故事听上去不太可信,但她应该看到过什么……可究竟是什么呢?我还得回来找她,但要等过几天,到时给她带一盒巧克力。她很贪吃甜食:我把兜里的巧克力软糖拿出来给她的时候,她拿了三块,并且立刻剥开糖纸,贪婪地塞进嘴里。

11

今天上午在学校我又一次和学生们说起了失踪的小女孩。经过无数调查却毫无结果,究竟发生了什么,我让他们谈谈想法。

"和你们上同一所学校的小女孩现在会在哪里?能说说你们有什么想法吗?"

回答五花八门。有的绘声绘色地描述了一头巨大的猛禽从街道上方掠过,爪子紧紧抓住小女孩弱小的身体,把她带走。

"哪儿？阿麦德，你觉得猛禽把她带到哪儿去了？"

"嗯，带到它的窝里去了……然后把她撕成碎片，分给它的孩子们吃掉了。"

"你不觉得一个八岁大的小女孩对于刚出生的幼鸟儿来说太大了，没法吃吗？"

阿麦德若有所思，片刻之后，他坐在座位上，左涂右抹，画出一只巨鸟，长着一双利爪，朝着在路上行走的小女孩俯冲而下，她渺小得就像一只蚂蚁。还有人说，露西亚·特雷贾尼掉入地下了，因为那条街上曾有一处煤矿，矿工们把她抓去唱歌，因为她有副好嗓子。

"露西亚·特雷贾尼真的有一副好嗓子吗？你怎么知道的？你不是说从不认识她吗？"

塔提安娜微笑着回答我说，她爷爷曾在那座煤矿工作过，后来煤矿关闭，上面填了土，盖了房子。这个故事显得很荒诞，但也有可能是真实的。

弗朗西斯科是唯一脚踏实地的一个。他说，露西亚很可能被某个贪恋她的男人绑架了，他把她藏得严严实实，没人能找到她。

"为什么要把她藏起来？弗朗西斯科，你认为是出于什么原因？"

"为了完全占有她，把她当作自己的某件东西一样。"

"我觉得那个人打她，然后把她杀了。"塞提米诺一脸严肃，突然说道。

"为什么先是打她，然后杀了她？"

"老师，电视上的心理学节目这么说过：有的人打小孩，然后受不了小孩盯着他看，所以必须杀了他，这样他就不会再盯着他了。”

“我觉得有人把她像囚犯一样关起来了，而且根本不把所有那些追查当回事儿。”

“弗朗西斯科，你的推断力不逊色于一名出色的侦探，你简直令我自愧不如。”

“老师，我经常看书，比您想象中要多得多。”

“我很高兴你能这样，而且我觉得你对这件事的推断比在书里遇到的侦探们更胜一筹。”

“理论上讲，还有可能是母亲出于不为人知的原因杀死了女儿。或者是父亲，比如他可能发现那不是他亲生女儿，而是私生女。总之需要调查才能证明。”弗朗西斯科接着说道。

“弗朗西斯科，叫‘萨比恩查’①的人应该是你，而不是我这样一无所知的人。”

“‘林中亮地却无亮光’②：老师，您还记得吗？这是您教我们的：‘林中亮地’指树林，本应是黑暗的，而它叫‘亮地’，也就是有亮光的。这不是典型的自相矛盾吗？您姓‘萨比恩查’，却不认为自己有智慧，我叫弗朗西斯科，本应和我的同名圣人一样穷困孤独，赤脚行走，而我却因拥有智慧而富有……至少您这么说。”

“你不仅有侦探的头脑，还有哲学家的思辨，弗朗西斯科，你让我敬畏。”

能想象出校长将如何斥责我，我中止了小女孩失踪的话题，现在全班都对此热情高涨。我们开始上两小时的课：地理

---

① 萨比恩查是姓氏“Sapienza”的音译，该词意为“智慧”。——译者注

② 原文为拉丁语，“林中亮地”指在树林中进行宗教仪式的空地，据相关推测，“没有亮光”暗指该类仪式应当在白天正大光明地进行，而不能在篝火照亮的夜晚暗自进行。——译者注

和历史。他们认为这两门学科不应分开。非洲是什么？是一片大陆。谁居住在这片大陆上？非洲人，也就是黑人。为什么他们是黑人？因为他们的皮肤为避免被热带地区炽热的阳光灼伤，分泌出更多黑色素进行自我保护。

"另外，人类生命起源于非洲。"我接着说道。

"那么最早的人类都是黑人吗？"

"是的，正是这样，阿莱西亚，你的祖先，你祖先的祖先，肤色像煤一样黑。"

"那然后我们怎么变成白种人了？"

"人口在增长，并向北方迁移，在那里，人们需要抵御寒冷，而不是酷热。因此防御日光的黑色素便停止旺盛分泌，皮肤就变成白色了。"

"那么皮肤会说话？"小米凯拉一边咬着铅笔头儿，一边问道。她有一头浓密的头发，一双明亮的眼睛总是透出认真的神情，她天生一副洪亮的好嗓子。

"是的，皮肤会说话：首先它说出你是哪里人。北方非洲人的肤色已经较浅，因为北非不是热带。现在我们回到有关地球的知识上，阿莱西亚，为什么地球上某些地区更冷，而某些地区更热？"

他们瞬间活跃起来：观察彼此的皮肤，比较哪些人肤色更深，哪些人肤色较浅。哪些人黑色素多，哪些人黑色素少。哪里阳光充足，哪里阳光稀少。哪里离热带更近，哪里离热带较远。

"老师，为什么在我们这些白人中间也有一些黑人，他们不是离热带很远了吗？"

"皮肤是有记忆的，当它记住黑色，那么在变成白色之前，需要历经好几个世纪。你们应该知道，美国虽然不是热带国家,但那里有许多黑人……"

"他们是黑人,因为他们在太阳底下种地。"

"是的,你说得没错,塞提米诺,但他们在来到美国的太阳下种地之前,曾生活在非洲,那里的阳光炽烈得多,皮肤带着这种记忆,即便走到非热带国家依然没有忘记。因此你们会发现,皮肤不但会说话,而且有着大象般的超强记忆力。"

"那些黑皮肤的人为什么去那么遥远的地方干活?"

"奴隶贩运者把他们带到自己的营地,给他们戴上手铐脚链,用船运往美洲,去耕种他们的土地。"

"老师,'奴隶'是什么意思?"

"如果你失去一切自由,一切权利,变成主人的财产,他可以对你为所欲为,那你就成了奴隶。"

"就像一条狗?"

"是的,就像对待一条狗那样,即便你折磨他,杀死他,也没有任何人会对你说半个'不'字。"

"可是我有条狗,我们一起睡在床上,我决不会伤害它。"

"事实上,幸运的是,友善也是人类的天性,人们彼此相爱。但权利是另一回事。人的权利,首先是有尊严。"

"老师,尊严是什么?"

"尊严意味着做自己的主人,而不是别人的奴隶,意味着不能被买卖、剥削、轻视、侮辱。"

随后,我给他们看了一些运送黑奴的逼真图片。我注视着他们金色的、栗色的、黑色的头发,他们一边低头阅览图片,一边交头接耳,交换观点,讨论得十分热烈。

"正义感是与生俱来的,还是需要进行文明教化?"我在问他们,但首先在问自己。诚然,这是个成年人的问题,但连最小的孩子也具备正义感:它难道不是人类本性的一部分,在接受任何教育之前便已具有了吗？

"我知道什么是正义感：如果有人撞了你一下，那你也反过来撞他，把他摔倒在地。"马里奥一边嘎吱嘎吱地嚼着糖果，一边喊道。

"不对，那叫报复心理。正义感需要运用理性，而不是报复本能。"

"老师，正义感在哪儿？在脑子里还是在心里？"

"有时候正义感会陷入冬眠，它仿佛不在人的体内了。但之后的某一刻，它会在你最始料不及的情况下蹦出来，这时就有瞧了。"

"正义是以民主的形式在希腊诞生的。"弗朗西斯科卖弄着学问，斩钉截铁地说道。

"又来了，既然你什么都懂，那就清清楚楚地给我们解释解释民主是什么。"小米凯拉挑唆道，她两手插在腰上，一副寻衅的架势。

"我想听老师讲什么是民主，不想听他讲，你这头蠢驴！"小乔瓦娜喊道。

"民主意味着将权利和义务进行分配。"我一边说，一边斟酌用词。这时我停了下来，担心自己讲得太过理论化，太过复杂。

"老师，您怎么不说了？"

"我担心自己讲得不清楚。"

"您不用担心，我们听得很明白。然后呢？"

"民主意味着相信国家是由公民组成的，而不是由臣民组成的。"

"公民和臣民有什么差别？"

"你来回答吧，弗朗西斯科，我肯定你知道。"

他没让人费力再三请求，开口说道："公民和臣民刚好相反。臣民只能服从君王的命令，不用思考，更不能怀疑。而公民懂得衡量哪些事情将对改良他居住的城市有益：他可以用自己的头脑进行思考，发表自己的观点，为他支持的人投票。这就叫做民主，这个词在希腊语中的意思是'人民的权力'。"

"如果我女儿在这里，她能为大家解释得更好，因为马尔蒂娜是天生的演说家。"

每当我提起马尔蒂娜，他们都会鸦雀无声、满脸困惑地注视着我。说起已经去世的女儿，我不知道自己是否太肆无忌惮了。在他们的家里，死亡是永远不会谈到的话题。这是个避讳的词语，有一天，马里奥这样为我解释，他是班上最胖、最馋嘴的孩子。

"死人已经死去，他们待在水泥里。"

"怎么是水泥？他们不是埋在地下吗？"我惊诧地问道。后来才弄明白，他们家中已经逝去的人都待在新建墓地里那些可怕的水泥匣子中，与泥土的联系已被割断。逝者被隔在水泥抽屉里，一只抽屉上面还摞着其余数以百计的抽屉，前面放着一支假花。

"你们认为把所爱的人关在水泥抽屉里，悬在空中，而不是让他回归孕育生命的大地母亲，这样对吗？"我问道，并希望自己的满腔义愤能够震撼他们。而他们诧异地望着我，显然认为这本无可非议。

12

六月，天气炎热，学生们越来越无心学习。我被校长叫去谈话，这次，她衣服的颜色柔和清淡，脖子上高高地围着一条糖果粉色的丝巾,两只剑型耳环垂在耳下,悬摆着泛着金光。她脸上浓妆艳抹,令人恍惚感觉置身舞台。

"知道吗,您的教学方法可能给孩子们造成问题?"

"什么问题?"

"孩子们年纪太小,不能强迫他们谈论性、人种、暴力等话题。"

"您在我的课堂上装录音机了吗?谁告诉您我说过这些?"

"萨比恩查,我知道一切,自有人为我提供消息。"

"希望告密者不在孩子们中间,把他们变成小间谍就太糟糕了。"

"这您不必担心,您要知道,我一直关注着您,并且不赞同您的方法,虽然我知道您为人诚恳,有自己的信仰,这么做没有背后的目的,但孩子们课后回家会谈论这些,然后父母就来找我抗议。"

"他们抗议什么?"

"抗议您的教学方法,说您有失体统:地理、历史与奴隶制度有什么关系?与肤色有什么关系?"

"如果我教授的不是黑皮肤仅仅意味着日照时间过长,黑色素分泌过多,而是肤色是区分人种的标志,那就算严肃正统了吗?问题在哪儿?"

"问题在于不能强求这么小的孩子像成年人一样思辨。"

"但我认为思辨是所有人应该具备的能力,不论大小:越小学会思辨越好。"

"一些穆斯林孩子的爸爸对我说您是'罪恶的无神论者',没错,他们用的就是这个词语,并且还威胁要把孩子从学校转走。"

　　在我班上有两个穆斯林家庭的孩子：小阿麦德，他好学、机灵、忠于职守，但沉默寡言；还有亚斯明，她对一切都充满好奇，热情、友好，虽然有时也会作对，但并无恶意。他们两人当中，究竟是谁把我的话断章取义地转述给父母，激起他们的抗议？校长没有告诉我。回到班上后，我先叫起阿麦德，觉得他是学生当中最为神秘的一个。

　　"阿麦德，当你有不同意见的时候，为什么不对我说？为什么不事先和我、和同学们讨论一下，就回家说我在你脑子里灌输了稀奇古怪的看法？"

　　他站了起来，咬着嘴唇，一言不发。

　　"阿麦德，我们在这里是为了一起思考，还是你认为学校是个传授绝对真理的地方？你不觉得上学是为了学会用自己的头脑进行思辨吗？"

　　"我只是实话实说：说您讲过黑皮肤、离太阳近、黑色素……然后我父亲不喜欢这些。"

　　"那你觉得，为什么你父亲不喜欢这些言论？"

　　"嗯，他说皮肤不会说话，黑皮肤的人是泛灵论者，人类的命运由真主决定，真主是我们的先知，传达唯一正确的真理，泛灵论者都会被处死。"

　　"你真的相信真主想要毁灭泛灵论者吗？你不认为许多民族都有不同的宗教信仰，我们应该学会与他们共存，而不是把他们视为敌人吗？"

　　阿麦德困惑地看着我，但并没有一脸敌意，相反，我感觉这番对话令他颇为得意：老师与他侃侃而谈，并邀他思考。

　　"阿麦德，我们这个国家欢迎所有人来学校读书，对你们的要求只是独立思辨，而不是强加给你们某个绝对真理。另外，绝对真理也根本不存在。"

"对于我父亲而言,它存在。"

"阿麦德,这我明白。有许许多多的人相信唯一真理的存在,认为它放之四海而皆准,并且想把这个观点强加给其他人:你认为这是正确的吗?"

孩子哑口无言。

"我只希望你能动脑思索,阿麦德,你必须自己思考明白哪些观点合乎逻辑,哪些一无可取……能答应我吗? 能否试着用自己的脑袋思考辨析? 我的意思不是要你在我所说的和你父亲所说的之间进行选择,而只是请你用自己的脑子思考,因为你和我一样,和这里在座的其他所有人一样,都拥有一部能够完好工作的引擎,这部引擎叫做才智。我无比确信,你的才智和我一样,和我们大家一样,有能力对正义感进行辨识。现在我想问你:既然我们都已知晓,黑皮肤源自黑色素,而并非由于文化低劣,并且黑人的宗教也和你的宗教一样,有权利平等地被信仰,那么能不能因为一个孩子黑皮肤,宗教信仰不同,就认为他低人一等?"

我已经知道自己免不了要和小阿麦德的家庭周旋一番,这个自以为是的家庭还以为传授给孩子的是唯一的绝对真理。我不能规避风险,只有勇往直前。

"在我的众多任务之中,有一项是教授科学。科学是对思维能力的自由运用,能明白这一点吗? 你认为科学也必须受到某种意识形态或某种宗教的挟制吗?"

我向班上的所有孩子提出这个问题,但与此同时,我明白自己对他们的要求太高了。我把话题转到一则童话上。虽然我十分清楚,即便是童话,也不能脱离对现实进行历史的、主体的阐释。

"我给你们讲过《三种语言》这则童话吧?"

记得在给他们讲语言体系的重要性时,我曾提起过格林兄弟的这则童话。

"老师,您没讲过,能给我们讲讲吗?"

发言的是弗朗西斯科,他一向求知若渴,善于思考。他旁边的小米凯拉也坚持要听。他俩是班上最有天赋的孩子,我不能偏向他们,但说着容易做着难。每次讲课的时候,我总会不由自主地向着他俩的方向,即便有时只能在心里这么做。我必须顾及其他人,不少孩子,比如乔瓦尼、法布里西奥、阿德里亚诺、丹尼斯学习都很吃力,他们总是心不在焉,对所讲的内容毫无兴趣,每次不得不写作文的时候,也总想着抄袭,缺乏独立思考的意愿。即便如此,一旦我讲起故事,他们也会参与其中,认真聆听,津津有味。为此我坚持多讲故事,我想这是把沉睡在深海中的小鱼钓出水面的唯一鱼钩。

"从前有个国王,他有一个天资聪慧却大智若愚的儿子。父亲把他送到一家有名的宗教学校,让他去学习拉丁语和神学。一年之后,小伙子返回城堡,父亲问他:'你学会什么了?'而他回答:'我学会了狗的语言。''怎么是狗的语言?拉丁语和神学呢?'小伙子没说其实自己已经努力学习拉丁语和希腊语了,而只说他认为学会狗的语言尤其重要。父亲惩罚了他,只许他吃白面包,喝白水。

"冬天到了,国王决定尝试其他办法,他把儿子送到另一所宗教学校,那里更加苛刻严格,除了宗教和神学之外,还要学习历史和地理。

"小伙子出发了,学习之后返回家中。当父亲问他学会了什么的时候,他回答说自己学会了青蛙的语言。'什么?我花了那么多钱送你去读书,你不但没有努力钻研对你用处很大、能帮你成为博学之人的宗教拉丁语,反而告诉我你学会了青蛙的语言？'"

我停顿了一下，发现所有人都直起脖子，想看我是否要停下不讲了。这说明他们全神贯注，没有落下一个字。

"老师，然后呢？"

"大失所望、怒火冲天的国王父亲做了什么？"我继续讲故事，它带来的安静和专注令我颇为欣慰，"他鞭打了儿子，只许他吃白面包，喝白水。'从今往后你外出只能去树林里砍柴，除此之外不许踏出门半步，你不配做一位国王的儿子。'国王对他说道，那可怜的小伙子只有服从。他没有告诉父亲自己已经学会了地理和历史，他认为这些学科不算什么，对他而言，学会一门无人能懂的语言，也就是青蛙的语言，才真正重要。"

"然后呢，老师？"

现在不仅弗朗西斯科、小米凯拉、塞提米诺和阿莱西亚在仔细聆听，而且全班同学都专心致志。向格林兄弟致敬！趁他们鸦雀无声、聚精会神的一刻，我要让他们记住这两位德国童话作家："格林兄弟很瘦弱，但他们满脑袋浓密的头发和丰富的想象力。"我说道，"他们分别于一七八五年、一七八六年出生在哈瑙，去世时间也相隔不久。尽管两人都结婚生子，但一直住在同一个屋檐下，一起写作，一起搜集古老的德国民间故事。他们编写童话，同时也关注自己时代所发生的事情：你们想想，他们勇敢地抗议汉诺威领地废除自由宪法，为此被大学开除，并被流放。"

"老师，'流放'是什么意思？"

"意思是把你从自己的家里，从自己的生活里赶出去，赶到外国去，而且你身无分文：你走吧，自力更生吧！"

"老师，他们会不会把您也开除、流放？"

"如果在独裁统治下当然会的，他们可能早就把我开除并流放了。但我们身处民主制度下，没有人会把你流放，除非你严重触犯了法律。"

此时，我感到其他孩子已经不耐烦了，他们想知道格林兄弟的童话后面怎么样了。

"老师，后来呢？"

"后来，国王想了又想，决定再尝试一次，虽然恨铁不成钢，但毕竟那是他唯一的儿子。他想再给他一次机会：但国王对自己说，这是最后一次机会，如果他再不成功，就把他赶走，权当没有这个儿子。

"就这样，他把儿子送到另一座城市，在一所新学校学习，并把他托付给一位专攻神学和古典拉丁语的大师。小伙子出发了，一年之后，完成学业，返回家中。父亲看到他变得身材高大、面目俊朗，上前拥抱了他。'我的儿子，你学会了什么？'小伙子却回答：'父亲，我学会了鸟的语言。'

"父亲怒不可遏，叫来仆从并对他们说：'这孩子不是我的骨血，不属于我，他太愚蠢了，我再也不想见到他。你们把他带到树林里杀了吧。'

"仆从们抓住他，把他五花大绑带进了树林。可当他们拿出刀子的时候，看到小伙子瑟瑟发抖，便动了恻隐之心。就这样，他们放了他，让他在树林里自生自灭：心想他迟早会饿死。为了证明已完成了任务，他们割下一头鹿的舌头带给国王看。"

讲到这里，我感觉口干舌燥，便停顿了一下。

"等我喝口水。"我说道，从未像现在这样如此深刻地体会到文学中所说的"悬疑"的重要作用。屏住呼吸，渴望了解故事的进展和结局，这是阅读每部小说必不可少的一部分。

所有故事都具备开端、发展、结局。这些环节缺一不可。即便是很小的孩子也知道这一点。"妈妈，给我讲个故事。"一个两岁大的孩子说道，而文学启蒙恰恰始于此刻。

这时，下课铃声响起，我只得放他们下课，从未感到他们像现在这般不愿离开课堂。

"明天，明天会接着把故事讲完。"我送出这剂定心丸，随即看到他们回归安心的样子，闪电般抓起文件袋、小书包，向大门冲去。

13

到家后，我收到一封信。

亲爱的萨比恩查先生：

我是萨利娜·帕沃内，和您在同一所学校教书，我在这里任教时间并不长，因为我替一位生病教师代课。因此，我想我们并没有正式认识，只在楼道里打过几次招呼。我了解到您正在对可怜的露西亚·特雷贾尼进行调查，她是我的学生，失踪当日原本要来我的课堂上课。我想您能体会我有多么难过。我与那位母亲，即卡尔梅拉·特雷贾尼谈过，她告诉我您是记者，只利用余暇为一家网络报纸撰稿，但您赖以为生的职业是教书。我知道您在这座城市的另一个区域居住，每天早晨骑自行车来学校，不是吗？您知道吗，在这么小的社区里，保守秘密十分困难。另外，您和安妮塔女士还是夫妻的时候，我曾看见过您几次。我很难过您失去了女儿，很难过您的妻子离您而去。我认为自己能理解您为何如此关注小露西亚的失踪。我有些事情想告诉您。这几天您能找时间和我见面吗？可以拨打这个手机号码。

没想到自己能激发如此之多的好奇。我当然要听听她打算说些什么，在学校的会议上我也许见过这位萨利娜·帕沃内，但从未与她面对面交谈过。看上去她知道不少事情，这令我稍稍有些不安：即便没什么好隐瞒的，我也不喜欢自己的一举一动被人监视。

如果不去呢？帕沃内女士怎么知道关于我的这么多事？她为什么想和我谈谈？我感到身陷地方小城的流言蜚语，其中事实和杜撰极易纠缠在一起，猜疑无限放大，而真相则变为一剂毒药。闲言碎语混乱如麻，我不想沦为社区议论的对象……

但还是要去，我对自己说，正是这些混乱如麻的闲言碎语有可能透露某些实情，兴许能发现对寻找小露西亚有帮助的线索，我已然把她视为自己的第二个女儿。

次日早上，当我走进教室的时候，全班同学齐刷刷端坐，准备听我继续讲童话。

"你们真这么着迷吗？"我知道这句问得很多余。

有的人微笑着，有的人点点头。只有弗朗西斯科说："老师，我在我母亲的一本童话集里看了这个故事，但我更喜欢听您讲，因为您在讲的过程中添加了自己的东西，而讲格林兄弟只是要借题发挥，对吗？"

"不，弗朗西斯科，我不是为了借题发挥，《三种语言》这则童话是由格林兄弟搜集并按照他们的方式重新改编的民间故事，而我在给你们讲述的过程中，的确也融入了我改编的成分，但并没偏离这则十八世纪故事的精髓，只是让它更容易贴近你们。无论如何，我先把它讲完，然后看看你们能不能自己总结出哈瑙两兄弟想要表达什么。米凯拉，我们讲到哪儿了？"

"讲到国王要杀死儿子，命令仆从们把他五花大绑带进树林，可他们不忍心杀了他，就把他放了：仆从们心说，反正他也会死，会被大灰狼吃掉。"

"真棒！那么，这个光着上身的可怜小伙子会怎样？他被丢在树林里，独自一人，没有家，没有食物，没有住处，连躲藏的地方也没有。法布里西奥，如果是你，你会怎么做？"

小男孩挠了挠头，定睛望着我，一脸奸诈的坏笑，对我说："我会找个山洞睡觉。"

"好吧，然后呢？"

"然后回家，把恶毒的父亲杀了。"

"杀死父亲，你又能怎样？"

"我能独占城堡和其他一切。"

"法布里西奥，你不觉得自己这个版本太凶残了吗？"

"可故事本身也很凶残，父亲竟然下令杀死儿子。"

"但是儿子和父亲不同，他相信语言，也就是相信沟通，并不像父亲那样残暴。我们看看其他人有没有更符合人性的故事版本。塔提安娜，如果你是年轻的国王之子，被丢弃在树林里，你会怎么做？"

"我会跟着仆从们的脚印走，回到家里，让国王确信我会地理、历史、拉丁语、希腊语，并不一无所知，只不过喜欢说动物的语言。"

"嗯，这种阐释非常符合常理、符合人性，谢谢，塔提安娜。马里奥，你会怎么做？"

我看着他费力地站起来，课桌勉强能容下他臃肿的身体："我会说服仆从，让他们成为我的士兵，然后带他们一起去杀死国王，攻占城堡。"

"你认为报复能解决问题吗？小伙子不想用暴君父亲的同一套手段，恰恰因此，他才乐于投身语言的世界。你不觉得掌握三门新的学问可以帮助他走出困境，不用杀死任何人吗？"

"老师，还是您讲吧！"他回答我说。的确该轮到我继续讲了。

"童话里说，国王的儿子被丢弃在树林里后，并没有去寻找山洞，而是向北方走去。走着走着，他在深夜里看见远处有一道亮光。他朝亮光走去，来到一座城堡的门前，敲了敲门，但没人开门。过了一会儿，他终于看见一个拿着火把的仆从从塔楼里探出头来，蛮横地问他想要干吗。

"要知道，那个时候有很多强盗四处横行，人们连打开窗户都会害怕。别忘了，那是中世纪：乡村人烟稀少，土地被叫做封建主的大地主划分、占据，他们每位都为自己修建一座城堡，一般选择建在山顶岩石的高处，骑马很难上去。城堡周围通常会形成一个小村落，村民们耕种田地，采摘果实，制作面包，储存食物，还会织布、做鞋，用砖建造房舍。城堡的领主对小村落进行统治和领导，把它当作自己家庭的扩展，他保护城堡的居民，甚至包括仆人，但要他们辛勤劳作，并将一切收获成果收归己有，只留一小部分给劳作者。"我马上发现这种史实性的讲解只有少数几个孩子感兴趣，其他人早已心不在焉。

"老师，后来呢？"

"后来，小伙子来到城堡附近，对手持火把的仆从高喊着说他要见城郭的领主。仆从轻蔑地看着他，然后他听到一个声音说：'阿贝莱，天气这么寒冷，你不能把一个长途跋涉的可怜旅人关在外边，安排他去马厩睡觉！''马厩里没有地方。''那就让他去下边山谷的塔楼过夜。'仆从探出头来，对旅人说:沿着小径走,在下边的山谷里他会看到一座塔楼;那里空无一人,几乎无法居住,因为一群野狗在塔楼盘踞,不让任何人靠近。

"就这样,年轻人……我们给这个失去了一切,包括房子、家庭、父亲、未来的小伙子取个名字好不好? 孩子们,我们叫他什么?"

"老师,我想叫他小贾科莫。"

起名字的事情一下子激发了他们的兴趣。有的要叫他佩佩,有的要叫他达玛林多,有的要叫他耶稣,总之想法不计其数。最后,通过举手表决,我们决定叫他达玛林多,这是塞提米诺的提议,他是班上最小、最爱做白日梦的孩子,活像一个小矮人。大家都喜欢这个稀奇古怪的名字。

"那么,达玛林多做了什么? 他沿着一条布满荆棘的小径朝山谷走去,快到塔楼的时候,果然听到狗的狂吠。它们为数众多,叫声凶狠,达玛林多开口喊道:'朋友们,不要叫了,我不是敌人,放我进去。'他用狗的语言和它们交谈,它们立刻听懂了他的意思,开始摇起尾巴。

"达玛林多发觉城堡里所有的居民都醒来了,他们站在围墙边上注视着将会发生什么,并且议论着'它们会把他撕碎的','可怜的小伙子,我们的国王为什么要让他去塔楼?'大臣们却暗自窃笑,他们认为这是赶走不速之客的好办法。

"而达玛林多不慌不忙:他径直走到狗群中间,和它们谈话,饱含真知灼见。这些野狗围成一圈,蜷缩在他四周,听他讲话,就像到来的是一位先知。"

"后来呢,老师?"

"稍等一下,我要喝口水,嗓子干了。"

我已经很擅长运用作家们的悬疑技巧,让他们一直聚精会神。我看到所有的孩子都把脸转向讲台的一角，我常在那儿放一瓶不加汽儿的矿泉水。我把水倒入纸杯，因为杯子太轻，一下子翻倒，水流了一桌子。这也算作悬疑技巧的一部分吗？不，这完全由于三心二意，孩子们一起哄堂大笑，好像我故意这么做，是为了调节一下讲故事的课堂气氛。

"你们知道这是因为我注意力不集中失态了，请大家原谅。"

但他们很高兴有这段插曲，巴不得有一个笨手笨脚、窘态百出的老师，可以肆意嘲笑，不挨批评；也喜欢老师以他自己的方式授课，会讲故事，认真对待他们每一个人，不偏不倚。

"后来呢，老师？"

第一排有人帮我擦干从讲台上滴落的水，还用手稳稳扶住杯子，把剩下的水倒进去，为了让我赶快继续讲故事。

"你们知道学会狗的语言有多么重要了吧？那些狗告诉他在塔楼底下藏着一笔可观的财宝，而它们在这里是为了守护财宝，但可以为他让路，因为他理应获得装满金子的箱子，并归为己有，这是命运的安排。但达玛林多是个高尚、诚实的少年，他立刻到国王那里把财宝的事情告诉了他。国王满心欢喜，答应把女儿嫁给他，并下令挖出金子，而那些狗则呆在一旁，安安静静地看着。

"与此同时，达玛林多请示国王是否允许他前去游历一座他朝思暮想的城市：罗马。他将在一个月后返回。国王同意了，'这样我们就有时间缝制嫁衣了。'他说道。"谁知道特雷贾尼夫人是否已经准备好洁白如雪的细纱，以及用她那双起茧的小手织好的刺绣——不过这是我的思绪，并没有告诉孩子们。

"快到罗马的时候，达玛林多坐在一处池塘旁边吃面包和奶酪。吃着吃着,他听到一阵呱呱的叫声,便向下看了看,发现有几只肥大的青蛙正在情绪高涨地对话。他们在议论不久后将会发生的刺杀教皇一事。

"达玛林多扔了些面包渣儿喂青蛙,它们靠拢过来,他便问道:'刺杀将在什么时候发生?'他一边问一边把所有的面包和奶酪都给了垂涎欲滴、滔滔不绝的青蛙。

"'我们不知道准确时间,但也许是明天,或者后天,我们是从坐在湖岸边停下歇脚的一伙人那里听到的,他们要去罗马。'

"'谢谢,亲爱的青蛙们,我得赶快走,我要去通知教皇。'达玛林多说道,'一个好基督徒必须保护自己的教皇。'他沿着萨拉利亚大街跑下丘陵,向罗马和梵蒂冈奔去。当他到达教皇宫邸前面的广场时,得知自己来晚了:刺杀教皇一事已经发生,但并未成功,这多亏那些瑞士卫兵,他们挡在杀手和教皇之间,身负重伤,但保护了自己的宗主。不仅如此,他们还逮捕了刺客,那是一位年轻人,你们想想,一名神甫想要刺杀教皇,指责他腐败堕落,违背了对耶稣的誓言。

"达玛林多十分难过,因为曾一直信奉教皇是一位圣人:他怎么可能有情人和数不清的孩子,还把教会的土地、财产分给他们?他怎么可能无数次出卖赦免权,还把众多主张宗教信仰自由的人冠以异端的罪名,判处死刑呢?

"第二天,达玛林多来到广场的人群中间,他看到可怜的神甫像香肠一样被绑着,马上要被押赴刑场。他心潮澎湃,暗自思忖:也许神甫有一定的道理,教会沾染了世俗的污泥;但仍然不能通过行凶来解决问题;难道基督说过:你去杀戮?不,他说:你要甘愿再受侮辱。难道基督说过:如果你冒犯教皇,就可以被活活烧死?不,他说:爱他人,如同爱自己。总之,如果你用刀子来主持正义,你就变得和那个火烧年轻的身体,称他们为异端分子的人一样。不能用刀剑来主持正义,而应以正义来主持正义。"

"老师,这是什么意思?"

"意思是主持正义的工作应交给法官,他花费时间进行调查,研究案例,执行法律,召集律师和检察官,找到证据,进行辩论,给被告辩护的权利。"

"老师,后来呢,童话怎么结束的?"

"好的,孩子们,可怜的神甫光着两脚,身上只穿着一件肮脏破烂的袍子,被绑在刑场的柱子上,教皇正要示意开始火刑,就在这个时候,达玛林多听到一阵拍打翅膀的声音,空气荡漾起来,就像波浪起伏的海水。他抬起头,看到海鸥成群而至,好奇地前来一探究竟。它们为数众多,以致遮蔽了太阳,此时,达玛林多发现一只美丽至极的海鸥,它长着洁白的翅膀,掠过人群的头顶向下飞来,他便对它说:'告诉你的伙伴们救救这个可怜的年轻人,他的确错了,但并没杀人,不能被烧死。'"

我发觉自己说话像个老师了,小心翼翼地不去伤害他们含苞待放的美丽心灵。我知道自己把格林兄弟这则简短、神秘的故事改编得有些沉重,但他们如此专注、投入,我一定要把故事的寓意讲解清楚。听到他们满怀期待的心跳,我愈发兴致勃勃。

"成群的海鸥从天而降,顷刻之间便用它们的喙解救了神甫,此时浓烟几乎令他窒息。海鸥们啄着他的衣服,飞起来把他带走。总之它们救了他一命,神甫为此感激不尽,刚被放到树林深处的一棵树下便问是谁救了他。海鸥告诉他是一位名叫达玛林多的年轻人,他会说鸟的语言。

"神甫想要认识他。

"达玛林多对他说自己很同情他,但并不赞同他的举动。之所以救他,是因为他应为不得逞的谋杀担责,但不应被活活烧死,还必须承诺不再用暴力来主持正义,而应以正义来主持正义,他坚定地说道。而神甫则反问:'可如果他们不允许你使用正义,如果法官只服从命令,甚至对真相都一无所知呢?如果你面前的那个人堕落腐败,为害你的教派,你会怎么做?'

"'那你就该学习圣方济各。你拥有洪亮的声音,拥有健壮的双腿行走天下:去周游四方吧,去布道,去建立新的教派,让它正义而贫穷,仁慈而诚实。人们一定会追随你。'

"看上去,年轻的神甫的确从达玛林多身上学会了很多,首先要掌握世界上的多种语言,一切语言的存在都是合理的,都不可替代。塔提安娜,为什么除了地理、历史、意大利语之外,学习其他语言、了解其他文化也很重要,现在明白了吗?用你自己的语言向同学们解释一下为什么这很重要。"

塔提安娜站在黑板旁边,盯着自己的脚。

"快点,说说,不用害羞:为什么学习其他语言,甚至是动物的语言很重要?"

"是不是因为它们和我们一起生活,可以帮助我们?"

"然后达玛林多做了什么?"小不点塞提米诺蹦了出来,"他回到国王的女儿身边并和她结婚了吗?"

"是的,他回到了狗的国度,娶了那个女孩还有了很多孩子。"

"那他还继续和青蛙、狗还有鸟儿说话吗?"

"当然了,他继续这么做,而且他的生活更加安宁幸福,这正是由于他可以和人们沟通,并且能够和动物沟通。针对这个故事,还有谁想发言?"

好多只手举了起来。

"老师,我会和狗说话,我对它说:'菲利普,趴下!'我的狗就乖乖趴下了。"

"塞提米诺,那不叫和狗说话,那是对它发号施令,不是一回事。"

其他人举手,其他人发言。

"老师,我能听懂乌鸦说话。"

"它们说什么?"

"它们说克拉、克拉、克拉……您知道吗,克拉科夫①之所以取这个名字,是因为那座城市里有很多乌鸦?"

所有人都开始大笑,并叫道:"克拉! 克拉! 克拉!"与此同时,下课铃响了。

14

当天下午,我和"半截井"社区圣·露西亚教堂的神甫堂·安东尼奥约好见面。

他身穿 T 恤衫、牛仔裤接待了我,脖子上围着一条黄色方巾,双手沾满了涂料。他正在给教堂的一个角落刷漆,那里的墙皮刚刚被刮平,显然之前受了潮。

"堂·安东尼奥,我能和您谈谈吗?"

"当然,我在这儿正是为了您这件事,如果我继续手头的工作,请您不要介意。让两手继续做它们的事情,但我的脑子

---

① 克拉科夫为波兰城市,以西五十二公里便是奥斯维辛集中营遗址所在地。——译者注

并没被占用,耳朵也在聆听。"

"堂·安东尼奥,您可能已经知道了,我正在追查失踪的小女孩。"

"这我知道,萨比恩查老师,您的姓氏已经能说明一切了,但您真认为自己很有智慧吗?"

"我的姓氏和其他任何姓氏一样,并不是我选择的,它属于我的家族,起源于西西里。还有位著名的卡塔尼亚女作家和我同姓,她叫哥黎阿尔达·萨比恩查,您看过她的书吗?"

"我很少有时间看书。"

"她文笔很棒,出版过一些非常精彩的书。"

我看到他在叹气,之后抬头看着我,仿佛在说:别兜圈子,有话直说。

"如果我是您,我会放下那个小女孩,给她安宁。露西亚已经死了,指不定被埋在了哪儿。"

"那如果她还活着呢?"

"那总该有些蛛丝马迹。失踪几个月之后依然悄无声息,这可不是活着的迹象。您知道,就连警方都放弃调查了,此事已经结案。您来教堂吧,我们一起为她可怜的灵魂祷告。"

"堂·安东尼奥,可我坚信她还活着。"

"老师先生,您太顽固了。这么执着到底为什么? 您知道吗,警方已经监视您了,他们认为您有嫌疑。"

"这我知道。"

"您不担心自己会因可怜的小女孩之死,而被调查吗?"

"我为什么应该被调查? 我什么也没做。"

"据我所知,您没有不在犯罪现场的证据。"

"这是警察告诉您的吗?"

"反正我知道。您的职责应当是多想想自己的工作,想想那些向您学习'自由、平等、博爱'的学生们……您不是应该教这个吗?后来被俄国共产主义者继承的这三个迷人的法国大革命词语?"

"不,神甫,尽管在诞生之初,共产主义是一种极其美好的乌托邦理想,但它起始于一种天真的想法:人本性善良,只要废除私有制和资本主义就能实现平等。但事实从未如此,因为人的本性一点儿也不善良,即便废除了生产资料私有制,人们也会立刻想出其他享受特权、剥削他人的办法。"

"咱们不说共产主义了,我不感兴趣。我想告诉您,我认为在课堂上讲失踪的小女孩们不合适。"

"能看出来,您和我们校长的关系不错。"

"她是一名优秀的基督信徒。"

"也是一名优秀的流言散布者。"

"不,我向您保证,罗莎·塔伦缇很敬重您。她知道您深受学生爱戴,擅长保持全班注意力的集中,为人无可非议,她只是觉得您稍稍有一点点夸张,有一点点过头。"

"所以你们一起聊过天?"

"当然了,我是神甫,认识这儿的所有人。"

"那么您也认识佩拉女士,也就是特雷贾尼夫人的女邻居?她坚持说自己看见了某个人,男女不确定,穿着羽绒服,戴着帽子,在路上追上小女孩,站在她身旁,俯身冲她微笑。"

"佩拉女士不可信,她太记仇了。我不知道那两个女人之间发生过什么,但她俩势不两立。"

"您为什么说她不可靠?"

"神甫的直觉。"

"是不是她在忏悔时和您说过什么?"

"您认为我会告诉您女教友们在忏悔时对我说过的话吗?"

"如果涉及到某件重要的事,比如一个小女孩的失踪,也许您会。"

"无论如何我都不会这么做。"

"不说忏悔了,以您的中庸之道,对这起失踪事件有什么看法?"

"我什么也不知道。但凭我的想象,小女孩可能被强暴,并被杀害了,然后埋在了某个地方。"

"您怎么这么肯定?"

"我不敢肯定,只是认为这很有可能。此外,我经常看报,知道人们都担心什么。这种事曾经发生过,就在离我们这儿不远的地方,三年前在卡普拉莫塔的郊野:一个小女孩被自己的舅舅凌辱并杀害了,然后被埋在马厩的粪便下面。狡猾吧,是不是?尸体的腐臭被圈肥的臭气掩盖了,没人发现任何疑点。直到有一天,爆发了一场口蹄疫,人们决定清理马厩,才在粪便下面挖出了尸体。"

"对啊,您看,尸体早晚会被找到。然而我们却没有发现关于小露西亚的任何线索。该不会是她在某个人手里,像囚犯一样被关起来了吧?"

"但是能在哪儿呢?这里的一切众人皆知。一个小社区里的人眼睛总爱盯着别人,好到处打听。每件事他们都会议论。因此,我认为是外人抓住并带走了她,并且几乎可以肯定,已经把她杀了。"

"堂·安东尼奥,我梦见过她,我梦见她还活着。"

"您知道吗,我还经常梦见自己在教堂中间挖坑,并且发现了圣·露西亚的尸体,她欢天喜地地跳出来,大声喊'我活了'。"

"所以您确信她已经死了,并且认为寻找也是徒劳……"

"我正是这么想的。"

"但我会继续寻找她,因为我确信她还活着。"

"您这种确信非常可疑。如果我是警察,会对您进行调查。"

"是从医学视角,还是心理学视角,或是从犯罪小说作者的视角?"

我看到他在笑,那张很小的嘴咧开了,嘴唇又红又厚。他的牙是真的还是假的?它们太亮了,就像用小苏打擦过似的。

我问自己应该继续和他交谈或是离开。我见他弯下腰,专注地在塑料桶里调和可溶解的有色涂料:白色和红色转化为土粉色。他显得十分平静,或许太过平静了。为什么他如此肯定小露西亚已经死了?为什么他没有一丝疑虑?也许不该和他谈起做梦的事,那时我看到他脸上划过一丝嘲讽而质疑的微笑,他一定把我当成疯子或是罪犯了。但这和别人有什么关系!对我而言,梦至关重要,梦启示我们一些我们不愿知道,也无法知道的事情。

"这个颜色不错。"我为了说点儿什么做出这种评价。

"这不是我喜欢的颜色,但剩下的灰泥涂料就这样,我又不能换掉。"

"知道吗,您的牙齿很亮,请原谅我冒昧的问题,您的牙是真的吗?"

"当然是真的,您不觉得我这么年轻不可能戴假牙吗?"

"您的牙太亮了……"

"我每天都用柠檬和盐刷牙,这是我奶奶的偏方,非常奏效。"

"小露西亚来教堂找过您吗?"

"当然来过,她每周日和她妈妈一起来做弥撒。"

"她父亲不来吗?"

"她父亲是块硬骨头,无政府主义,无宗教信仰。"

"这个社区就在您眼皮底下,您觉得这儿有什么可疑的人吗?即便只是猜测。"

"我不认为是本社区的人干的,也不是本市的人。我想应该是外人,谁知道从哪儿来的,肯定是那种恶心的恋童癖,祸害到咱们的家门口来了。"

15

> 一个男人 伫立海边
> 静候清晨 静候傍晚
> 群童一旁戏浪声响 而他想看
> 自己的孩子 弄海。

帕韦泽的这首诗为什么能如此打动我,以至于让我把它牢记于心?是因为它所表达的孤独感,还是因为在岁月的流逝以及海水亘古不变的波荡起伏面前,做父亲的强烈愿望忽然不期而至?自从十五岁那年起,我便想成为父亲,自己也说不清为什么。每当和女人做爱的时候,我都会幻想也许会生个儿子。记得有一次,与同学硬塞给我的一个妓女做爱时,我无比疯狂,试图以此摆脱这种想法:如果和她有了儿子,我甚至永远无法知晓。

开始和安妮塔谈恋爱的那年,我俩都二十岁。从那时起,我便和她谈过我们将来要一起生个儿子。而她不愿刻意考虑这件事:顺其自然,她总这么说。我却做好计划,名字都选好了，甚至还没怀孕的时候，我就想先把摇篮买好。她总笑我：

"你干吗老想着儿子？要传宗接代吗？"

"我又不是贵族，传宗接代和我有什么关系？我只想要个儿子，仅此而已。"

"那如果是女孩呢？"

"那就更好了，是男是女我无所谓，只想要个孩子，送他去上学。"

"还没出生你就想着上学，你知道吗，在他自己会走路、能上学之前，要经过好几年呢。"

在我的脑海中，总有一位年轻的父亲送他的孩子去上学。

"是因为你父亲从来不送你去上学，所以你迫不及待地想自己这么做。"

"我母亲也从没送过我。"

"依我看，你是想给你的孩子创造一种你自己想要的生活。"安妮塔振振有词，"你小时候太孤单，太不幸福，才想通过宠爱和呵护一个孩子，来弥补自己童年的缺失。"

"也许吧，不知道。我想要个孩子，这有什么不妥吗？为什么并不重要。那是一种发自内心的愿望，没有任何目的。人们认为只有女性才有这种愿望，但那是迂腐的想法，愚蠢的分工观念，与事实不符。我认为，男性摒弃了这种愿望，或是将它压抑，因为它被认为是女性化的，因此成为一种禁忌。但这种愿望太强烈了，或许和物种延续有关，谁知道……那是一种挥之不去、妙不可言的情感。"

"总之，你就像杰佩托①，太想要个儿子，所以亲自动手做了一个。"

---

① 杰佩托即《匹诺曹》中的木匠父亲。——译者注

"杰佩托太老了,孤身一人,身边没有女人能为他生孩子,但他太想要孩子了,于是决定创造一个。"

"你不觉得这个举动太不靠谱了吗?他为什么不去找个女人,让她怀个孩子?为什么那个老顽固非要从木头里刻出个孩子来,就像个缺乏想象力的神灵似的?"

"杰佩托不惜一切代价,一心想要个孩子,可他又老又丑,哪个年轻女人想跟他?他还戴着一头可笑的假发,谁会要他?"

"杰佩托太爱这个木头儿子了,无论他做了什么,他都能原谅,无论他到天涯海角,他都要去追寻,直到在一头鲸鱼的肚子里和他相遇,显然也就是在一个女人的肚子里,那里能孕育真正的孩子。"

"也许这正是故事的隐喻。事实上,这对父子在分离了许多年后再次相见,他们彼此拥抱,许诺要永远生活在一起。此外,磨难把木偶变成了一个有血有肉的真正孩子。"

那时的我不惜一切代价地想要孩子,以致偷偷扔掉妻子的避孕药。当她对我说"纳尼,我怀孕三个月了"时,我在家里上蹿下跳,然后开始大哭,把耳朵贴在她的肚子上,聆听那个血肉做成的小心脏跳动的声音。

那天夜里我惊慌地醒来,掀开安妮塔的衣服,让她露出肚子,我把耳朵贴上去倾听。我确定听到孩子在和我说话。那时,他的声音还模糊不清,但我感到他在踢腿,在翻跟头,并梦想着牵起他的手。

"为此你选择做老师,纳尼,你是个病入膏肓的做梦都想当父亲的人。但要知道,孩子也会带来麻烦、痛苦、心碎、失望、损失。"

我不在乎。我需要体会把那双还不会走路的小脚丫握在掌心的感觉，我需要迷失在那双因为生存的喜悦而欢笑的眼睛里，那双眼是我愿意活下去的唯一理由。

尽管安妮塔反对，我还是参与了陪产。"想想，流血、胎盘、剪脐带……你肯定受不了。光是闻见医院里的气味你都会晕倒。"

这是事实。闻到消毒水的气味，我会难受，每次去医院抽血，我都必须紧闭双眼，祈祷自己能站稳。然而那天我丝毫不觉得难以忍受，尽管我吓得要死，屏住呼吸，担心自己随时会倒在地上。我握住安妮塔的一只手，医生鼓励她深呼吸："用力，再用力！"她不断说道。孩子似乎不想从妈妈的肚子里出来。

之后我看到助产士用戴着手套的双手捧住已经露在阴道外边的青紫色小脑袋，而与之相连的婴儿身体还留在安妮塔的肚子里。助产士把头往外拽，拉扯着孩子的身体，那一刻我心惊胆战，我想到她会不会把她杀死。几分钟后，一个幼小的身体温顺轻柔地滑落而出，带着鲜红的血，但十分精致匀称。

"是个女孩！"助产士一边说，一边提着孩子的两脚把她举高，就像对待一头待宰的羔羊似的。我惊恐万分，本能地把双手向小宝贝伸过去，害怕助产士会把她摔下来，而助产士在使劲拍打，让她哭出声儿后，她便把婴儿安放在安妮塔赤裸的身体上，并对她说："夫人，把她抱紧，从现在起，就该由您来保护她了。"

我当父亲了，这赋予我一种难以置信的喜悦感。我一刻都不曾离开她们。第一夜，安妮塔因产后发热整夜没睡，我蜷在一张极不舒服的椅子上，守在病床旁边，快到天亮时才打了个盹儿，不到一小时就醒了过来，浑身酸痛。

"孩子在哪儿？"我发现摇篮空着，便叫喊道。

"亲爱的,他们去那边给她称体重了,别激动,马上就回来。"安妮塔的话令我放下心来,她虽然发着烧,状态却不错,头脑十分清醒,随时可以跳下床带我和马尔蒂娜回家。

护士抱着新生儿回来,让我把她抱在怀里。"您别那么着急!"她微笑着埋怨我,"您有的是时间照顾她。"

我再也没有停止凝视那张皱皱巴巴的小脸儿,它一点一点地舒展开;还有那些从她依然娇嫩的头上稀松地长出来的柔软毛发,以及她头顶叫做"囟门"的凹陷,那里需要格外小心不能碰到,因为其中容纳着依然脆弱、近乎裸露的大脑。

疾病是否那时已经在她体内潜伏?不,我敢肯定,马尔蒂娜生下来时非常健康、强壮、安宁。我敢肯定是我们在毫不知情的情况下吃进去的许多脏东西,以及被掺入食物中的有毒物质,还有受污染的水源,为了促进土地增产而使用的可怕化学成分致使她生病。那些年,她一向睡眠安稳,活泼健壮地成长。她从不哭闹,每当母亲靠近,要给她喂奶的时候,她便微笑着张开没长牙齿的小嘴,活像一个幸福的小老太太。她会盯着天花板,一看就是几个小时,从不哼哼唧唧或是大喊大叫。只有饿了的时候,她才开始不声不响地踢踢小腿,像是想要引人注意,但从不打搅我们。如果没人过去,她便开始咿呀作响,但听上去更像哼着一首歌曲,而不是不停地啼哭。那是一首用喉咙哼唱出来的歌曲。此时母亲总是立刻赶到,而她则报之以微笑,满含感激、喜悦和幸福,令我总想上前把她亲个不停。

"你别老黏着她。"安妮塔笑着说。而我太喜欢把脸埋在那散发着尿味儿和奶味儿的衣服里,看着她因为痒痒而手舞足蹈,像只小青蛙似的开怀大笑。我还乐于看着她玩儿自己的小脚丫,它们肉嘟嘟的,颜色粉红,像两只桃子。如果我伸出一只手指,她会把它抓住放到嘴边。

　　我还学会了给她换尿裤,把上面的尿弄干,并撒上爽身粉。我感觉自己能够一个人做所有事,几乎可以没有她母亲,但事实并非如此。每当看见小不点儿焦急地向妈妈伸出双臂,想要依偎在她怀中时,我便妒火中烧。

　　"你怎么会联想到杰佩托?我又不老,而且有一位你这样美丽聪慧的妻子。"

　　"因为实际上你和杰佩托一样,认为自己独立创造了那个小生命,不用其他任何人帮忙。"

　　"别说傻话,我当然知道是我们两人,你和我,以全部的爱,一起创造了她。此外,我还深信,我们的女儿无论身体还是秉性,都将出类拔萃。安妮塔,我爱你,用我的全部。"

　　"但你娶我只是为了生孩子!"

　　"谁说的?"

　　"你自己说的。"

　　"我从没说过这种话。"

　　"即便没这么说,你也是这么想的。"

　　"你还能看出我的想法?"

　　"你的想法昭然若揭,我的纳尼,你每个小小的欲求,每个不满都能从脸上读出来。事实上,你想和那个可怜的创造者杰佩托一样,做一个慈爱又专制的父亲,让女儿只属于你。"

　　我一遍又一遍地否认,但不得不说,她的话有一定道理。刚刚出生的孩子分散了我的注意力,仿佛夫妻之间的全部欢乐和感情都一股脑儿转化为父爱。我总是从学校飞奔回家,就为了陪着小不点儿玩耍。不管安妮塔在发烧,或者很疲惫,或者紧张不安,我都视而不见。对我而言,只要小丫头把她胖嘟嘟的胳膊伸向我,叫着"爸、爸"就足以令我感觉幸福得像在天堂。

一方面,安妮塔很满意我能照顾小丫头,在她熨衣服、做饭或者研究律师文件的时候我能为孩子换洗,或摇着摇篮哄她。与此同时,我对她的漠不关心令她颇为气恼。此外,她认为我的喜悦之情显得有些过头。我止不住地总是摆弄那些玩偶,它们像手套似的,可以套在手上,顶部探出个纸浆做的小脑袋。马尔蒂娜特别喜欢这种表演游戏,我经常花上好几个小时一边模拟扮演,一边讲故事:大灰狼、魔幻森林、走失后又被找回来的孩子们,还有邪恶的妖怪、马背上的侠义骑士。

16

"您是萨利娜·帕沃内?"

"您是萨比恩查老师,对吗?"

"希望没有打扰您。"

"请进,请进,我正在等您。"

我对这个女人顿生好感,尽管她的家杂乱无章,满屋子油炸的味道,丈夫半睡半醒地蜷在电视前的沙发里,两个孩子在地上打滚,双手沾满了巧克力。

"您写信说有些情况要告诉我。我正是为此而来。"

"您能答应我别刊登在那家网络报纸上吗?"

"如果您这么要求,我当然会答应您。"

实际上,没有任何人曾把这项调查任务交给我,包括网络报纸的主管。是我向他毛遂自荐的。他听了我的话,看上去兴致不高,对我说:"好吧,纳尼,你可以查,然后我们再看,我觉得你很可能会一无所获。"他的回答简单明了,而我也开始认为他很有可能言中。

但我不能在向别人做介绍时说自己是个老师，仅凭做了个预兆梦，就去调查一个和自己非亲非故的失踪女孩。幻想狂？无业游民临时客串侦探？我与这件令人痛苦的事情有什么关系？所有人都认为此事已经结束，并且是以最糟糕的结局。幸好这家报纸使我的调查可被相信。记者可以发问，教师则不能。

"不好意思，家里很乱，我今天一上午都在学校，又因为加了几节课，下午也不得不待在那儿。我丈夫不太喜欢管孩子，由着他们把家里弄得像猪圈。我刚准备收拾一下，没想到您提前到了。"

"您说得对，因为骑自行车，我没能准确估算时间。"

"您总是骑自行车吗？您不怕被汽车撞倒吗？"

"嗯，不怕。至少到目前还没什么问题，虽然我知道城里的路上不安全，如果允许的话，好多司机敢直接撞人。"

"我有辆自行车，但放在地下室。自从我丈夫被撞了之后，我就不愿去那儿了。"

"我很抱歉……您丈夫是最近被车撞的吗？"

"是的，大约一年前，在他去工地的路上。比诺是工程师，早上出门很早，每到晚上这个钟点就已经很累了，请原谅他没过来和您打招呼。"

"没关系，我们去厨房可以吗，这样就不会打扰他了。"

"他崇拜科比①，骑车太快，简直像飞。有一天，一辆卡车闯红灯，把他撞了个正着。他昏迷了两个月。现在已经恢复了，但说话不清楚，两腿也不完全听使唤。有个工人开车接他

---

① 科比即 Fausto Coppi，意大利著名自行车运动员。——译者注

去工地,下午送他回家。他非常坚强,但人变得孤僻,另外放任孩子像两头小猪似的到处乱动。"

她大笑起来,是那种富有感染力的笑。我还曾设想她是位昂首挺胸、古板严肃的女老师,也许是她描述佩拉女士的方式令我得出这种判断。而现在站在我面前的却是一位年轻姑娘,梳着马尾巴,一双黑色长袜紧紧绷在两条修长的腿上,一件褪色的蓝毛衣边缘已经开线,顺着苗条的腰胯垂下来,一张生动的瓜子脸,两只单纯的眼睛,不施粉黛,已为人母,却长着一张娃娃脸,笑起来灿烂纯真。

"萨比恩查老师,我想告诉您,我觉得那个小姑娘心里有秘密,她沉默寡言,太安静太胆小了。一定有什么事情令她恐惧,我不知道具体是什么,但可以肯定,她不是个幸福的小女孩。"

萨利娜·帕沃内老师身上没有丝毫矫揉造作之处。她看上去如同一位十六岁的少女,一心只想跳舞,只想深夜不归,并无非分之念,仅仅为了能出去,畅享自由玩耍的喜悦。孩子们似乎很习惯那位一言不发、抱着电视不放的父亲,对来访的客人以及光着脚在家走来走去的少女妈妈一点儿都不关心。

"您能再说说露西亚除了沉默寡言之外还有什么特点吗?她爱学习吗?说起过她的父母或是学校的同学吗?"

"哦,天哪,我才发现也没请您喝点儿什么。我给您煮杯咖啡好吗?"

"不用了,谢谢,我刚喝过。"

"您一个人生活吗?"

"是的,自从女儿去世,妻子离开后,我就独自一人。"

"您女儿的事我很遗憾。她多大?"

"八岁。"

"和失踪的小女孩一样大?"

"是的,和她同岁。"

我知道她走神了。她忘了我出现在这儿的原因,也忘了我的问题。我又向她重新提起那些问题,想催她回答,但这很难,一方面,我们很受电视的干扰,另一方面,两个孩子蜷在地上吵架,不停地嬉笑打闹,争抢一条巧克力。

"露西亚说起过她的母亲吗?"

"我知道有人怀疑她,但我认为不可能是她杀死了自己的女儿,我并不十分了解她,但能看出她对女儿总是很上心,很慈爱,非常温柔,而且对孩子有点操心过度了……另外,难以想象母亲会杀死亲生女儿,而且她为什么这么做啊?"

"所以您也知道有人认为凶手是母亲?"

"社区的人这么说,或者至少有人散布了这个谣传。"

"肯定是维尔吉尼亚·佩拉女士。"

"挨着特雷贾尼家的女邻居?很可能:我不太喜欢那个人,总是站在窗前监视过往的人。她居心叵测、表面虔诚。可是城里好像有人很信她的。然而卡尔梅拉·特雷贾尼并不在被调查者之列,这说明那只是谣言。"

"您能和我说说小女孩吗?"

"露西亚很安静、平和,不善言辞,就像我说过的那样,甚至有些寡言少语。她学习用功、专心致志,并且努力……我发现自己使用的语言太一本正经了,您希望我说得简单点儿,对吗?"

这个女人太奇怪了,她一会儿显得什么都不懂,心不在焉,甚至有些粗心大意,然后又突然表现得知晓一切、考虑周全、坦率诚恳。

"她和您提起过她的母亲吗?"

"有一次,她在作文里写道她的母亲'严厉得像一条看门狗'。这几个字我记忆犹新,因为实在没预料到一个如此纤弱、温顺的小姑娘对母亲做出这样冷酷的评价,何况那个女人看上去一向很慈祥,很宠爱孩子。"

"看门狗,真的吗?她还写什么了?"

"我不记得了,就这句令我印象深刻。"

"那她说过父亲什么吗?"

"我从没听他说起过父亲,就好像他不存在似的。"

"但如果有人怀疑母亲,为什么没人怀疑父亲?"

"她的父亲是个谜,一个没人见过的人,不论在学校,还是在社区附近都没人见过。我想他可能不在家住,不知道他们夫妻是否和谐。妻子总是一个人在家缝制嫁衣,丈夫外出,不在家里,他好像是卡车司机。"

"堂·安东尼奥说他是块硬骨头:无政府主义,无宗教信仰。您觉得他是无政府主义并无宗教信仰吗?"

"我不知道。在学校我经常遇到社区的人,他们来送孩子,有时是母亲,有时是父亲;这些人会来找我聊天,向我倾诉自己的烦心事儿;有时还能在酒吧、面包店或者报刊亭见到他们。而露西亚的父亲乔万尼·特雷贾尼从未踏进学校半步。我也从没在咖啡馆、超市或是路上碰到过他,实际上,他简直就是个幽灵。"

"那您认为父亲的缺席令小女孩很难过吗?"

"这我不知道,她从没和我说起过父亲。"

"那她经常说起母亲吗?"

"不,就像我和您说过的,她是个性格内向、沉默寡言的小女孩,或许比这更严重,可以说她是个神秘的小女孩。我有时觉得她身上隐藏着某种不为人知的痛苦,但随后我对自己说:得了,萨利娜,你想什么呢……那是个安宁、规矩的家庭,看上去很幸福。孩子们心里有时会蕴藏一些稀奇古怪的预感,他们都是常做梦的人。"

她一边笑,一边摸了摸那条系着红皮筋的长长的马尾辫。

我也是个常做梦的人,我本想告诉她,给她讲自己好几次梦见过小露西亚,但还是把这些藏在心里更好,否则只能引起怀疑和嘲笑,即便我认为这个欢快的女孩或许比其他人更能理解我。

"她给您讲过她做的梦吗?"我一边问,一边努力屏蔽电视的声音:一位议员正在屏幕里高声地猛烈抨击外来移民,说他们"抢走了意大利人的工作"。

"是的,讲过一次。她惊恐万状地跟我说梦见自己被关在黑暗的坟墓里。"

"坟墓? 真的吗? 那您没问问她觉得自己在坟墓里是活着还是死了?"

"活着,这个我记得,她说自己拼命想从幽深的坟墓里出来,但就是爬不出来。"

"这太精彩了。"

"为什么精彩?"

"没什么,请您原谅,我在追寻隐约显现的巧合的踪迹。我是个寻求巧合的人,而且时常撞到,简直太容易了。"

"什么巧合?"

"我会告诉您的,但不是现在,因为我还没完全把这些巧合搞清楚。"

这时,咖啡从咖啡壶里冒了出来。尽管我对她说不想喝咖啡,她还是煮了。虽然上午已经喝了一杯,但为了让她愉快,我想自己还可以接着再喝一杯;不愿令她不悦。但随后我看到她拿出一只带沿儿的托盘,在上面放了一套杯具:小瓷盘儿上托着一只银边咖啡杯,然后又放上一个锡质糖罐,飞快地抓过来一把小勺儿,切了一块显然是她亲手做的蛋糕,之后便朝客厅走去,她的丈夫正躺在荧幕前面,音量开得很大。

我明白自己该走了。我拿起笔记本和外套,向门口走去,穿过一条狭窄的过道,此时两个孩子正在那里玩小火车。我必须找地方下脚,以免踩到玩具或是两个孩子的手,他俩像是双胞胎,差不多五岁,皮肤很白,长着雀斑,金色的头发剪得很短,连看都没看我一眼。

到门口时,萨利娜·帕沃内老师赶了过来,她迈步飞快,光着的两脚十分敏捷,嘴里正嚼着一块儿蛋糕。

"家里太乱,再次抱歉,但我实在没时间收拾。不知道您是怎么做到的,在学校上课,为报纸撰稿,家里也没个女人。"

"我目前独身,没孩子,空闲时间很多。"

17

每到晚上返回家中,我总是很伤感。家里没有一盏灯亮着,没有任何人等我。打开家门,在黑暗中穿过过道:那里挂着安妮塔、马尔蒂娜和我拥抱在一起的巨幅照片,它纠缠着我,令我备受煎熬。我时不时把它翻转过去,冲墙挂着,看着它令我心痛。但我没有勇气摘掉它,即便把它放进抽屉,也似乎意味着和我的家庭永远诀别。

你是个情感上的白痴,从未改变:家已经没了,你想怎么把它挽救回来?我知道,我知道,但扔掉这张能感动我的照片会更加令我难过。扔了它,你留着它干吗?我喜欢看它。可你刚刚才说过它让你难受!

依然是那只站在我肩头、翅膀破烂不堪的小鹰，它自负地认为自己可以从高处向下俯视我的灵魂。

你这只小鸟如何知道我的想法？我碰巧在你体内，就像蛋黄在蛋壳里那样。我一点也不希望你做蛋黄，我更愿意把你想象成一只鸟，就像你现在这样，至少你能时不时地飞走，但如果你是蛋黄的话，不把鸡蛋打碎就无法把你赶走。我告诉你，你在情感上是个拖泥带水的人，你把一切都搞砸了：你就像虾米似的往后退着走，从不向前迈一步，不停地挖掘、挖掘，你要干吗？要寻找你已经死去的女儿吗？你固执地认为她的灵魂附在另一个还活着的女孩身上，而实际上就连这个女孩也肯定已经死了……总之，你知道自己是什么吗？你是记忆的掘墓人！和掘墓人有什么关系？就算是，我也是记忆的播种者。你总是回头，和奥菲欧一样。我明白，我明白，如果奥菲欧不回头，就不会失去尤丽狄茜。没错，正是，你为什么不向前看，而总待在那里盯着过去？你奇迹般地陷入已逝者的王国，我理解你，这可以，但现在是时候从那里出来了，无论能否带走尤丽狄茜：朝着美好春日的光明走去……你能试试吗？

我无法忍受那头紧紧抓住我肩头的秃鹫，它观察我的生活，一知半解，却随意评判。然而最终我还得听它说话。仅有一两次，不是每次，哦不，甚至可以说它几乎从来没能让我怀疑自己。那些残破的瓦片曾是一只完整的瓦罐，它装载着我的全部人生。而现在，一切都已支离破碎。找回那些碎片的执着意愿，莫非是我祭奠过去的一种仪式？

第二天早上，是六月一个阴云密布的早晨，我在学生还没到校之前就走进教室，打开电脑，为我打算演示的几幅画儿准备投影。孩子们三三两两地走进来。外面开始下雨：窗外能看到雨衣和撑起的雨伞。当我骑自行车到达学校时，天空还平静安宁。我忘了把车座遮好，它一定会被淋得湿漉漉的，而我没有抹布，无法马上把它擦干。

"你们不觉得奇怪吗？罗马人抢劫萨宾妇女的事件激发了无数画家和雕塑家的灵感。"我一边在投影幕上展示詹博洛尼亚的那尊以此为题材的大理石雕塑的图像，一边问道。"我第一次看到这尊雕塑的时候，和你们一样大，那时我就被它所体现的戏剧性以及人物动作的力度震撼。"

孩子们伸长脖子观看图像。

"这是一尊奇怪的雕塑，你们可以看到，它把抢劫诠释为向天空逃离。与之相反的是夏加尔的作品，在他的油画里，总有一个女人想从一个男人身边飞走，而他总是把她往地面上拽。"

我还给他们放映了一幅我钟爱的夏加尔的画：女人穿戴整齐，脚上一双秀气的鞋子，横躺在天上，而男人抓住她一只手，不让她飞走。我好像从中看到自己正努力阻止安妮塔飞离的身体。

詹博洛尼亚以绽露青筋的肌肉表现戏剧性，每个纠缠着抱在一起的人物似乎都呼喊出了自己的苦楚。而在夏加尔的作品中，人们感受到诗歌般的轻逸。

我知道自己冒着被豹纹女士赶出学校的风险：那些身体扭结在一起，雕塑风格具有强烈的现实主义色彩，所有的人物都赤身裸体，无论是将一只手绝望地伸向抢夺者的父亲，还是把被抢妇女的身体举得高高的强盗，抑或是抬起一条胳膊，像是在求救的女孩。但这只是一尊博物馆里的雕塑，有什么可以指责的？

尽管这个话题很复杂，孩子们还在专心致志地听讲。要不要继续？我翻开李维的书，书中的内容我已经念过了一些：
"在长老院议员的建议下，罗穆卢斯派遣使节前往邻邦，商讨
签署协议、建立同盟、缔结联姻……然而没有任何邻邦愿意听
从来使的话：有些人鄙视这些罗马胜利者，有些人则为自己和
后代感到担忧，害怕罗马人中会发展出一股能与自己抗衡的
力量。"

我打算让智慧者弗朗西斯科继续念，我知道自己可以信
赖他。便把书交到他手里，"你继续念。"我说道。他捧起书，
离面部很近。我知道他眼花了，但这是从什么时候开始的？
我从没见他戴过眼镜，这个发现令我的怜爱之情油然升起。
花眼不是老年人才会有的吗？事实上，在弗朗西斯科幼小的
头脑里，确有一些老成、智慧之处。他继续朗读李维的评述。

"罗马的热血青年们无法心甘情愿地接受邻人的态度，
他们打算使用武力。抢夺妇女是唯一能够缔结婚姻的办法。
罗穆卢斯同意这么做，但他决定掩藏自己的愤恨，并准备举办
被称做'公众节'的盛大娱乐庆典，这个节日是为了尊崇康苏
斯神。他命手下去邀请居住在奎里纳尔山上的邻人前来参加
庆典：从凯尼那人到安登奈人，从克鲁斯图美伦人到萨宾人，
他想趁着庆典大肆劫持妇女。赴邀的宾客为数众多，他们都
是为了一睹这座崭新的城市——罗马。"

有的人闭上了眼睛，有的人盯着窗外，从窗框中可以看到
柏树的树梢正在随风摇摆。我感觉不能再继续念了。只要能
不让豹纹女士过来打断我们、东探西问就足矣了，最近她过来
得愈发频繁。

我发觉自己也昏昏欲睡、疲惫不堪，无法继续听下去，有
那么一刻，我竟然睡着了。发觉自己身边坐着一个肥胖的古
罗马男人，他穿着一身绣着花边儿的长袍，我们在公共浴场

里,他跟我说起自己把一名萨宾妇女扛回家中,像对待一头待宰的羔羊。他正边说边吃蚕豆,还把皮儿吐在浴缸里,而我却一心想在冒着烟的水中泡个澡!那个人脱掉长袍跳入池中,露出大腹便便,我嘟囔着说:你也想怀孕,没门儿!

我惊跳着醒来,孩子们发现了我突然而至的困倦,哄堂大笑。

"塞提米诺,你愿意继续念吗?"

这小家伙挺起胸脯,抓起书,开口念道:"罗穆卢斯坐在人群中间,事先约定好的暗号刚刚发出,他便拔出剑,带领手下开始掳掠凯尼那人、安登奈人、克鲁斯图美伦人以及萨宾人的女儿们,她们的父亲趁乱逃出城,发誓一定报仇雪恨。"

"老师,西西里也有抢亲,叫做'私奔',我爸爸是拉卡尔穆托①人。"

"嗯,乔瓦尼,那是另一回事。我们这里所讲的是整个民族,他们全部都是男性武士,没有女人和他们婚配,为他们生儿育女。为此他们才使用计谋,策划了这场盛大的节日庆典,借机掳掠妇女而不引起怀疑。但是,就像你看到的那样,历史学家们坚持认为被抢夺的都是少女,不包括已经结婚生子的女性。米凯拉,你能念念吗?"

"李维确信,罗穆卢斯允许妇女自由地做出选择,并许诺保证她们享有公民权利和财产权利。"

小米凯拉准确流畅地读着,她那富有旋律性的嗓音十分优美。

"他们这么做是想日后能得到宽恕,不是吗? 你是怎么

---

① 拉卡尔穆托:意大利市镇,位于西西里大区的阿格里琴托省。——译者注

认为的?"

"他们没让她们当奴隶,而是让她们做自己的妻子。"

"然而被抢走妇女的那些族群并不打算原谅他们,明白吗?他们要报仇雪恨,这就意味着战争。此外,萨宾人都是训练有素、坚强不屈的勇士。哈利卡纳苏斯的狄奥尼修斯①曾有描述,说他们突袭了罗马人,并夺取了卡比托利欧山②。在库尔齐奥湖畔的一场激烈的战争中,他们也获得了胜利。"

"那些少女们都怎么做的?"纯真的亚斯明举起手问道。她把两只好奇的眼睛睁得大大的,好像在竭尽所能,用目光来表达一切。

"嗯,这个问题太好了。米凯拉,你能再念念普鲁塔克是怎么描述的吗?"

"'当他们重整旗鼓,准备再次战斗的时候,武士们被难以置信且无法言表的一幕滞住了脚步。他们看到那些被劫掠的萨宾妇女冲入刀剑和尸体中间,大声呼喊,恳请自己的丈夫们和父亲们停战,她们就像是神派来的一般。有几个女人怀里抱着孩子,她们既向罗马人,也向萨宾人发出温婉的恳求。两阵士兵均被感动,于是让开道路,任由这些女人待在中间。'"

"蒂托·李维继续讲述这个故事。你们再听听他是怎么说的:乔瓦尼,你来念好吗?"

"'女人们一面恳求丈夫,一面恳求父亲,求他们不要犯下可怕的罪行,不要双手沾满岳父或是女婿的鲜血,不要伤害

---

① 哈利卡纳苏斯的狄奥尼修斯(公元前六十年—公元前七年):古希腊历史学家、修辞学教师。——译者注
② 卡比托利欧山:古罗马七丘之一。——译者注

他们尚未出生的孩子,这些孩子是一方的儿子,另一方的孙子。'她们说,'要么成为寡妇,要么成为孤儿,无论失去你们二者中的任何一方,我们都将生不如死。'"

"那这时罗马人是怎么做的?"他们一起发问。

"他们停止了战争。妇女们成功地劝阻了她们的男人,让他们明白互相杀戮既愚蠢,又无用。据蒂托·李维描述,为了迎合萨宾人,罗马人愿意称自己为'奎里提人',这个名字是从萨宾城市'库莱斯'而来。现在的古罗马广场遗址,在当时是一片湖,它被命名为'库尔提乌斯湖',来纪念萨宾将领麦提乌斯·库尔提乌斯。"

"老师,这么说绑架是一件好事儿?"马里奥问道。

"你知道吗,历史是由胜利者撰写的,不是吗? 他们有时会歪曲事实,也就是让事实看上去是正义的,但仅仅从他们的角度。"

"罗马人很坏吗?"他紧接着问道。

"他们有好有坏。当然了,罗马人很强大、富有,是胜利者,并按照他们自己的方式撰写历史。所以,你应该明白,学习写作非常重要,这样才能把真相告诉全世界,以及人们都是怎么看待历史的,包括失败者。"

"老师,那些小孩儿,就是被抢来的妇女的孩子们,算罗马人还是萨宾人? 他们更爱妈妈呢,还是更爱绑架了妈妈的爸爸?"

"阿莱西亚,我真不知道该怎么回答这个问题。绑架当然是一种不正当的行为,但对于和平的期望和对于子女的慈爱使他们获得了宽恕。"

这时下课铃声响起,孩子们一如既往地瞬间蜂拥至走廊。我走到咖啡机前,投入一枚硬币并按下按键。一个金属般的声音含混不清地说道:"设备故障,水源不足,咖啡停供。"

18

今天,周五,六月十号,学校因为"绝望"关门停课。校长打电话对我说:"百分之八十的学生都发烧卧床,但愿孩子们能在周末康复,周一能复课,这拨儿流感太厉害了,您发烧了吗,萨比恩查老师?"

"可恶的流感,我去年已经得过了。"

"去年! 这次的病毒是新的,您得多注意。"

"我去年感冒特别严重,免疫力至少能保持三年。"我在电话里笑着说。

"萨比恩查,我想对您说,无论如何,我很欣赏您的授课方式,孩子们热情很高,但他们的家长却不以为然。比如,阿麦德的父亲对我说,'您不适合教书育人'。"

"他还说什么了?"

"还说他和阿訇讲了您在课堂上的某些言论,他们现在都非常为自己的孩子担心。其他班级还有二十来个穆斯林孩子。您班上还有个利比亚血统的小女孩,对吧?"

"没错,亚斯明·穆哈德。可她的父亲比我还意大利,亚斯明甚至会说我们的方言。"

"他父亲在这里出生,有意大利国籍。"

"而且小女孩连面纱都不戴。"

"可她的妈妈现在戴面纱。这个家庭最近发生了一些变化,他们去了利比亚,并在那儿待了一个月,回来后父亲就变了:蓄起长长的胡子,穿起阿拉伯式的衣服。此外,一家人完全生活在伊斯兰的圈子里。"

"他，穆哈德？他以前不是个一天到晚只关注足球的小伙子吗？他还是个小年轻儿的时候我就认识他，个子很高，一副懒散的德行，头发帘儿遮住眼睛，前臂上有文身，总骑着摩托追着姑娘跑。发生什么事儿把他变成这样了？"

"我哪儿知道。他们离开了整整一夏天，回来后一家人大变样儿。母亲也变了……您以前认识她吗？以前她总在马尔默拉大街上转悠，穿着超短裙，每只手指上都戴着戒指，头发颜色火红，脚蹬高跟鞋。如果现在再看见她，您恐怕都认不出来。"

"事实上，穆哈德夫人有一段时间没来找我聊她女儿了。估计差不多有一年了。"

"我发现他们变得苛刻、敌对。一个月前，穆哈德夫人对我说想让女儿从学校退学。您不用担心，这并不是您的问题，是为其他原因，她告诉我，孩子父亲不希望女儿上学，认为上学的女孩儿将来一定不是好母亲。"

"简直难以置信！就在一年前，穆哈德夫人，也就是奥尔内拉·鲍吉奥不还是个无所顾忌的女人吗，在大街上抽烟，骑在摩托上像疯子一般。"

"您一年都没见过她，我可是前几天才见过她：一身黑衣，头巾忧伤地裹在头上，把头发都遮住了，只露出一半脸，苍白得像个死人……说起话来磕磕绊绊，眼睛一直盯着地面。我问她工作怎么样，她说自己不干了，是丈夫的主意。她重复了好几遍，态度异常强硬，几乎带着威胁的语气，说他们总去清真寺，并且打算让女儿退学，现在还没这么做是因为亚斯明舍不得学校，离不开同学，离不开您这位老师，说她喜欢学习，坚持要上学。当然我的态度也非常坚定，但我觉得这两口子心意已决，还对我说是为了让孩子高兴，才勉强同意她上到年底，然后就退学。"

"这些事您为什么从没和我说过？"

"和您说话不易，您总是活在自己的世界里。另外，不怕您笑话，咱俩屌事儿没有呢，您故意躲着我，躲个什么劲儿啊？"

"校长女士，您不能像码头搬运工那样讲话，我会不好意思的。"我玩笑着回答。

"我知道您正在偷着乐呢，问题在我，每天都忙着处理无数问题，您一定想象不到有多么繁杂。文化多元性对我来说可不是一个时髦名词，而是日常工作。您认为，我该怎么应对这些越来越激进的家庭？"

"也许您的话有道理，我过分纠结于自己的问题了，完全没发现咱们学校里发生这么大的变化。"

"一点钟您来和我一起吃饭，方便吗？虽然停课了，但我还留在学校，有些账目要结算，不过一会儿我就能出门。咱们在哪儿碰面？"

这个邀请令我尴尬不已。我从没想过和校长一起吃午饭，我还暗自称她为"豹纹女士"，何况是在这样一座小城市的饭馆里，这里所有人都互相认识，从早到晚家长里短。如果没记错，校长婚姻幸福，有两个十几岁大的孩子。可我该怎么拒绝呢？另外，她和社区里的所有人一样，也知道我独自生活，妻子已经离我而去。但或许她会对我透露些有关小露西亚的事情。

"在'结巴'菜馆好吗？"

她在电话另一端大笑起来。

"您还不知道吗？那家菜馆现在叫'美丽的意大利'。"

"但所有人都叫它'结巴'菜馆。"

"因为老板普利尼奥叔叔说话结巴吗？总之就是那儿，您去'结巴'菜馆吧。"

"他是您叔叔吗？"

"不是，但大伙儿习惯这么叫他。他做的那不勒斯皮萨棒极了。我们一点一刻在那儿见面吧。"

我还能说什么呢？自然是好吧，我们一点一刻见。感觉糟透了，我一点儿也不喜欢与豹纹女士的这份亲近。

我已经好几个月没进过饭馆了。事实上，我变得越来越孤僻，总是待在家里，只身一人。我还学会了做饭，重复安妮塔的菜谱。好吧，索性鲁莽一次吧！

换了件干净衬衫，套上外衣，里里外外都很得体，我向饭馆走去。

19

我料想她出现时的模样应该和平时一样，头发梳得像塔一样高，两只吊灯般的耳环，衬衫上满是透明的蕾丝。然而我此刻面对的却是一位一本正经的职业女性，我还是第一次看见她这样：一身朴素的女士套装，内衬一件天蓝色低领衬衫，头发自然地垂在面颊两侧。在我眼里，她真可算是个漂亮女人，我仿佛第一次见到她。以前总觉得她戴着面具，今天则看到了她真实的一面：身材匀称、个子高挑，一双大眼睛，眼神敏锐又略带讥讽。

我们坐在角落里的一张桌子旁，但愿没被我的学生看到，万一他们中的哪个和家里人一起出来吃午饭呢。他们都知道我对她并无好感。我背对着门坐着，点了一份西红柿酱面。她仪态高傲地坐在我对面的位子上，手开始捻揉餐布。

"那么您都没发现咱们学校已经伊斯兰化了?"

"嗯,没有。我觉得学生们还是小城 S 的孩子们一如既往的模样,拿着文件袋,打打闹闹,哭哭笑笑,课间不停地吃加餐。只有一件新鲜事:他们有手机了,而且玩儿起来没完没了,总是低着头发短信。手指头准确神速,爵士乐钢琴家一般。"

"知道吗,萨比恩查,白衬衫真的很适合您。平时您总是穿那些开了线的大毛衣,特别显老。"

"我想舒舒服服的,反正我又不用吸引谁。"

"真的吗? 为什么放弃吸引别人? 那可是一种无比美好的经历。"

"校长,您在诱惑我。咱们还是聊聊学校吧……您说学校正在伊斯兰化,能详细讲讲吗?"

"别对我总是您、您的。我叫罗莎。我们回到学校伊斯兰化的问题上来,两年前,我想都没想过会成这样。我的班上有一些外国血统的孩子,但又有什么不一样呢? 他们是第二代、第三代外来移民的孩子,穿着和我们一样,说话和我们一样,学习上也和我们一样。他们是完美的融入者,至少我曾这么认为。但最近一年以来,我开始明白事实并非如此。在咱们这个地方,一些母亲们,幸好为数不多,开始戴着面纱上街了,最初只是搭在头上,后来越来越严实地包裹在脸上。父亲们开始蓄起胡子。孩子们则变得心不在焉、不讲礼貌,他们随身带着阿拉伯语写的小册子。这一切到底意味着什么?"

"我没发觉这些。当然了,阿麦德的情况也许是这样,但他一向是个多疑、封闭的孩子,我认为这都归于他的性格和他那个非常传统、虔诚的家庭。"

"可有些东西正在我们眼皮子底下发生变化,而我们却感觉迟钝。"

我看到罗莎用那双姑娘般紧致的双手举着披萨,狼吞虎咽地吃着。此时此刻,她在想些什么?她真的对学校的伊斯兰化如此关注吗,或是依旧在扮演角色?

"发生这种变化您认为是因为什么?"我装作一副什么也不懂的样子发问。

"这种极端主义的趋势吗?不知道,但我正试图弄明白……我认为,很多人心里都产生了一种恐惧,因为他们受到裹挟:如果你不戴面纱,不学习《古兰经》,那就是叛教、忘本、精神变节!不用费很大的劲,就能唤醒一个人的挫败感,让他觉得自己活得忍气吞声,囊中羞涩却还要打肿脸充胖子,人生正遭受着巨大的疾苦,然后就能煽动他接受了。"

我在听她说话,但并没真正听进去。我被她修长的手指以及有着珍珠光泽的指甲迷住了。

"极端主义就像一支新生的花朵般暗自开放。明明是一朵有毒的花儿,但很多人却认为它芳香无比、美丽至极。禁不住其诱惑的大有人在,尤其是年轻人。我们许多学生的兄弟都去了'哈里发国'。他们去参加'圣战',去报复一切被他们定义的坏人,去砍异教徒的脑袋。现在,就连最温顺平和的人也感到备受裹挟,身陷罗网难以挣脱:你要么和我们一头,要么就是和我们作对。如果你选择和我们作对,那你就是敌人。而很多人都不愿意那么决绝、强硬地与他人为敌。"

"您认为孩子们某种程度上也受到了牵连吗?"

"首先,孩子们就像小狗似的,哪儿有味儿就往哪儿蹿,特别喜欢跟风。"

"什么事儿令您产生这种想法?"

"不知道您听没听说那两个少女,她们浑身绑满炸药,被派到一处集市上,把自己引爆。"

"您觉得她们知情并且心甘情愿这么做吗?"

"一个孩子,如果相信起来,便会彻头彻尾地相信。"

"您别那么夸张,没有一个孩子愿意身上绑满炸药去引爆自己。"

"我把它视为一种新型的对于殉道的渴望,极具诱惑力。而怀有这种渴望的人很可能会被某股势力所利用。"

"真正的神秘主义者不惜牺牲自己的生命。"

"古人的神总是无比恐怖、睚眦必报。他是唯一的神,想得到一切:一切忠诚、一切支配权,以及追随者的自我牺牲。有些时候,他甚至还命令他人犯罪。亚伯拉罕不就被要求杀掉自己的儿子,来考验他是否对主忠诚吗?"

"但是古兰经中的真主是宽容、仁慈的。"

"是的,但只是对他的信徒。不信道者注定永居火狱之中。"

我惊讶地望着她,以我的平庸视角,简直难以相信这位有着华丽夸张的外表、一心想着卖弄风骚的女人,居然怀揣如此不俗之见。

笨蛋——又是那头飞禽在我耳旁滔滔不绝——从近处观察到的东西,总比你想象里的复杂得多。拜托你闭嘴,我脑子已经够乱的了!

"您知道吗,我正在为网络报纸'即时贴'调查小露西亚·特雷贾尼的事。"我几乎漫不经心地说出口。

"知道,萨比恩查,我知道。您在课上没完没了地说,我怎么可能不知道呢?而且我能想象出您为什么对失踪的小女孩如此上心:她让您想起女儿马尔蒂娜。不是吗?"

"您一向无所不知。"

"依我看,露西亚·特雷贾尼是被某个恋童癖强暴了,这类新闻经常能看到。然后,施暴者无法忍受受害人无辜的眼神,所以杀害了她,杀害之后,哪里能找到地方,就在哪里埋了她。他们通常特别擅长隐藏尸体,因此受害人永远无法被找到;当然有时他们也很笨,会立刻败露。但也有可能他们故意想被发现,出于赎罪心理。"

太奇怪了,校长的推理很像我的学生弗朗西斯科,我对自己说。

"显然这一次的施暴者没任何赎罪心理。"我反驳道,"没有发现尸体,露西亚失踪已经九个月了,警察也已经放弃寻找她了。"

"他们真的搜索了很久,但什么也没有发现,不得不转移到其他事情上了。他们没有资金去做大量的调查。另外,您知道吗,与此同时,还有两名十六岁的少女,一名三十二岁的小伙子,以及四名已婚妇女也失踪了。"

"在我们这儿? S 城?"我将信将疑地问。

"不在城里,但就在附近,在圣·杰洛拉莫的山谷里。两个姑娘一个在贝内文托失踪,一个在松德里奥失踪。这早已是家常便饭。"

快看,一只手正沿着桌布滑过,像一条贪婪的小蛇一般朝你匍匐前行,抓住它,紧紧握住它,让这顿午餐有个完美结局,那头飞禽在我耳畔嘟囔道。我连想都没这么想过,我干脆地回应。而我的确是这么想的,你怎能拒绝一只女性的手,它如此温柔、迷人。

于是我紧紧握住了校长的手,我甚至还对她以"您"相称。那是一只柔软的、令人意乱情迷的手,我顿感热血沸腾。

看见了吧,其实你也想,什么也别说,直接带她上床就万事大吉了。如果我跟你说我不想这么做呢……可现在你的手在她手里，被她激情四射地握着，她这是要告诉你她想要你。她想要我：可为什么呢？欲望无须理由，想要就足矣了。蠢蛋，白痴，她是个美女，秀色可餐，抱起美人，结束这愚蠢且无益的禁欲生活吧！

20

历经漫长的禁欲与饥渴之后，进入那个欲望满盈、激情难耐的身体所带来的欢愉令我无以言表。有那么几分钟，我忘掉了一切：安妮塔、女儿、失踪的小女孩，整个人陷没在没有爱情的欢爱里。两个身体彼此寻找，互相满足，把热度和温存给予对方。

三点钟，我开着菲亚特"五百"送她回家，车身几乎散架，车门无法关严。我请她谅解，解释说自己通常骑自行车，而她示意我不要说话。

下车之前，她亲吻了我的面颊。之后，我看见她两级两级地登上台阶，朝家门走去，都没回头和我说再见。而我则一头扎进酒吧，喝了两份特浓咖啡。

我从来都不喜欢没有爱情的欢爱，然而身体却如此需要肉体上的欢愉，以此忘掉一切。身体就是身体，就是身体，就是身体，格特鲁德·斯泰因一定会这么说。

一夜酣睡无梦，醒来之后，我便彻底忘记了她，忘记了那个下午，忘记了我们的谈话，忘记了菜馆，忘记了肌肤相亲——那只是服从肉体饥渴的号令，而不是满足两情相悦的真切渴望。

重返单身带给我的好处是拥有充裕的时间阅读。以前，为了挤出点儿看书的时间，还不得不费一番心思。最撕心裂肺、难以忘怀的记忆是马尔蒂娜患上白血病后，我在医院病床旁看过大量的书。

第一晚我们都整宿未曾合眼，她躺在走廊里的一张折叠床上，我坐在椅子上，因为病房没有空床。之后，他们终于把她安排到病房里，与其他两个女孩儿同屋：米莲娜十二岁，几乎总是在睡觉，伊奥朗达和马尔蒂娜同岁，靠电子游戏打发时间。由于女儿病情严重，夜班护士人手不足，我获得允许，探视时间以外也可以陪在马尔蒂娜身边，她昏昏欲睡，我在一旁看书。我重读了《魔山》，一部以诗意的方式谈论疾病的小说——那时的我需要诗意。由于吃了太多的药，马尔蒂娜时不时恶心想吐，我便赶紧用绿色的小盆接着。我依然记得那只苹果绿色的小盆，它折磨着我：三个病人只有一间小到不能再小的卫生间，我不知道该把它放到哪儿，不知道该如何清洗它。

有时我会和小伊奥朗达的母亲聊几句，她说出一串病愈小姑娘的名字，为了给我希望，也给她自己希望。十二岁的米莲娜的妈妈从没露过面，她每天都要工作九个小时，之后还得照看其他儿女。代替她来的是位古怪的姨妈，头发染成金黄色，屁股巨大，声音像男人一般。她很少说话，总是坐在椅子上睡觉。我想她也很忙，但至少可以在家里工作，因此我们能时常看见她。她为一家大公司组装手表，经常送给小外甥女新手表，那种上面点缀着银色的小心，缝在红色绸缎表带上的手表，小姑娘把它戴在纤细苍白的手臂上，仿佛戴着一枚偌大的珠宝。

除了《魔山》，我还在医院里看完了《地下室手记》。这本书的第一章太过理论化，令我厌烦，而第二章我几乎一口气读完。我喜欢丽莎以及她既固执又单纯的性格。陀思妥耶夫斯基一向给予妓女极大的关注，他笔下的这类女性形象通常不是真正的妓女，而是由于经历了绝望之爱才误入歧途的"堕落"女子，她们的爱情贯穿着饥渴、贪婪、烦闷、怜悯。十九世纪的俄国妓女由于总是走路，双脚变得畸形，鞋底换过无数次，这些姑娘们住在没有暖气的阁楼里，往地上铺块草垫，便随意睡在上面；她们瘦骨嶙峋、忧郁哀伤、衣衫褴褛，不少人患有肺结核，而她们身上有一种阴郁脆弱的美，就像作者陀思妥耶夫斯基所描述的那样，她们清瘦憔悴，仿佛很快就要死去一般。

那些日子，在医院的那间小病房里，我一只手握着女儿的手，一只手拿着书看，四周弥漫着呕吐物、消毒水以及炸薯条的浓烈气味儿。

我时不时查看一下挂在架子上的吊瓶，还有顺着床头延伸下去的导管儿，它的末端插在女儿细弱且布满瘀青的手腕上，上面贴着医用胶布。我须时刻注意，液体的流速不能太快，也不能因为导管末端阻塞而停止不动。

当他们给她做骨髓移植手术的时候，我设想手术会成功的。然而在意大利没有找到适合的骨髓捐赠者。"真希望能把我的骨髓给她。"安妮塔搓着双手说道。可我们的骨髓配型不符，需要适合她的骨髓。终于有一天，我们欣喜若狂，因为收到了来自南非的骨髓捐赠：一位非洲小女孩为我们的马尔蒂娜捐赠了淋巴细胞，并且我们得知，通过移植，痊愈的可能性将与日俱增。我们很想好好感谢这个慷慨捐赠的南非家庭，但这无法做到：捐赠者必须保密。我好几个晚上都彻夜难眠，想象着这位南非小女孩的模样，她的父母竟然同意把她的骨髓捐赠给一名意大利女孩。"想想看，一个小女孩进入手术室,麻醉后,一位身穿绿色手术服、嘴上戴着口罩的医生把她的背部切开,用注射器抽取一小部分她生命的精华。这些骨髓被冷冻,并放在密封盒里空运到几千公里外的地方。从德班到米兰,再从米兰到小城S:你知道人体的这极小的一部分历经了怎样的旅程了吧?"

移植手术以后,马尔蒂娜很快好转。她开始恢复食欲,头发也长了出来。我感到无比幸福,自己也胃口大开,吃饭像头猪。我把特大份的西红柿酱面一盘盘地吞下去,大块带血牛排也被我风卷残云,还总往嘴里塞巧克力,喝啤酒,吃香蕉,以致很快就胖了十几公斤。安妮塔说我太夸张了,过度幸福带来了过度食欲。"你因为绝望才大吃大喝。"她坚持这么认为,而我反驳她,说自己一向饮食节制,因为感到高兴才狼吞虎咽。但或许她说得有道理,我只是给绝望的内心戴上了一副欢喜面具。

马尔蒂娜学习舞蹈,我送她到杰拉尔丁·斯图克小姐那里,她是位看不出年纪的女人,骨骼清奇,毫无赘肉。她对这些未来的芭蕾舞者不苟言笑,十分严厉,一旦发现谁的紧身裤松弛了,或是鞋子没系好、头发没有盘到位,便会大发雷霆。她还取笑那些稍微发胖的小女孩们:"你们这些小鲸鱼来杰拉尔丁·斯图克这里做什么!我这里有规矩,第一条就是必须少吃。奥尔腾西亚,你吃得太多了,看看你自己的肚子!你走吧,养鸡去吧,这儿没你待的地方。"

奥尔腾西亚大哭起来,拖着步子磨磨蹭蹭地走开。其他孩子看着她离开,无不心怀喜悦。她们并不同情遭到训斥的同伴,认为自己才是百里挑一的精英,将来会作为某个舞团的一员周游世界。可怜的奥尔腾西亚很可能会和妈妈闹脾气,她为女儿注册了舞蹈学校,而孩子并不真心喜欢跳舞。

然而马尔蒂娜一直瘦小轻盈。每当穿上鞋头儿硬硬的芭蕾舞鞋,她都兴高采烈。那双瘦小柔软的脚丫被鞋头折磨,令我非常心疼。上、下、上、下,一只手握住栏杆,一条腿站在地上作为支撑,另一条像一只准备飞翔的翅膀一般,努力向上抬高,一直举到肩膀。

手术之后,马尔蒂娜恢复得不错,但上舞蹈课依然吃力。我时常看见她松开栏杆,扑倒在地,神情沮丧。我知道她有多么喜欢跳舞,便一直鼓励她。此外,我想让她重新感觉自己身强体壮、生机勃勃。但后来她又开始发烧。

我不得不告知杰拉尔丁·斯图克小姐马尔蒂娜不能再去上她的课了。

"萨比恩查先生,她为什么不能再来了?"

"因为她身体不适。"

"你们这些家长太溺爱女儿了……她们刚有点儿累,你们就不让她们训练了,即便她们永远不可能成为专业芭蕾舞者,这种训练也是人生的必修课,对她们的未来大有裨益。"

"马尔蒂娜得了白血病,虽然现在略有好转,但很容易疲惫。"

"疾病属于精神范畴,身体需要不断训练。"

"白血病是身体的疾病,与精神无关。"

"悉听尊便。请记住,您女儿不能再复课了,她和别人相比会落后很远,这我无法容忍。当然,您得付我一年的费用,这一点我们以前就达成一致了。"

当我们认为她已经痊愈的时候,疾病再次显现,它就像一位邪恶的精灵,无情地带走了她。

21

昨夜我梦见了小女孩露西亚,她走起路来和我女儿一模一样,步子很小,速度很快,微微有点儿歪斜,我把它叫作中国人的步子,"马尔蒂娜,如果你想从陡峭的山上下来,就把脚跟牢牢贴住地,小步快走。"每当遇到下坡,她便总是跑着下去,还总转身微笑着对我说:"爸爸,我学中国人走路,好不?"

在朦胧的梦境里,露西亚既近在眼前,又遥不可及。她突然停下脚步,僵直地站在那里,一动不动。这时,一男一女两个人为她整理身上的衣服。看上去像是裁缝店里普普通通的量体裁衣:女人跪在地上,嘴唇叼着几根大头针。男人用双臂托着个东西,很像一条宽大的、浅色皮子的腰带。

小女孩缓缓转身,任由别人把她的身子束紧,先是围上一条白色的绷带,随后男人在她的腹部和胸部绑住一个类似孕妇肚子的东西,就像从前戏剧表演时让人用枕头假装怀孕,把两条松紧带儿挂在肩上,再用两条带子围着腰部系紧。最后,女人先给她穿上一件短小的黑色紧身衣,又在外面套上一身花布童装。小女孩顺从地抬起双臂,低下头,任人把衣服套在她身上,随后,男人和女人帮她整理裙子,使它柔顺、平整地垂落下来,和任何其他女童服装都没什么两样,只不过腰部略显臃肿。

露西亚没有乱动,温顺地听从他们的指令:转身,抬起胳膊,侧一点儿身子,吸气,收腹,再吸气,长筒袜穿好了,现在我们给你穿鞋,你不用弯腰。

最后,他们把她带到街上,男人拉着她的一只手,女人拉着另一只。小女孩露西亚听话地跟着他们,没有丝毫疑虑。

就在那时,我恍然大悟,他们套在她身上的不是演戏用的假肚子,而是真正的炸弹,必然和她一起爆炸。

"不!!!"我用尽全部力气大喊一声,满头大汗地惊醒。

小女孩想要对我说什么?说她被绑架了,会在某个公共场所被用来做人体炸弹,播撒死亡和恐惧的种子?说她被劫持了,因为任何恐怖分子都不愿意牺牲亲生女儿,随便在街上抓一个身份不详、毫无防备的小女孩是完成战斗任务的最佳方案?

我双手颤抖。"这类事情的确存在,但不会在我们这里发生。"我听见了校长的声音。但这很有可能发生,梦境难道不是预兆吗?别说傻话,她给你讲的那些事儿你太走心了,但是一个意大利女孩被劫持充当人体炸弹的可能性绝不存在——那头小鹰在我耳畔低声私语。那梦境为何如此真实?你脑子里尽是报纸上读到的新闻,还有身上绑满炸药,被几名黑衣男子带到集市附近,听从他们的命令在人群中奔跑,一旦撞到人就引爆,杀死自己和众人的那个女孩,那些故事搅得你心绪不宁。这个梦令我如坐针毡。纳尼,你应该多点儿理性思考,少些胡思乱想。可是梦境如此清晰明确:我这辈子从没见过别人把炸弹绑在身上,也不知道该怎么绑,但梦里的一切都如此真切,仿佛我亲身经历过一般。该死的,你对做梦走火入魔了,梦不过是头脑里的念头和幻想。可如果梦是象征呢?拜托,别提弗洛伊德先生了吧,他是个做梦成瘾的人,还发明了一套梦的术语,和巫师没什么两样。现在我们需要理性思考、实事求是,不能被胡思乱想引入歧途。亲爱的小鸟儿,我却认为无论提不提弗洛伊德,梦都会为我们讲述最隐蔽、最秘密的故事,它不仅描述过去,有时也揭示模糊不清、令人忐忑的未来。另外,我觉得你今天格外蠢笨,还格外像秃毛鸡。

那头飞禽生气离开了。我听到它的翅膀沉重地拍打的声音。它吃力地飞行，而我则希望它撞上岩石，粉身碎骨。

我为自己煮了杯咖啡。此刻写起字来，我的手还在颤抖。梦中我不能明确之处在于小女孩是否知道她将要面对什么。也许在她的设想中，那一整套仪式只是帮她参加集体活动，是荣誉的象征，而不是判死刑的标志。

如果她知道一切，还会那样顺从满足地微笑吗？那种微笑我似曾相识，仿佛在某幅画中见过，画上有几个中世纪的小女孩，她们身穿白衫，头戴面纱，被送来嫁给救世主耶稣。难以相信一个八岁的小女孩会在知情的情况下决定牺牲自己。如果他们欺骗了她呢？如果小城 S 有一伙儿狂热的恐怖分子，他们绑架小女孩并让她们做人体炸弹呢？

22

"您是乔万尼·特雷贾尼吗？"

"是的，是我。"

他满脸疑惑地看着我，把我让进屋里。

"我为一家叫做'即时贴'的网络报纸工作，能问您两个问题吗？很抱歉周日打扰您。"

"您不用客气，我周日也得工作……萨比恩查老师，我妻子和我说起过您。第一个问题由我来问：您为什么如此关注我女儿露西亚？"

"因为我相信她还活着，我们应该不遗余力地寻找她。"

"谁告诉您她还活着？"

"预感，除此之外我没有其他解释。"

"我不相信预感。"

"您为什么如此斩钉截铁地不信?"

"因为我头脑清醒。如果我真的认为女儿还活着,我一定会抛开一切去寻找她。我会失去工作、房子,所有一切:只做这一件事。"

"所以您宁愿认为她已经死了?"

"您想想看,我们家所有人都配合警方、配合宪兵,找她找了好几个月。我们搜查了整个地区,带着狗,带着铲土机,从高处给地面拍照,查看了所有水井,把田野的水渠和阴沟里的淤泥翻了个遍,什么也没发现,什么也没找到。现在轮到我问您了:您怎么那么确信她还活着?"

"正是因为你们没有找到她的尸体,所以我认为她很有可能还活着。"

"您别再揭开这处伤疤了,它很难愈合。"

"事实上,我梦见过她。"

是的,我说出了这件事,心里已经知道他会鄙视地看着我,仿佛我是个疯子。然而这个男人对此更加关切,立刻向我提出一大串问题。

"您在哪儿梦见的她?什么时候梦见的她?她说什么了?她在做什么?她死了还是活着?她给您什么印象?"

"我梦见她还活着,我觉得她在期盼着什么:或许期盼我们继续寻找她。"

"有两种可能:要么您是绑架我女儿的人,要么您知道一些我不知道的情况。我认为您极度可疑。"

"如果您打算到警察那儿告发我,我得告诉您,您妻子已经这么做了。我正在接受监控,他们搜查了我的家,带走了我的电脑,并且现在还没还给我,我在电话里说的每句话也都被录音。但我没什么好担心的。我认为露西亚还活着,应该继续寻找。没有证据说明她已经死了，并未发现尸首。因此，尽管并不确定，但我认为她很可能就在我们身边。"

"您身上有些东西令我不安。"

他斜眼看着我，随后猛然起身，走到我跟前，怒气冲天地一把抓起我的领子，"混蛋，说，你把我女儿怎么了？"

一记拳头骤然落在我脸上，我猝不及防，翻倒在地。我捂着鼻子：它在流血。幸好我的头还算硬，虽然磕在了地板上，但并没流血。这突然而至的怒气完全出乎我的意料。我迅速站起来，准备还他一拳，我肌肉紧绷，嘴唇紧闭。此时，我看到他递给我一张纸巾。

"对不起，萨比恩查老师。我妻子告诉过我，您也失去了女儿，她和露西亚同岁，为此您才对这件事如此关注。我本没想打您，只是没管住拳头，我没伤着您吧？"

"没事，就是鼻子流了点儿血。但我不明白，如果您已经从妻子那里知道了我正在帮忙寻找您女儿，为什么还会对我挥舞拳头？"

"有那么一瞬间，我在您身上看到了绑架者，不知道为什么。怀疑有时会在推理的道路上设下陷阱。"

他的谈吐不俗，简直不像卡车司机。如此得当地把握语言，他是从哪儿学来的？我往四周看了看，随即明白了：屋里有很多书架，上面都摆满了书，爱看书的不会只有他妻子一人。可以肯定他是个热爱读书的人，说不定还是位自学成才者。我看见一本红色书皮的关于黑手党的书，两本字典，一本《神曲》，一本卡尔维诺，一本莫拉维亚，以及一本小册子——安娜·玛利亚·奥尔德塞的《海水没有浸润拿波里》。

"能看出来，您喜欢看书。"

"出门在外的时候我总是带上几本书，一有时间，我就看书。现在我车里还有好几张CD,一边开车一边听。我给您拿杯啤酒喝吧?"

"好的,谢谢。"

"不流血了,万幸,我再次道歉。刚才我只是一时冲动。一听别人说起我女儿,我就会丧失理智。"

"您能再给我一张纸巾吗? 如果可以的话,我想去趟卫生间,然后我就走了。"

"别,老师,现在您好好给我讲讲您做的梦。"

"我已经给您讲过了。"

"再从头讲一遍,更详细一些。"

"我本以为您对预感不感兴趣。"

"或许是因为嫉妒:我更愿意女儿出现在我自己的梦里,而不是出现在您这个外人的梦里。不过您也失去了女儿,现在为另一个小女孩揪心,我能理解。来,您喝点儿啤酒吧,是冰过的,我也喝点儿。除了啤酒,您还想要点儿别的吗? 开心果,或是黑橄榄?"

"不用了,谢谢。我很想问您:您听说过那个浑身绑满炸药,被派到人群中间引爆自己的小女孩吗?"

"没有,没听说过。"

"一个七八岁大的小女孩,和您女儿一样,和我女儿一样。现在我时常自问:露西亚有没有可能被一伙儿狂热分子劫持,浑身绑满炸药,被派往异教人群中间制造死伤?"

"您别胡言乱语。我们这是在意大利。这里的确有黑手党、恋童癖,但没有原教旨主义者。"

"然而他们却进入法国的一家犹太人超市,杀害了一些无辜的可怜人,这些人不过是去买菜。"

"我知道,我知道……您看,如果他们像无政府主义者那样,只杀死相关的人,比如国王、国家元首、军队将领等,那人们不会担心,这只涉及权力问题。但如果他们不管在哪儿,遇到人群就滥杀无辜,无论无辜与否,谁在射程之内就向谁开枪,人们就会开始恐慌,不敢在城里转悠了。您看过多丽丝·莱辛的《好人恐怖分子》吗?"

"没有。"

"伦敦的一群年轻人为了抗议住房紧缺和房价过高而占领了一栋楼房。但国家媒体对这起事件只字未提。这群年轻人本是规矩少年,正派人家的孩子,他们心想:要想上报纸,就得制造出更大的动静来。于是他们准备了一枚小型炸弹,选择了节日的一天,在一处市场附近引爆,导致巨响并造成两人受伤。即便这一次,第二天的报纸上也只有两行简短的报导。此刻,年轻人们终于明白,为了上国家级报纸,至少需要弄出条人命。因而他们制作了一枚威力更大的炸弹,安置在一处地铁口,它的爆炸的确造成了更加严重的后果:五人死亡,八十人受伤。终于,所有报纸,甚至外国报纸都在关注此事,他们成了当天的热点。他们以低廉的成本获得了巨大的广告效应:一只手工制作的炸弹,趁着夜黑风高放在垃圾桶里,没被任何人发现,在血案发生之后,用印刷体书写标语表明诉求:'我们要住房。'并在上面签名。"

"这么说您也同意我的观点:随便抓过来某个正在做实习医生的可怜小伙子,在摄像机镜头前割断他的喉咙,然后把影片寄给世界上所有的电视台和报社,这岂不是既简单,又有效的广告?"

"伤人、放火、割喉,做这些事的人有很多,但在摄像机前,用这种无耻狂妄手段的并没有,这太令人发指了。"

"您的意思是我们这儿不可能发生这种事?"

"我认为不可能。在我们这里，恐怖主义的时代已经结束了。"

"因此，您的露西亚被一伙恐怖分子劫持，被当作牺牲品来保卫他们的先知，这种可能性您认为不存在？"

"我认为不存在。"

"那如果他们把她带到了数万公里之外，即便她被炸得粉身碎骨，不论您还是我，都不可能知道……"

"嗯，我得走了，卡车在等我。还有《地下室手记》也在等我，是我特别喜欢的一位女演员皮埃拉·迪格利·埃斯波斯蒂录在 CD 上的有声读物。"

"《地下室手记》？这个巧合实在太离奇了！人们却总说巧合不算数。"

"第一章对我来说有点儿难啃。但第二章我却听得津津有味。丽莎这个人物太棒了。我有时会去找妓女。身为卡车司机，您懂的，为路生活，也以路生活。但像丽莎那样的妓女，我从未遇到过。您认为十九世纪的妓女和现在的妓女不一样吗？"

"我认为恰恰如此。那个时代妓女因为贫困卖身，现在却不是。"

"现在不是吗？那她们现在当妓女为什么？"

"为了钱，即便她们不需要钱的时候也会做这行，因为她们认识到自己不是人，而是商品。"

"也许吧，但我在路边遇到的那些妓女是为谋生，我敢向您保证。她们通常是外国人，从远方被带到此处：别人花很少的钱把她们买来卖去，她们需要养家糊口，冷漠得像石头一般。"

"但您去找她们，就成了人贩子的同谋。"

他大笑起来,在我后背击了一掌。他的手像铁锹一般。

"我们之间的共同点比想象中要多……您教书,我开卡车,但我们都没停止思考,并且书籍给了我们很大帮助。"

"您去找妓女,妻子不说什么吗?"

"我不告诉她,她也不想知道。自从露西亚失踪,我们就不再做爱了。"

23

学期结束了,我一个人,不知道该做些什么。安妮塔在的时候,我们通常六月就已经计划好如何一起度过悠长的假期。有一年,我们租了一间橄榄林中的"特鲁略"①,距离大海只有几公里远。终于可以享受一点儿乡间的安宁了!然而那却是我和她一起度过的最嘈杂的假期:每天早上六点割草机开始轰鸣,紧接着是水泵;八点钟工地开工——那块土地的主人要紧挨着"特鲁略"建一所水泥房屋。这一切还伴随着群狗不停的狂吠以及乌鸦呱呱的叫声。

为了避开所有噪音,我们通常一大清早就从"特鲁略"出门前往海边,在那儿待一整天。沙滩很脏,除了我俩,空无一人,但海水很干净。我们兴致勃勃地登上一座小岛,它就像浮出浪头的一块手帕,岛上覆满海藻和灰色的贝壳,已经与岩石融为一体。我们从岩石上跃入水中,戴着潜水面具,在海底探索;我们还坐在凸起的礁石上晒太阳,礁石太低,脚只好浸在水里。有一次,我们尝试在那些粗糙的岩石上做爱,融入彼此身体的甜蜜感从未如此强烈,以至于居然没有发觉一艘小船

---

① 特鲁略,意大利普利亚大区传统的圆锥顶建筑。——译者注

正在悄无声息地靠近，也不管船上是否有人正在津津有味地观看。我们欢笑着跳入水中，感觉幸福至极，其余一切皆可置之不理。

那时我认为一切都天经地义、理所应当，现在却如同丢失了一枚珍宝。我舔舔嘴唇，努力回忆普利亚海水的咸味儿，它陪伴我度过了人生中最美满、最和谐的一段时光。也许我们正是在那间"特鲁略"里孕育了马尔蒂娜。她本应成为人生喜悦的结晶，不料一切却以悲剧告终。

而今，我该做些什么？徒有两个月的假期，却不知该往哪儿去。去找你母亲吧，你都多久没见她了。还是那只乌鸦在我耳畔吹风，但这次它的确言之有理。这是我能做的最合情理的事情。我与母亲之间的关系从未和睦过。从少年时代起，我就经常埋怨她不够疼我，爱我父亲胜过爱我，无论我做什么，都一味责备。但自从父亲去世，她便经常给我打电话，要我回到山间小镇的家。我总是答应，却从没回去过。我对她那阴郁、斥责的声音有种由来已久的排斥。

修理好那辆旧"五百"的刹车后，我爬行在山路上，向圣·瑞塔村庄驶去。母亲独自一人居住在山顶一所极小的公寓里，到达那里需要攀登巨大的石头台阶。这座山间小镇虽然现在依靠接待一些背包客维生，却依然保留着古老的放牧生活痕迹。沿着陡峭的山间小路向上攀登，我仿佛闻到了羊群的味道，它们傍晚从草场返回，彼此拥挤着、冲撞着、咩咩叫着。母羊的乳房胀满奶水，浑身卷毛的小羊羔跟在后边，蹦蹦跳跳，摇着尾巴。

我看到母亲笔直地站在门前，还穿着那条褪色的牛仔裤和一件格子衬衫，一副倔强泼辣的气势，此刻我真想上前拥抱她。但当她刚叫出我的名字，那一如既往的洪亮嗓音和时刻准备责骂的语调便令我冒出这样的想法:现在立马转身走人。然而最终我还是顺从了,从孩提时代起我就一直这样,战战兢兢地,不知道为什么,总觉得自己犯了错误似的。母亲具备这份非凡的天赋:能让所有人感觉内疚。连父亲在她面前也总是觉得抱歉,或许他的去世就是为了彻底弥补自己的抱歉。

当她把一盘热气腾腾的煎鱼放在我面前时,我的心情舒畅了许多。没人比她更会做煎鱼,她知道怎么把湖泊和河流里的淡水鱼煎得软嫩松脆。鳗鱼入口即化,白斑狗鱼从舌头上滑过,鳟鱼、丁桂鱼、红点鲑做成的鱼排在齿间吱吱作响。

"纳尼,鱼好吃吗?"

"太好吃了,妈妈,做山里的鱼没人能超过你。"

"今天晚上我给你做番茄橄榄烩鲈鱼。"

"能再给我做点儿土豆粉和小麦粉的混合面儿面包吗?"

"当然可以,你想吃什么就给你做什么。"她笑容满面,一副开心的样子。

我看着她,发现她老了。她的脸因岁月而苍老,脖子枯瘦,布满皱纹,牙齿上长出黑斑。但她的眼睛永远炯炯有神,充满热情和骄傲。

"我的纳尼,你老了,而且一事无成。"她的声音像鞭子一般落在我身上,我瞬间感觉自己跌入井底,和童年与少年时代她责备我时一模一样。

"为什么和妻子分手? 她是个相当不错的女人。为什么马尔蒂娜去世后你没再要个孩子?"

有那么一刻,我感到自己简直快要死了,就死在她执拗的目光里,如同少年时代死过千万次一样。但随后我直起后背,力图与她相持,却没发现自己正变得残忍。

"一个人住在这座到处是台阶和石头的老房子里,你不觉得吃力吗？等腿走不动路的时候你怎么办？"

"我的纳尼，我但愿自己在坐轮椅之前就死去。不过你放心，我不会让你给我花钱雇保姆，也不用你拿轮椅推着我。"

"妈妈，你还很硬朗，生活完全能自理，哪里用得着轮椅？"

"我的那些朋友们，要么已经死了，要么瘫痪了。有几个老年痴呆了，路上遇见我都不认识我。"

"妈妈，你刚满七十七岁，不算老，教皇和你同岁，还满世界跑来跑去呢。"

"我已经是一块废铁啦，纳尼。好了，不说这个了。告诉我，明天你打算做点儿什么？最近他们在附近挖出了一处古罗马遗址。考古学家们说很快就得再把它填上，因为没钱继续挖掘了。那是一处辉煌宫殿的遗址，地板上都是马赛克图案：现在还能看出一条看门狗和一群腾跃而起的海豚，你想去看看吗？"

"当然了，我们什么时候去？"

"现在你先吃饭，然后睡觉。我在你小时候住的那间屋子里为你铺好了床铺，你还记得那间屋子吗？几年来我们都把它当成了储藏室，但为你这次回家，我把它腾空并打扫干净了，去看看吧。"

推开那扇我已经二十几年没有碰过的门，新粉刷的墙壁十分晃眼。我双目紧闭，再睁开时，那些沉睡已久的记忆栩栩如生地涌现：手淫、宏大的梦想、焦虑、摊在床上的书籍、咖啡烧煳的味道、香肠蹭在《战争与和平》书页上的油点儿、从未满足过的对情爱的渴望，还有月亮在窗户中央露出的那张闪烁而喜悦的脸——那些不眠之夜，我的雄心壮志被它清晰而残忍地照见。

的确正如母亲所说,我的人生一事无成吗?果真有必要按照她的意愿成为"某某人"吗?不知道她指的是德高望重的人,或是名声显赫的人,抑或腰缠万贯的人。她那因岁月而刚刚变得柔和的目光告诉我,对她而言,我是个碌碌无为的失败者:一名收入微薄的小学老师算得了什么?何况连个妻子或者可以寄托未来的孩子都没有!

我们又回到厨房,依然坐在那张铺着塑料桌布的餐桌旁。吃饭时我观察着她,她假装吃得有滋有味,实际上却不过往嘴里送了一点点碎小的鱼肉,以及几片没拌酱汁的绿色沙拉菜叶儿。在母亲的心中,我们这个小家庭里首要的罪人是她自己,为此,她用孤独、节食以及那套严厉而苛刻的手段惩罚自己。

我不知道自己能在这个山间小镇里坚持多久,每天吃湖泊和河流中的鱼,听母亲讲那些令人心生负罪感的话语,看着她像一头被困在笼子中的母狮一般走来走去。与此同时,我很清楚自己不会在假期结束之前离开,因为温情梗住了我的喉咙:那是最为炽烈的爱,既想逃开,又想紧紧拥抱住她,亲吻她布满皱纹的脖子。因为我很清楚,她说得没错,这是陪伴在她身边的最后机会,之后我们将永远失去彼此。

24

九月。学校重新开学。孩子们已经五年级了,却还要我讲童话、新闻等各种故事。总之要在叙述中表明开端、发展和结局。他们对故事如饥似渴。

"老师,给我们讲个故事吧?"

“同学们，你们清楚，我不能超出大纲，必须教你们地理、进化，为你们讲解人类是如何诞生的，还有恐龙和尼安德特人。”

“老师，您给我们讲讲那个音乐家的故事吧，就是他心爱的女人被毒蛇咬伤而死，因此他前往冥府想要把她带回来的那个人。”

“奥菲欧与尤丽狄茜？不行，孩子们，今天该讲天文了：星星是什么，月亮是什么，地轴是什么，以及它相对于太阳如何运动。”

“要不您给我们讲讲那个没人能找到的失踪女童的故事吧？”

“那个故事我们已经讲过了。今天讲天文，你们会发现，即便讲星星也有有趣的故事，所有星座都有自己的传说。米凯拉，你知道星座是什么吗？”

“是我们从地球上观察到的以特定方式排列的群星组合，我们按照自己的想象给它们分别取名。”

“不错，虽然有些过分学术，但说得很好。那你知道哪个是猎户座吗？”

“不知道。”

“我们先来看看它在天上的样子，我在黑板上给大家画个大致草图。猎户座形状如此，它与人体身形最为近似。古希腊人认为它代表正在与公牛搏斗的赫拉克勒斯。但另有传说认为该星座因乌力诺内得名，他后来改名为奥瑞恩。那么，谁知道关于奥瑞恩的传说？”

没人回答，但我已经知道他们发现了其中必有有趣的故事，因此正对星座着迷。

“弗朗西斯科，你知道吗，奥瑞恩是谁？塔提安娜，你知道吗？马里奥，你知道吗？塞提米诺，你呢？阿麦德，你呢？"

"老师，还是您给我们讲吧！"

我看到小塞提米诺伸长了脖子；阿莱西亚一副浓妆艳抹的打扮，仿佛就要上台演出，刚才她还在玩手机游戏，此刻也把手机放在一旁，双眼紧盯着我；胖乎乎的马里奥不再咔咔作响地咀嚼那块果仁牛轧糖，他挺起腰板坐直，努力把肚子塞进课桌和椅子之间。

当身体和精神准备好聆听，故事便应运而生。身体的紧张和专注，丝毫不逊色于精神，而精神通过语言领悟故事，品读英雄的丰功伟绩、归宿结局。我已经完完全全地置身于这种富有神力的仪式之中，和他们一起身临其境，我享受讲述，正如他们享受聆听。没有任何事情能够阻止我们开展这项古老而神奇的集体活动——讲述故事、一起聆听。

"老师，讲讲吧？"

"从前，有一位年迈的农民，名叫伊利艾欧，居住在底比斯。他十分贫穷，只有一间茅草屋和两条狗。在一个风雨交加的夜晚，三位饥肠辘辘的长途跋涉者来到底比斯，他们衣衫褴褛，精疲力竭，在城里四处奔走，请求留宿，但没有人肯为他们打开屋门。最后，他们来到年老的伊利艾欧的茅草屋前，请求进屋过夜。伊利艾欧慷慨地接待了他们，并为自己连生火的木柴都没有而表示抱歉。但是为了对客人表示尊敬，他杀了自己仅有的一只羊，煮熟了款待他们。三位长途跋涉者吃饱之后，便在茅草屋内安睡。第二天早上，客人们问主人他最想得到这世上的哪样东西，老人回答说想要个儿子：他的妻子许多年前已经过世，他孤身一人，年事已高。三位长途跋涉者围在他们吃过的那只羊的毛皮周围，在上面小便，并告诉老人把它埋在地里耐心等待。老人听从他们的话，把沾上三人尿水的羊皮埋进土里,九个月后,土地裂开,仿佛一株植物正要强劲地破土而出,而钻出地面的居然是个无比漂亮的小男孩,老人幸福极了,怀抱着他,给他取名为乌力诺内①,因为他是由尿而来的孩子。年迈的父亲有所不知,那个暴风雨之夜,他款待了三位神:宙斯、波塞冬和赫耳墨斯。"

"伊利艾欧的儿子乌力诺内都做了什么?"孩子们异口同声地问我。

"他在树林里长大,从一座山跑到另一座山,四处打猎。他身手敏捷、踌躇满志,一旦发现猎物,无论距离多远,都能用弓箭瞄准,像闪电般射出,一击毙命。为此他趾高气昂,四处炫耀,对所有人说他是全宇宙,包括天上最优秀的猎人。同为猎人的赫耳墨斯十分厌恶妄自尊大、得意忘形的人,便决定惩罚他:让他生病死去,并一脚把他踢下地狱。"

"老师,那天上发生什么了?"

"海神波塞冬很喜爱乌力诺内,认为对他的惩罚过于严厉了,他到冥帝哈迪斯那里,抓住这位年轻猎人的头发,把他身上所有的烧伤痕迹都清理干净——因为地狱里四处着火,然后把他带回天上,此时他清爽明净,神采如海。波塞冬把他化为星辰,并把大犬和小犬放在他身边。"

我感到他们紧绷的神经松弛了下来。神话讲完了,他们今天对于故事的饥渴已被满足。我只好补充一些临时想到的东西,这种不由自主的临场发挥只有读书成瘾的人才懂:"哪天我再给你们讲讲沈德的故事,她是一位四川的好心人,和伊利艾欧一样,她也在一个风雨交加的夜晚,把三位长途跋涉者让进自己寒酸的妓女住所留宿。"

---

① 乌力诺内为音译,从尿"orina"一词而来。——译者注

我立刻感到他们重新全神贯注,孩子们的手指离开手机,放在桌面上等待着。

"老师,求求您了,现在就讲吧!"

"沈德是谁?"每个人心中都产生了这个疑问,对新故事的好奇已经把他们紧紧拴住。

"她是位善良的中国姑娘,住在一间狭小、寒酸的房子里,但她却有一颗博大的善心。在那个寒冷的雨夜,当她听到敲门声时,心里十分害怕。那个时辰,会是谁呢?她把门打开一条小缝儿观望,看到三位长途跋涉者,由于走了太远的路,他们脚上布满老茧和伤口,衣衫破烂,被倾盆大雨浇湿的头发紧紧贴在脑袋上,此时同情心战胜了恐惧感。她请他们进屋,用家里仅有的一点面包和奶酪招待他们,甚至把自己的床铺好让给他们睡觉。"

"万一他们是强盗呢?"

"是的,那个时代强盗横行肆虐,因此人与人不敢互相信任。事实上,这次是三位神仙乔装打扮成长途跋涉者的模样,第二天早上,他们问沈德想要什么。姑娘十分贫穷,不得已以做娼妓维生,她想要开一间小烟草铺子。"

"那神仙们给她烟草铺了吗?"

"还不只呢:沈德开了一家烟草店,除此之外,还把剩余的钱用来购买成捆成捆的上好烟草。"

"那开了烟草店后,沈德做了什么?"

"这个我下次再给你们讲。"

"不好,老师,现在讲吧!给我们讲沈德的故事!"

"不行,塔提安娜。"

"为什么不行?"

"因为太晚了,我得赶紧回家。另外,如果我讲故事太多,你们的校长会用平底锅打我的脑袋。"

他们齐声大笑起来,与此同时,下课铃声响起,把我们从叙事的魔力中解放了出来。我看着他们飞奔出门,精力旺盛,永远迫不及待。我突然自问,孩子们是否像卢梭所想以及我偏向认为的那样生来简单纯真,之后才被自以为是的成人世界玷污;抑或相反,像理查德·休斯在其小说《牙买加飓风》中所述,孩子们在最初的童年时代便具有人类的一切缺点,他们唯一无邪之处在于格外弱小,为了掩盖这一弱点,他们立刻学会了粉饰、伪装、表演等技巧,以此简单地遮掩自己的劣势。

25

校长办公室的门开了,我快速朝出口走去,努力不让自己引起注意,但我听到校长在叫我。她会不会听到了用平底锅打脑袋的话?我停住脚步,看见她迅速套上一件恐怖的带着许多穗的皮夹克,十月的天气已经转凉,这件衣服显然太薄了。她微笑着追上我。

"您这么着急,打算去哪儿?"

"回家。"

"萨比恩查老师,我能请您喝杯咖啡吗?"

"但,我真……"

"我又不会吃了您!"

"女校长和她手下的某个男老师单独出去可不太好,谁知道学校里的人会怎么想!"

"随他们说去吧,不值得为此担心。我必须和您谈谈。"

于是我们匆匆忙忙地朝着卡多尔纳大街上的一家咖啡馆走去,并在一张小圆桌前坐下,桌面材质是蓝色的人造石,布满水杯和咖啡杯留下的深色圆圈印迹。

"您要对我说什么？"

"您还在寻找失踪的小女孩吗？"

"从未停止过。"

"您知道吗，我班上一名女生的母亲来找我说了点儿很严重的事，您听说过贩卖人口吗？"

"贩卖什么人？"

"贩卖儿童。"

"让他们去做人体炸弹？"

"不，把他们卖到为游客提供服务的妓院里去，在亚洲。"

"这位母亲都和您说了什么？"

"如果您愿意，我可以把她的联系方式给您。您可以和她聊聊。烈威女士嫁给了一位柬埔寨人，结婚没几年丈夫便离家出走，还带走了他们唯一的女儿法提玛，从此以后她再也没见过女儿。两年后，她收到一封来自一位和她相识的意大利商人的来信，他去过一家柬埔寨的妓院，只花了三百美元，妓院就让一个八岁的小姑娘为他提供服务。为了知道是怎么回事，他便接受了，随后被带进一间没有窗户的隔绝封闭的小屋里，他觉得自己在那儿认出了小法提玛。那家妓院让五至十岁的小女孩卖淫，据他描述，她们的衣着像成年人，涂口红，做头发，模仿成人的动作和姿态做艺妓。她们侍奉茶点、弹琴、唱歌，然后和客人睡觉，第二天早上，客人在付钱后便被匆忙赶出门，嫖资从三百到一千美元不等，这要看小女孩的年龄和姿色。如果还是处女，就得花两千美金。"

"他在那儿能认出烈威女士的女儿？"

"看来正是如此。在偌大而贫穷的城市金边，在那家为欧洲成年游客准备的妓院里，他发现自己面前站着烈威女士的女儿。他没法照相，但看得十分清楚，确定那个女孩就是她。"

"我感觉这个故事不可信。"

"但事实如此。有些地方性旅游是财富的主要来源之一。很多意大利人也会去，他们在家可都是好父亲……"

"小法提玛是怎么沦落到那家妓院里的？"

"好像她的柬埔寨父亲在一起摩托车交通事故中去世了，父亲的家庭将她卖给了一位商人，也就是我们所说的人贩子。埃莲娜对我说这个买卖油水极大，国家的法律虽严厉禁止，但私下里却猖狂得难以言表，警察也睁一只眼，闭一只眼。"

"但他，那个意大利人，居然能在一次对于卖淫活动的'调研之旅'中，在一家柬埔寨妓院里认出了小法提玛？拜托，开什么玩笑！"

"可是埃莲娜·烈威却深信不疑，她打算出发去柬埔寨。"

"找女儿去？"

"纳尼，您知道吗，我对您有种隐秘的好感，尽管出于众多原因，我们之间的关系不能继续发展，但您是我生命中一场美好的遇见。我差点儿要把这件事告诉我丈夫，但最终还是更想把它当成秘密锁在心里。但您知道吗？我发觉您把对于失踪小女孩的担心传染给我了，不只是对她，还有对世界上所有被买卖、虐待、剥削的小女孩的担心。我想帮您寻找小露西亚。以前我认为她肯定死了，没什么能做的了。但现在我对此非常怀疑，不仅是因为您的那些梦，亲爱的纳尼，也是因为当我们足够关注的时候，很多事情才浮出水面。由于关注不足，有太多罪犯逍遥法外。那些俗不可耐的讨论犯罪案件的电视节目日益增多,将案件全貌呈现在观众面前。其中总有许多临时客串的所谓专家,他们想知道的比法官还多,但不可否认,他们存在的价值在于至少可以让案情在审理之外继续发酵,否则,由于缺少条件,或者因为拖沓疲倦,因为想要尽快忘却,这些案件在审理不久之后便被结案搁置,无法定论。这些节目成为令人生厌的街谈巷议的话题,被喋喋不休地议论,但至少他们认为那些失踪者依然活着,并肯花钱进行调查,费用从广告收益中支出——这些开销是官方不可能批准的——采访亲属,采访那些总是说自己不知情的丈夫,这些男人永远都说他们深爱自己刚刚掐死的妻子;他们认真研究细枝末节,蛛丝马迹都不放过,有时真的可以成功揪出罪犯,即便用了好几年的时间。您不认为这是件好事儿吗?"

"嗯,是的。"

"纳尼,为什么话这么少?无论如何,我们曾同床共枕,并且我认为那次还不错……"

"是的,还不错。"

"但然后呢?洗完澡,把那件事抛在脑后,那份愉悦便消失得无影无踪了,是这样吗?"

"那是一份美好的记忆,我把它保留在心间。但事实上,我依然爱着自己的妻子安妮塔,请原谅我的直白。"

"我能想象出来。很高兴您能对我开诚布公,我认为坦率是尊重的一种形式。能同样坦率地告诉您,我有点儿爱上您了吗?但我不会纠缠您,因为我是个心智健全的女人,一位好妻子,正如我丈夫所认为的那样。我想他是对的,因为我不仅相信自由、相信理性,也相信与所选择一起生活的人之间缔有契约,相信对他应有最基本的尊重。另外,我认为不能强迫事情改变,感情更不能强求。我也没有报复情绪,仅限于在心里念念不忘这份得不到回应的一厢情愿。我不抱怨，有时温暖一颗变得寒冷的心并不费力。我想说的就这些，但请相信，我提供给您这些信息并不是为了找借口和您谈心。这是烈威女士的电话，和她联系吧，祝好运。我在心里拥抱您。"

她目光炯炯，而我却呆若木鸡。出门之前她甚至付了咖啡的帐，正如她所说，从此对我一无所求，甚至连一杯咖啡都不要。她身穿那件丑陋无比的夹克，褐色的皮子，穗子在身体两侧甩来甩去，那副打扮活像牛仔女孩。她把我一人留在那张脏兮兮的小桌子旁。

我精疲力竭、心力交瘁地返回家中。豹纹女士的这份爱慕之情令我十分尴尬。我不停地问自己，一位如此精明强干的女子，怎么能那样穿着打扮。聪明显然有很多种类型，并非总与卓越的品味相伴。另外，谁规定了哪种品味算作卓越不凡？只存在一种绝对而稳妥的卓越品味，抑或存在所有人都认可的种种？谁能通过一个人的穿着打扮就对他进行评判？然而，理智告诉我，引诱我的女校长的品味与她的角色和智商不符：做作、夸张、像玩具娃娃，令人不屑一顾、心生反感。不论其他，只为她这种糟糕透顶的品味，我永远也不会爱上她。

26

我的家变得脏乱无比，书籍和文件乱七八糟地四处堆放。只有走路硌脚的时候我才扫地。此外，我很少做饭，冰箱里有什么我就吃什么。我的那位飞鸟天使坚持认为，长年累月的孤独会把人变得麻木不仁：渐渐习惯我行我素，不修边幅。它的话不无道理——顺便问一下，它去哪儿了？那叽叽喳喳、好为人师的声音我已经好几天没听到了。

今天上午我才对校长说过自己依然爱着安妮塔，但果真如此吗？如果凝视那幅巨大的、我们一家三口的合影——她、我，还有女儿，我们满脸幸福地微笑着——我想的确如此，我依然爱她。至少每当想起她时，我都喉咙哽咽，感觉被一种无法消除的距离感刺痛全身。但假如现在门铃响起，去打开房门时看见她在眼前，我想我会迷惘。有些事情已然结束，无法回到过去。然而，只要闭上双眼，便能感觉到她光滑、迷人的身体就在我旁边，还有那柔软的皮肤，永远轻柔芬芳的呼吸，那充满自信的笑声，以及一对天空般蔚蓝、深远的秀美明眸，仿佛一朵湛蓝的云彩，内涵无限。

但我们两人之间有她——身患重病的马尔蒂娜。这破坏了数年温馨的家庭生活带来的幸福感。一个六岁的小女孩被突如其来的恶性疾病击倒，这种事情怎么可能发生？当我们在医院的走廊里度过漫长的一夜时，我对急性骨髓性白血病尚且一无所知。安妮塔坐在靠墙的一张担架床上，我坐在一把铁制椅子上，我们刚刚得知，她的白血球急速升高。

之后，我逐步知道了什么是血液肿瘤，这种疾病产生的原因未知，极少有人能痊愈；知道了人体如何被化疗折磨，头发日渐脱落；知道了可的松如何使得骨质疏松，如何让面颊和双手变得肿胀；知道了当任何疗法都对疾病不起作用时，为什么要决定靠骨髓移植来遏制它；知道了骨髓移植为什么能够解决众多问题；知道了一个弱小的身体如何能够通过接受从另一个人身上移植的健康骨髓获得新生；知道了那个幼小的身体在适应了几个月后，如何又突然被可怕的癌症病魔控制；知道了在那一刻如何重新开始输血、继续使用可的松、进行化疗——一切看似已经结束的诊疗；知道了她胸前的那个小切口——那里植入了一个微型开关，可以控制新鲜血液的输入——怎样感染,外科医生如何过来把它拔掉并植入另一个开关,还插上一根输送营养和药物的细管儿。

在两年的恐惧、焦虑、安慰、希望、破灭、欢乐、痛苦、愁闷和绝望中,我知道了这一切。我惊愕的双眼目睹着小马尔蒂娜的巨变:先是瘦弱不堪,头发脱光,然后全身肿胀,头上长出一根白色细毛,再然后只剩皮包骨头,满身红斑,苍白烦躁,随时会呕吐;最后浑身惨白、惨白,然后灰暗,只有死尸才会是那种颜色。我一直握着她的手,安妮塔在病床的一边,我在另一边。我们必须随时准备阻止她扯掉插管儿,最近她总是带着无名的怒火乱扯一气。她呼吸非常费力,几乎像一个快要淹死的人那样拼命捯气。我们紧握着小马尔蒂娜的两只手,计算她的呼吸次数。焦虑令我们也屏住呼吸,一小口、一小口地吐气,几乎与她一同窒息。那一年的第一天,接近拂晓时分,她停止了那种绝望的吸气方式,安然地把脸歪向一边。"她终于睡着了。"安妮塔说道。然而我的小马尔蒂娜已毫无知觉。一双温热的小手变得冰凉,我俩却依旧紧紧握着。护士和医生接连赶到,把我们赶到楼道里,他们确认我的女儿已无生命体征,并将她饱受折磨的身体安放妥当。

那便是我们的爱情结束的地方。三个人的乐章注定无法由两人继续演奏。不仅我们的身体变得麻木僵硬,就连家里的气味和面貌也发生了改变。它变得狭小、令人厌恶,就像一件散发着汗臭的旧衣服,你明白,当没有干净衬衫可穿的时候,你不得不穿上它,尽管那味道令你作呕。

然而欢乐的回忆也经常在苦闷的追思中闪现:在湖面泛舟;在月光下晚餐;骑着自行车飞奔:她坐在我身后的小椅子上,两条小胳膊搂住我的腰,大喊道:"再骑快点儿,爸爸,再骑快点儿!"曾有多少次,我送她去上学,路上给她讲行星和月亮;曾有多少次,我们一起吃一只她喜欢的那种奶油冰激凌,"爸爸,要好多好多奶油,奶油要比冰激凌还多";曾有多少次,我们一起跑步,一起在拥挤的火车上互相偎着打盹,一起游泳,一起吵架,一起看书;曾有多少次,我们一起爬上爷爷奶奶家小花园里的那棵樱桃树,为了吃树上的樱桃,把手和嘴都染成了红色。

为此我才讲述了乌力诺内的传说,它和杰佩托的故事很相似,一位孤独的老者,内心怀有强烈的求子愿望;还有沈德的故事,她是整个四川唯一肯为乞丐开门的人,他们也是法力无边的神仙吗? 也许沈德也想要个孩子。布莱希特并非生活在童话时代,他更愿意用满满一桶金币报答沈德,但也许她真正想得到的,是怀抱一个漂亮的新生儿,他从土地中诞生,正如乌力诺内。你大错特错了,那只倒霉的乌鸦在我背后嘀嘀咕咕:无论奥瑞恩的传说还是沈德的故事,都在强调欢迎的喜悦与美好,而不是求子的心愿:客人是神圣的,如果你向他们敞开家门,将会得到天神的报偿。好吧,可孩子不算你开门相迎的贵客吗?

我打开冰箱门,只找到一条还包在塑料纸里的烟熏鲱鱼。拿出一块黄油闻了闻,虽有股酸味,但还可以吃。我坐在椅子上,切了厚厚的一片黑面包,打开一听啤酒,开始吃饭。

现在我们简要复述一下:小女孩露西亚已经失踪一年了,没人发现她的尸首。她被原教旨主义者绑架并被用来做人体炸弹的可能性有多大? 实话实说,这种可能性极小,几乎没有。那她被绑架,并被卖到国际性交易市场的可能性有多大? 这种可能性略大一些。还有第三种可能性吗? 或者像大多数人认为的那样,她被杀害并被埋藏得十分隐蔽,没人能找到她。或者有人把她劫走关在某个地方了。但为什么这么做呢？一个八岁大的小女孩不易管束，如果她大喊大叫呢？如果她哭个不停，一直喊妈妈呢？如果有邻居发现有什么不对劲呢？

这些可能性中，哪一种最为合理？大多数人猜测的那种还是我直觉认为的那种？作为一位伤心欲绝的父亲，我的揣测虽未循常规，还伴同一些预兆梦，却显得可能性更大。

没有答案，我不确定任何事情，脑子里空空一片，只能提出问题，一些没有答案的问题。

和往常一样，当我感到绝望的时候，便从书柜中拿出一本书，随意翻开一页。曾有一段时间，农民也这样用《圣经》和《神曲》进行占卜。古希腊的女巫算命时也会如此，她从不告诉你该做什么或者不该做什么，只提出复杂难解的谜语，给出那些神秘的语句供人解读。

我的手伸向了一本书脊上写着"科洛迪"的书。我拿起这本书，随意打开，展现在我面前的是一幅插图，上面画着一间简陋的厨房，一个老头儿在里面锯木头。在打算做个木偶给自己当儿子之前，杰佩托在做什么？可能在做一口棺材吧，在一个贫困社区当木匠，周围的人比他还穷，除了棺材，还能做什么呢？他究竟做的是什么科洛迪并没有说，但这似乎显而易见：板凳可以没有，但不能没有棺材。杰佩托家里连木柴都没有，需要生火的时候，就得去树林里拾柴。他将落在地上的树枝捡回家锯成块儿，用来点燃炉火，既靠它取暖，又用它做饭。当有人向他订做棺材的时候，他会收取定金，然后到批发商那里购买木材。

在有些插图中，可以清楚地看到一口黑色的大锅悬在燃烧的炉火上面。他在做玉米糊吗？他就着什么吃玉米糊？如果那个礼拜刚好有人去世，逝者的亲属恰好给他付了报酬，也许他能给自己买一根香肠。否则他只能就着一点点羊奶吃玉米糊，羊奶是养着一头母羊的女邻居出于同情送给他的。然而杰佩托志向远大：他要生个孩子，他自己生。为此，他开始锯木块儿，并把它们精雕细刻，所用的木头也许是上回做棺材剩下来的，幸好回收了一块大木头，也幸好女邻居时不时便给他点儿羊奶，使他体内补充了一些蛋白质，缓解了一周的饥寒交迫。或许年迈女邻居的慷慨相赠并非出于美德，她已年老体衰，想以此预先支付一口棺材的钱，将来安放自己的身体，在那里长眠。事实上，每隔两三天，杰佩托便能听到敲门声，打开门时，就会看到女邻居伸出细弱且布满皱纹的胳膊，把满满一小盆羊奶递给他。

为什么杰佩托念念不忘地想要个孩子？为什么他戴着那顶滑稽的假发？这些复杂的问题很难找到答案。或者人们可以想象出很多种回答。因为没有头发，所以他戴假发是为了保暖。另外，既然他一文不名，哪里有钱买假发？在美发师那里，它一定价格不菲。也许是他的老父亲传下来的，而他的父亲是从他爷爷那里继承的：在十九世纪，就连衣服也从父到子，代代相传。求子的心愿呢？不也是每个男人心中与生俱来的渴望？它无比强烈，无比迫切，却总是备受压抑，因为它被视为女性的特权。

当我还是个孩子的时候，手中第一次捧着一本厚厚的《匹诺曹》，那本书的插图由恩里科·马仓帝①绘制，那一刻，杰佩托的心愿我感同身受。在那间寒酸的屋子里，炉火冒着黑烟，因为木柴品质极差，长满尖刺。这幅场景我早已烂熟于

---

① 恩里科·马仓帝(1850—1910)，意大利工程师、漫画家，第一版《匹诺曹》的插图绘制者。——译者注

心。那两口发黑的煮锅我记忆犹新，它们在我脑海中的那间屋子里悬架已久。柜子上放着一块发硬的面包，窗台上放着两只梨，那里温度更低，便于储存更久。对我而言，这一切都无比亲切，正如对于奇迹的期待一般毫不陌生。而当杰佩托雕刻那块木头时，他听到了"哎呦！"一声，奇迹恰在此刻出现。

　　你太爱讲故事了，没有假发的老小孩，你失去女儿和杰佩托有什么关系？我就知道你得回来，说到《匹诺曹》，知道吗，你让我想起书里那只会说话的蟋蟀，假装博学、永远都不满意、一副预言家的架势、自以为先知先觉、口若悬河、令人生厌。我说话可都是为你好。什么是好我自己清楚，不用你管。得了，什么是好你根本就不懂，只知道在自己的想象中作茧自缚……比如那个失踪的小女孩，你为什么不放过她？你总是喋喋不休地唠叨这件事：难道你不知道我梦见了她，我觉得她还活着，很可能被某人囚禁在某个地方了？我只想知道她在哪儿，就这些。可连她行为异常的父亲，那位博览群书却对人拳脚相加的卡车司机都认为她已经死了，那么就应当让逝者们安息，否则他们就会反过来追着你，折磨你。我没有折磨过任何人，我相信露西亚还活着，我想找到她，谁都不找她了，你认为这对吗？我认为不对，但符合常理。好吧，反正我会继续寻找她，不管她是死是活，我一定会找到她。那你打算怎么办？明天，一下班我就去找烈威女士谈谈，打听一下她在柬埔寨妓院发现失踪女儿踪迹的事儿。你注定一无所获：你觉得他们会到一座意大利小城绑走一个有家有父母的小女孩，并把她带到千里之外吗？这可冒着被人发现、拍照、拦截在边境的风险。与此同时，他们本有不计其数的其他小女孩可以选择：众多战争孤儿，以及无数逃难到乡间的女孩，她们一贫如洗、无父无母，没有家，甚至连一处庇护所都没有，她们消失得无影无踪都不会有人过问，岂不更适合卖到妓院？但你要知道，埃莲娜·烈威嫁给了一个柬埔寨人，是他把女儿带走了。这我知道，可后来孩子怎么落入妓院了？貌似很多致力于性旅游的正人君子都喜欢小女孩，他们的这种欲望在自己的国家无法被满足，便前往异国他乡，花几张毛票儿就能如愿以偿。你的担心太杞人忧天、装腔作势：你又不能为全世界所有遭虐待、受凌辱、被杀害的小女孩操心，放下她们吧！今天早上我在报纸上看到两个印度小女孩的照片，她们被吊死在一棵树上……身体轻轻摇摆，裙子只用一条绳子系住，悬挂在阳光下，那棵树上还有几只鸟儿，我仿佛听到了它们的叫声。先被凌辱，再被杀害，这件事我无法理解。世界上令人费解的事情成千上万，但它们的确存在，比你和你的理解力更加强大，不如给它们编个理由，然后就去想别的吧。我在问自己，一个人对一名小女孩施以这般暴行，是否因为他缺乏想象力？这和想象力有什么关系？他们都是些心理变态的畜生！你错了，他们都是正常人，或许还是家中的好父亲，他们认为自己在以上帝的名义行事。你少妄谈哲学，多干点儿实事儿吧，你脑子想得太多了。现在让我安静会儿，我要去烈威女士那儿。我和你一起去！不，求求你，你只能搅得我心烦意乱。可我只想听听……滚开，老猫头鹰，别招我讨厌！

　　幸好那头飞禽很容易生气。我听到它扑棱扑棱地拍打着那对巨大、笨重的翅膀，渐渐走远了。我知道它不会飞，只会艰难地拖着步子往前走。

27

十月中旬,天气反而又热了起来。天空明净,布满了色彩斑斓的火烧云。烈威女士和善地接待了我。她的声音柔和而清脆,待人接物和蔼亲切,尽管当我提出想让她说说她透露给校长的那封著名的信件时,能立刻感到她的态度强硬了起来。

"校长对我说您的一位老朋友告诉您,他出于好奇走进了一家妓院,那里的妓女都是未成年人,他在那儿认出了您的女儿。我真希望这不是真的,这个消息太可怕了,但我能问问是什么情况吗?我不会太冒失了吧?"

"我的确觉得您太冒失了。那位朋友写给我的是一封私密信件,另外,他对此一点儿也不确定。"

"但在电话里,您说我可以向您提几个问题。"

"但我不能把那封信给您看。"

"我也不会要求看那封信。我只需要弄清楚几个问题。"

"好吧,这都是看在校长的分儿上。我本人对记者从不信任。"

"但我和校长在同一所综合院校教书,您可以放心。我不会把这件事写出来登报,我向您保证。"

"我本打算出发去柬埔寨,那是我丈夫的家乡,他们都说他已经去世了,留下女儿孤单一人,但旅途费用太高了,我没有钱。"

"要是我的话,会在出发之前了解尽可能多的信息……"

"我几乎已经认命,权当法提玛也已经死了,但这个消息令我重新燃起希望。柬埔寨是个旅游国家,可以自由进出,我需要的只是一张机票。"

"如果您愿意的话,我可以帮您组织个募捐,捐款从我本人开始。"

"谢谢您,您人真好,但我需要很多钱。"

"您认为有可能是父亲把法提玛卖了吗?"

"不可能。我丈夫绝不可能做这种事,给多少钱都不会。他的确疯了,但还没疯到这种地步。另外,他由衷地爱着我们的女儿。但从他死后——如果真的像他们告诉我的那样,他已经死了———一切都有可能发生,甚至是有人把我女儿卖给了拐卖女童的人贩子。"

"那年她六岁,那么她现在八岁了?"

"那天他平静地来到我面前,样子很开心。他对我说要带女儿去度几天假,然后再送她回来。事实上,我心里十分迟疑,但他总归是父亲,他有权利。我问他:'你带她去哪儿?'他对我说:'去奥地利,我妈妈移民到那儿了。'我让他给我留了地址,要他保持手机一直开机,方便给他打电话。但从那时起,他和女儿都失踪了。我再也没收到任何消息。我每天写信,打电话,但什么消息都没有,一片茫然。后来从警方那里得知,他们发现了他的踪迹,一身游击队员的衣着,骑着一辆摩托车,前面驮着女儿。有人在他不知道的情况下偷拍了照片并传到了网上。警方按照线索寻找,却没能找到他。不过照片是在巴基斯坦拍的。"

"游击队员不可能带着小女孩去打仗。他有可能把孩子托付给了某个人……您丈夫在柬埔寨有亲戚吗?"

"松龙从没和我说起过他的亲戚,只提过他母亲,她移民到奥地利,在维也纳生活。我们正是在那里相识的,那年我正上大学,获得了伊拉斯谟奖学金,在维也纳留学。我一直不知道他的地址。我曾尝试给奥地利警方写信,他们回复说已经做过一些调查,但没有发现关于他母亲、他本人以及我女儿的任何线索。他们就这样彻底地人间蒸发了。我只有那张他骑着摩托,前面驮着女儿的照片。"

"您能给我看看那张照片吗?"

"可以,它就在这儿。"

烈威女士伸手拿出一个文件袋,把它打开并给我看了一张黑白照片:一名男子骑着摩托,车前坐着一个小女孩。他是位英俊、健壮的年轻人,胡须浓密,头发剪得很短。小姑娘面如满月,长着一张圆润的小嘴,一对长长的、温顺的眼睛。她坐在车上,看着正前方,目光里充满自豪:她看上去很喜欢坐在父亲的摩托车上,风一般地飞驰。一个六岁大的小女孩,远离母亲,在战火连天的地方,她能知道什么呢?

"抱歉,您那位去找妓女的朋友在哪里发现了这所涉嫌做未成年人性交易的妓院?"

"我不能说。他让我不要告诉任何人。"

"为什么?您应该马上去警察那里报案。"

"我也是这么和他说的,但他很害怕。他自己付了钱,进了那家妓院,虽然没有和任何小女孩睡觉,却把自己的身份信息给了那儿的看守,后来他们曾威胁他:'如果你敢说出去,你就别想活了,无论到哪儿我们都能找到你!'"

"怎么可能!几个妓院皮条客比国际刑警组织还周密!"

"反正他害怕。"

"他当然怕了,如果他去报警,就必须承认自己花钱去找未成年少女,这样一来,他本人就会成为被告。就算他说自己去那儿只是出于好奇,也根本没人会相信。"

"如果他说去那儿是为了做研究呢:他说自己正在做一项关于卖淫的研究。"

"他是社会学家或研究人员吗？"

"不是，他从事进出口工作。"

"所以这很难令人信服。尽管在这个世界上，一切皆有可能。您打算去柬埔寨找这家妓院吗？"

"是的，尽管这很难，据说他们经常换地方，打手都全副武装，随时准备开枪。"

"我觉得这简直是幻想小说。"

"但我相信他。他说妓院位于闹市中的一所公寓里，那个地区经常有欧洲人往来，他把地址也给我了。"

"那您要去金边吗？"

"当然，我很想立刻出发，但问题是我身无分文。"

"去告发您那位朋友岂不是更好吗？"

"这没有丝毫用处。并且，我曾对他做过承诺。我正打算雇一位私人侦探。"

"雇佣私人侦探的开销比远途旅行还要高。"

"您说得对，这简直是在痴人说梦，可我实在不知道该怎么办了。"

我看到她把两只手握在一起，也像个无助的小孩。该怎么帮她？我也没钱支付一趟前往神秘东方的旅行，去寻找一家虚无缥缈的妓院：飞机、酒店、吓人的地址、一次冒险之旅，不确定能找到任何线索。

此刻我忽然想起曾看过一本书，作者是一名逃出妓院的柬埔寨妇女，她从少女时代起就被关在那里，此人现在生活在荷兰。我对烈威女士提到了这件事，并告诉她我会打听更多详情。我仿佛记得那位柬埔寨妇女开办了一家国际协会，用于帮助那些被迫卖淫的未成年女性。我会想办法联系她，并向她咨询。

"我提前向您表示感谢,谢谢您即将帮我做的一切。"

现在你肩负的责任不只是寻找一名失踪女童,而是两名,你这个不知深浅的疯子!那头飞禽连几个小时都忍不了,此刻它又不怀好意地在我耳边吹风。你现在都成什么了,侦探,警察?你认为自己有本事冒着生命危险大海捞针吗?你能不能清醒清醒?你不过是一位月收入一千二百欧元的寒酸教师。你还想去哪儿?你还想干吗?

我肩头耸紧,几乎把耳朵贴在肩膀上,做出如此不舒服的姿势,希望它能飞走。但它没有让步,而是抬起一只爪子,抓住我的肩头,继续肆无忌惮地痛骂我:狗屁老师,你就会做梦……你以为自己是谁?刺杀恶龙的圣·米歇尔?快扔掉那把骑士的宝剑,回去批改作业吧,那才是你的职责所在,别满世界地转悠寻找被绑架的小女孩了……幸好这件事你也做不成,因为你既没钱,也没时间。

我不得不承认,这一次它说得没错:我的确逞能了。既没钱,也没帮手,并且毫无经验,如何来完成这项任务?然而烈威女士此时正在低声啜泣,我有强烈的愿望助她一臂之力。

小人物,怎么办①?我一边问自己,一边回味着汉斯·法拉达的这部小说,十八岁那年,我兴致勃勃地阅读过它。如痴如醉的思绪从一章跃到另一章,从一个人物转到另一个人物,如同一头被人追捕的袋鼠一般。我在书中的人物翰内斯·皮内贝格的身上看到了自己:同样的忧虑、愤怒,同样有着虚无缥缈的幻梦,以及饱受侮辱的正义感。此时我的思绪翻了两个筋斗,又从皮内贝格一下跃至卡尔德隆·德·拉·巴尔卡笔下的塞希斯蒙多。一下子从黑暗简陋的牢房跃至金碧辉煌

---

① 《小人物,怎么办?》是法拉达的代表作。——译者注

的皇室宫廷,那一幕多么震撼人心!如果"此刻入眠,置身梦境,莫非是我梦见自己醒着"?那么哪一种才是真实的生活呢?此外,哪一种更加触手可及:痴狂、梦想、幻影、虚构,抑或我们所谓的现实?即便赤脚,也甘愿追随塞希斯蒙多的足迹,我在心里默默地鼓动自己:"大善至微,人生如梦,梦境本身也是梦。"

从不幸的塞希斯蒙多的话语中,我仿佛能总结出些许哲理。他从牢狱步入皇宫,以为自己是在做梦。如果无数面镜子改变并扭曲了我们周围的事物,那么真相在哪儿?包括我对安妮塔的爱,它看似已经完全干涸、泯灭,此时却像埋在灰烬下面的烈火般顷刻间熊熊燃起,看似形同死灰,实则旺盛无比,火星迸溅。不仅我对她的爱意刹那之间比从前更为强烈,占有她的欲望也骤然升起,它令我胃部拧扭,阴茎昂然挺立。

28

"老师,您知道吗?埃莲娜·烈威去柬埔寨寻找女儿了,而且好像她也失踪了。"

"弗朗西斯科,你在说什么?不是在信口胡言吧?"

"这是今天早上收音机里广播的新闻。"

"可我不到一周之前还和烈威女士见过面,就在她家里,她丝毫没有出发的打算。"

"老师,她出发了,出发之后就失踪了。据说她被绑架了。"

"这不可能!"

"老师,他们会把她的脑袋砍下来吗?"塞提米诺尖声叫道,一副幸灾乐祸的样子。

"现在……就因为她失踪了，'他们就会把她的脑袋砍下来'！我们又没生活在野人堆里！"

"可最近几天，他们砍了一堆人的脑袋。"

"我还看了他们是怎么砍的。"塞提米诺接着提着尖嗓门儿叫道。

"你在哪儿看见的？"

"在网上。我看见一个黑人把一个身穿桔黄色衣服的人的喉咙割破了，然后我看见另一个人用剑把他的头砍了下来。"

"我一个大人都不想去看这种事，你一个孩子却去看它！"

"是我堂哥让我看的，他把视频下载到手机里了。"

"你堂哥这么做是不对的。这些视频我们应该拒绝观看。观看既助长了恐怖分子的嚣张气焰，又伤害了无辜受害者的感情。"

"老师，那我们就该把脸蒙上吗？"

"目瞪口呆地观看这些骇人听闻的暴行，像你这样的傻瓜越多，施暴者就越得意，他们感觉自己是荧幕的核心，于是计划更快更多地制造恶行。必须无视这些恐怖的节目，拒绝打印照片，或是上传到网上供人观看，你看看他们还会不会割破别人的喉咙！"

"我还看过更恐怖的：他们用一根弯曲的钉子把一个人的眼睛挖了出来；还有人把自己的心脏从胸膛里掏出来吃掉了。"

"马里奥，那是电影。你看见的血不是真的，是西红柿汁。"

"那怎么能知道什么时候是血，什么时候是西红柿汁？"

"也许你看的视频也是假的,屏幕上那颗滚落的脑袋也是假的。"

"老师,那是真的。我看到刀子插进肉里了,而且脑袋落地后,身体还在动。"

"恶心!"

"他们会把烈威女士的头砍下来吗?"

"一定不会的。也许她只是到了一个没有手机信号的地区。"

"收音机说她失踪了,人们正在寻找她。"

"可如果身无分文,她是怎么去的?她对我重复了好几遍自己没钱……"

"据说有人借给她钱了。"

"好了孩子们,现在我们回到功课上来。"

"您认为他们也杀害了她丈夫吗?照片上那个骑着摩托车、带着六岁女儿的男人。"

"你怎么知道他们拍到了他骑摩托带着女儿的照片?"

"所有的报纸都报导了。老师,您的心思都跑哪儿去啦?"

"我把全部时间都用来给你们备课了,你们却只关注这些闲事儿。"

"我觉得,他们把爸爸、妈妈和女儿的头都砍掉了。"

"柬埔寨现在没有战争,我们也不在红色高棉时期。"

"红色高棉是谁?"

"是一群狂热的极端分子,他们虐待、折磨并杀害了许多人,不管是不是柬埔寨人。"

"烈威先生从意大利出发前往'哈里发'参加战斗,与无宗教信仰者作战,这是我爸爸说的。他从柬埔寨去叙利亚,途经巴基斯坦。"

"你父亲的地理概念真是够独特。'哈里发'不在叙利亚,另外,从金边到叙利亚路途非常遥远,骑着摩托,前面还坐着个小女孩,这样儿可到不了。"

"烈威先生本来不叫烈威,那是他妻子的姓氏,他叫松龙泰扬,把孩子交给亲戚后就去叙利亚与其他游击队员会合了,报纸上是这么说的。"

"那他去叙利亚是为谁而战斗?无所不知的弗朗西斯科,这个你也知道吗?"

"当然,他为伊斯兰教而战斗,与不信教者为敌。"

"就像我说过的那样:他们先割破喉咙,再砍掉脑袋,咔,咔。"塞提米诺激动地说道。

"也许他相信自己做的是一件好事,而最终却落在一群残暴的狂热分子手里,他们只想称王称霸、摧毁一切,摧毁一切、称王称霸。"

"老师,那他们也想来我们这儿称王称霸吗?"

"如果一个人真的想称王称霸,那么他就不会圈定界限。他不会说:从这儿到那儿我是霸主,这就够了。尤其当他看到自己很成功时,便会扩大自己的称霸范围。有这种称霸野心的人,随便什么东西都能成为他们的借口:某位蛮横、残暴的神祇,某种不宽容的意识形态,也许他还会以一片土地的名义,一个民族的名义,或以真理、自由、某支旗帜为名义。一开始,他在家里发号施令,然后在他的城市发号施令,然后在他的大区,在他的国家,最后在全世界。要么你照我说的做,要么我就割破你的喉咙。但我们不能允许他们这么做,塔提安娜,你觉得呢?"

"我觉得他们能成功对所有人称霸,因为他们更强大。"

阿麦德用愤怒的声音说道,我看见全班同学都转身看着他,目光里充满惊讶。通常他很少说话,甚至几乎不说话,除非迫不得已。

"你认为那些威胁别人、肆意施暴、掐人脖子、滥杀无辜的人更强大吗?"

"老师,您也一样,如果面对一个手持尖刀的人,他让您做什么,您就得做什么。"

"正是因为这样,民主的意义在于把刀子收进抽屉里,即便别人和你的想法不同,也要和他们和平共处,还在于要努力找出理由共建和平,而不是发动战争。"

"老师,有枪的人更强大,可以到处称霸。"乔瓦尼说道,他是班里的小帅哥。

"我认为谁的钱更多谁就能称霸。"阿莱西亚反驳道。

"好啦,现在不说这些了,我既没有枪,也没有刀,但现在我在这里要执行学校的规定,因为按照民主的方式,我通过竞试,获得教师资格,这是我的职责所在。我重申一下,这与称霸无关,而是按照委任履职,执行集体的规定,和警察、法官、门卫所做的一样。如果没有规定,那么每个人都可以为所欲为,就会导致最强悍的人对其他人发号施令。规定是用来保护弱者的,因此遵守规定是一种民主行为,都清楚了吗?现在我们回到课堂上来,按照教学大纲,今天我们要深入学习一下农业的起源。米凯拉,你认为在发明农业之前,人类靠什么维生?"

"靠打猎?"

"是的,靠打猎,也靠采集。他们采集浆果、树上的果实和野菜。从事采集活动的主要是妇女。"

"为什么他们不像随后的几千年人们所做的那样播种种

子呢?"

"也许因为他们不想锄地。"法布里西奥故作幽默地说道。

"不对,法布里西奥,事实上,在农业文明之前,人类过着游牧生活,从一片土地迁往另一片土地,四处寻找食物,并以洞穴为庇护所。他们没有田地,也不养狗。之后,随着人口的增长,他们开始感到了定居的需求。人口众多导致不便迁徙,而且不能保证无论大人还是小孩,所有人都吃饱,无法维持最基本的秩序。总之,他们开始走出洞穴,建造房屋,从而变为定居生活。人类开始懂得,与其身后跟着老人和孩子,徒步行走成千上万公里的路,遇上什么野菜就采摘什么,不如稳定下来更为安逸,建造一处固定的容身之所,比如一间房子,最初用茅草和树叶,然后用石头,用来御寒、避暑、抵挡凶猛的野兽。人们可以播种植物,驯养动物,从那时开始,文明就开始了,至少历史学家们是这么写的。家、城市、国家从此诞生。"

"老师,今天您什么故事都不给我们讲吗?那些披着长发、拿着棍棒四处游走的游牧者,他们长得跟猴子很像,靠打猎和采集维生,他们也有自己的故事,不是吗?"

"他们当然也有自己的故事,但我们不知道这些故事。那时还没有发明文字,我们对他们的了解是通过他们在洞穴里留下的一些壁画获得的:野牛、马、狗,还有一些捕猎的场景。此外,还有挺着大肚子,有许多乳房的妇女。"

"那时的妇女有许多乳房吗?"

"那只是象征性的描绘:乳房象征着富足。"

"可他们没有枪,怎么打猎?"

"老师,您给我们讲个故事好吗?"他们对我不依不饶。

他们已经习惯听故事了,我不能不讲。但说到打猎,这次我应该讲什么故事呢？记忆力，加油！

"好吧。从前有个猎人，他目光敏锐，百发百中。他在镇上声望很高，所有人都叫他'猎兽能手'。一天，另一位猎人对他说：'你知道吗？在我们这儿的树林里，有一头体型巨大的神鹿，它长着金色的犄角，胸前有一颗白色的星星，没有人能够射中它。'这个故事令猎人着迷，他在酒吧里发誓，一周之内他将把那头著名的长着金色犄角的神鹿带来：一头死鹿。第二天一早，天刚蒙蒙亮，我们的猎人便开始在树林里前行，一心想要猎杀那头所有人都认为无法捕捉的神鹿。

"走了几个小时之后，他已经打了四五只野兔和山鸡，沉甸甸、血淋淋地挂在腰带上。此时，太阳马上就要消失在群峰背后，猎人抬起头，发现那头神鹿就在面前，它长着王者般威严的犄角，步伐轻盈而敏捷。就是它，猎人对自己说道。那头巨大的动物正注视着他，庄严肃穆，猎人为它的美丽所震撼。

"神鹿向山上走去，猎人紧随其后，它矫健而灵活的身体简直令他着迷。"

"他为什么不朝神鹿射击？"

"耐心听下去，你会知道的。神鹿继续前行，猎人在树丛中间为自己开路，紧紧跟随在后面。他们就这样走了几个小时，天已经黑了。幸好，一轮淡蓝色的圆月在树梢上蓦然升起，把皎洁的光芒洒向大地。

"最终，在穿过两块岩石之间一道极其狭窄的裂缝之后，在剐剐蹭蹭、艰难地通过两排张牙舞爪的植物之后，猎人看到神鹿走进一处山洞。

"猎人来到洞口，气喘吁吁地停住脚步，他不知道如何是好：进去还是不进去？"

"那猎人怎么做的，他走进山洞了吗？"

"是的，猎人虽然有些迟疑，最终还是进去了。洞顶很高，就像教堂里的穹顶一般。猎人打开了随身携带的一把小手电筒，他抬起头，在灯光的照耀下看见一个穹顶紧接着另一个穹顶，它们都是从岩石里开凿出来的。

"那些白色的石头令猎人惊叹不已，他继续前行，此时听到一个庄严的声音对他说道：'向前走，你马上就要到了。'"

"一个声音？那是谁?！"

"'你是谁?'猎人警觉地喊道，以为自己误入了某个土匪的巢穴。但那个声音继续发出指示：'现在向左转，走那条你正用手电照亮的通道，继续向前。'

"猎人小心谨慎地沿着石头通道向前走，发觉自己在尖锐的石头中间曲折前行，不知从何处渗入一束闪耀的薄光。他继续走着，通道逐渐变宽。那道光越来越强，渐渐覆盖了他那只能放在兜里的小手电筒的光线。

"'好，你马上就到了。'那个神秘的声音说道，'小心台阶!'

"猎人走了进去，看到地面铺着稻草。他登上三级台阶，转过拐角，抬头一看，不禁目瞪口呆。他面前是一处在岩石里开凿出来的房间，月光从洞顶一处裂隙中洒落下来，地面铺着干草，神鹿正站在那里，它长着金黄色的犄角，胸前有一颗白色的星星。在它旁边，有两头刚刚出生的小鹿伏卧在地。'欢迎来到我家!'神鹿对他说道。

"猎人捏了捏自己的面颊，在心里不停地重复道：我是在做梦吧，我是在做梦吧，为什么我无法醒来呢？'我在哪儿?'他越来越糊涂，便这样问神鹿。'你在我家里。'神鹿回答道，'而且我想你不得不在这里过夜了，因为外面天已经黑了，你找不到回去的路。明天早上我会告诉你怎么回去。''可你怎么会用我的语言说话？'‘因为你不会说我的语言，我才不得不学会了你的语言，这令你吃惊吗？'猎人不停地想：多么愚蠢的梦啊，我怎么可能无法醒来呢？'朋友，你没在睡觉，你非常清醒。'神鹿说道。'可我觉得自己在睡觉。'‘如果你在睡觉，那么你就是在做梦，我就是你的梦。'神鹿说道，'优秀的猎人，我也会做梦，我理应把你——人类，想象为我最糟糕的噩梦。'我遇到的这头鹿还是位哲学家，猎人想道。

"‘这些小鹿的母亲死在了一个偷猎者手里。'神鹿说道，'我用野苹果和蜂蜜喂养它们，因此你才会看见我下山朝着镇子的方向走。'‘你这头可恶的鹿，为什么把我带到这里？'猎人喊道。'我想让你知道：有时眼睛比脑子更聪明。'‘我就差开始理解动物了，我应该杀死它们，而不是理解它们。'‘看看你前面，你看到了什么？'‘我看到了几只鹿崽，我现在对它们还没兴趣，但将来，在山里四处寻猎的时候，我迟早要把它们从窝里赶出来。'‘这是你的猎枪看到的，'神鹿反驳道，'你不会用自己的眼睛观看吗？'‘同情心是我的敌人，它和我也从没关系。'‘一会儿它就和你有关系了，你回家后，会发现房子被毁了。'神鹿镇定地说。猎人火冒三丈，举起猎枪：'我现在就嘣了你，省得你再胡言乱语。'他正要开枪，忽然感到一只鹿崽用嘴轻轻碰了碰他的腿，仿佛在他那里也要找找从父亲身上没能找到的奶水。猎人对它怒目而视，但那颗软乎乎、毛茸茸的小脑袋和那对饥饿的孩子一般的大眼睛令他局促不安。他任由手中的武器顺着腿部滑落。"

我停下喝水。孩子们全神贯注地看着我，等待故事的结局，他们如饥似渴的神情和上回我把水杯打翻，水洒在讲台上时毫无二致。

"他发现家中房子已经毁掉，妻子被一群杀手杀害了，和神鹿说的一模一样。"

"然后呢,老师?"

"然后他拿起枪,准备去复仇。但为什么而复仇?该向谁复仇?他耳畔回响起神鹿说过的话,此时终于明白了……米凯拉,你觉得他明白什么了?"

"明白了枪不能解决任何问题。"

"明白了不能猎杀鹿,就像不能猎杀狮子一样,这是禁止的。"亚斯明说道,她听了这个故事几乎快要哭出来了。

"阿麦德,你觉得我们为什么要禁止猎杀狮子?"

"狮子待在公园里,美国人付钱就可以猎杀它们。"

"这我知道。但我问你的问题是为什么要禁止猎杀它们。"

"我知道。因为它们没有枪,而我们有。"塞提米诺喊道。

"狮子要被赶尽杀绝了,它们现在已经数量稀少,如果我们继续猎杀,它们就要灭绝了。"

"老师,没有狮子人类就不能生活了吗?"

"我在动物园见过狮子,它们的脑袋那么大。"马里奥说道。

"我们太狂妄自大了,你们不觉得吗?我们认为全世界都是我们的,而狮子先于人类很久就已经在这里了。它们也有权利在同一个地球上生存,马里奥,你不认为是这样吗?"

"但如果它们吃掉我们呢?"

"狮子的数量少得可怜,它们已濒临绝种,而且与狩猎者的关系越来越不平等。人配有枪支,而且日益精良完善,瞄准器由精确的光学透镜构成,应用了令人称奇的电子技术,可以自动锁定目标。就连不会用枪的人都能使用新一代枪支,在百米之外击中一只小鸟。你认为这公平吗?"

就在此时，下课铃声响起，我又同往常一样，看着他们冲向门口：每次注视着这些幼小的身躯，我都会心头一软，这些柔弱的身体那么容易染病，经常成为虱子和跳蚤的美餐。他们互相推拉着，拥挤着，欢笑着，打闹着，彼此分发糖果，之后涌向校门，爸爸妈妈们正在那里等待，汽车堆成了两三排。他们靠着车门，等着孩子。这些大人并不了解孩子，却时刻准备好保护他们，管束他们，与任何妄想教育他们用自己的头脑思考的愚蠢教师势不两立。

我从那些铁皮怪物身边悄然溜走，骑上自行车回家，半路在面包店停下买了一根新鲜法棍。

29

十一月了，天气转凉。我在家里发现一封信，开始还以为是税单，但不是。我用手把信封翻来转去，几乎已经预感到会有令人不悦的消息。我的名字是用印刷体写的，却没有发件人的姓名。日期已经模糊不清，但邮票能说明一切：信来自柬埔寨，而在柬埔寨我没有任何认识人。最终，我打开信封念了这封信。

十一月一日

亲爱的萨比恩查老师：

我来到这个国家，入关的时候被盘问了好几个小时，就好像我是恐怖分子，身上带了炸弹似的。我说自己是一名游客，但他们仿佛并不相信。独身一人的女性一向十分可疑。我没有提女儿的事情，否则他们也许会把我遣返。我告诉他们自己在等丈夫，他会来找我，带我一起去参观柬埔寨的名胜古迹。我住在一家二流旅馆，但这里很干净,尽管非常吵闹。这儿的人说话声音都很大,在房间里也把电视机音量调到最大,服务员们在长长的楼道的两端互相喊话,我搞不懂为什么。您一定会问我:钱是哪儿来的?我的朋友们为了能让我来柬埔寨寻找女儿组织了一次募捐,我真没想到能从他们那里收到这么多钱。

出发之前,我和那位按您的话说是满世界"去找妓女"的朋友进行了一番长谈。我向您保证,他是个好人。他给我列了一份名单,上面写有可能找到我女儿的妓院名称以及他发现法提玛的那家妓院的地址,从始至终,他都坚持认为绝对是她。那些妓院都是地下的,政府禁止营业,但只要有钱,就可以逍遥法外。只是有个问题:作为女人,我不能进入,冥思苦想之后,我决定女扮男装,并且扮得不错。我把帽子戴在头上,穿上裤子和夹克,粘上一种卷曲的假胡子,它稍微有点儿花白,绕着脖子一圈,在下巴上变得浓密。此时,所有人都以为我是男人。今天就这样吧,明天我要开始去妓院试试,但假装成男人走进妓院,我有这份胆量吗?

为什么我会对您讲这些事情?连我自己也不知道。或许因为我在您脸上读出了一份忧虑,而我也怀有同样的忧虑:对失踪的小女孩小特雷贾尼的担忧。她的失踪对我而言也是个谜,但我的看法与您的观点相反,我认为她遭到杀害,被埋在某个地方了,谁知道是哪儿。正是为了避免同样的事情发生在我女儿法提玛身上,我才开启了这场至少可以算作冒险的行程。我给您写信还有另外一个原因,如果我突然失踪,您知道在哪里寻找我。我会在后面写上酒店的名称和地址。但请您不要给我打电话：看样子国外打来的电话都会受到监控。只有传统的信件仿佛还没什么风险。也许是因为现在已经没人写信了，因此所有的关注都集中在电子邮件上，而不是纸质的、放在信封里的信件。我还会再给您写信，告知您最新进展：但请您不要给我写信。如果您不再收到我的来信，请通知我的母亲，她是我们人数众多的家庭中唯一留守的人，其他人已散布在世界各地。我在下面留下她的地址和电话号码。

没预料到会收到这封信，我把它打开平放在桌子上，注视着那质朴的、略带稚气的笔迹："L"写成圈状，稍稍向右倾斜；"T"的竖道下笔十分生硬；"O"将将能辨别出来，写得几乎和"A"一样。谁知道她为何偏偏要给我写信？信任？我无法明白，为什么人们即便对我了解甚少，也通常对我十分信任。而我却并不信任自己：我是个心不在焉、迷迷糊糊的人，一身的问题，最重要的是，我从不知道自己应该做什么。另外，我也绝对算不上理智。我头脑中唯一明确的准则是不能伤害别人。方济各式的仁爱？或许吧。但其实也没有那么高尚，说到底，这只是自私的一种形式：如果我伤害了某个人，我自己也会难受，因此，这不是什么人生准则，不过是让自己避免内疚之苦的一种手段而已。

我拿起纸和笔，打算给埃莲娜·烈威写回信，但随后便停下手，因为想起她请我不要给她写信。她想演独角戏，就像那些主角儿一样。那头口无遮拦的飞禽在我耳边不怀好意地说道。你为什么总是怀疑一切？你了解她，她是位质朴而坚定的女性，并且格外勇敢，为了找回女儿，不惜拿性命冒险。的确和你截然不同，你眼睁睁地看着自己的女儿死去，却束手无策，现在又眼睁睁地看着你通过那些古怪而无用的梦收养的小女孩死去,依然束手无策。你能不能行行好闭嘴?你让我心烦意乱。

回信还是不回信?她给了我小旅店的地址,却请我不要给她写信。我该听她的吗?还是应该去通知外交部?

为了从焦虑中平静下来,我拿起前天在书店里买的书,开始阅读内贾德·艾莉的故事。她八岁大的时候嫁给了一个三十岁的男人,听上去像是杜撰,然而却是事实。那个国度叫做也门:从前曾有一片神奇的土地,那里的传说无比奇妙,那里的房子像是用杏仁甜饼做成的,上面装饰着细小的线条,如同撒上去的一道道糖粉。对于一则讲述家庭暴力的故事,这个开头显得太过童话意境了,但我继续往下读。

几个世纪以前,在这片曾被人称为"阿拉伯福地"的国度,住着一户农民家庭:母亲是一位文盲,十六岁时嫁给了一个四十岁的男人,他当时已经有了十六个孩子,他们又生了一个女孩儿,取名叫做内贾德。小女孩很早就学会永远说"是",否则便会挨打。而内贾德性格叛逆、意志坚强,她想上学,因为喜欢看书,一心要学会读书写字。为此,她请求去上学,但无论父亲还是母亲都不同意。上学需要花钱,另外还得走两个小时的路才能到学校:一个小女孩怎么能在四处是危险的环境下独自走路上学?更何况,上学有什么用?家里家外有那么多的事情要做:需要照管牛羊,需要给它们挤奶,需要做黄油和酸奶……上学和这些有什么关系?

但内贾德执意要上学,最终父母不得不同意。很快她便发现有个同班女生住得离她很近,便每天和她结伴走一个小时去上学,再走一个小时放学回家,为了上学,一切辛苦都值得。

与此同时,家里的人数还在增长:又有其他孩子出生,父亲已无力养活所有人，随着家中负债累累，他开始酗酒。几个儿子离开了家，女儿们则需要帮家里干活，上学的事连提都别想再提了。小女孩虽然喜欢读书，却不得不留在家里干活。父亲想出了把需要养活的女儿们送出去的办法，把她们随便嫁给谁，而他甚至未曾近距离接触过女儿们未来的丈夫。内贾德也不例外，她才满八岁，就被迫成为新娘，或者说以不错的价格卖给了一个又胖又有权势的男人，他已经有了一位妻子和几个已然长大的孩子。母亲反对这件事，大姐竭尽一切努力阻止这场绝非情愿的婚姻，但父亲是一家之主，他做出的决定没有商量的余地。他为女儿做的唯一的事情是硬要新郎保证在她没有发育成熟之前不要碰她。然而，他们才刚刚到达新郎的家中，他便粗暴地占有了还是孩子的新娘。这个家庭中女人为数众多——妻子、母亲、姨母、姐妹。小女孩喊叫着求助，却没人来保护她。他是主人，新买回来一位妻子，即便她才八岁大，他也拥有不容置疑的权利，在全家人的眼皮底下对她为所欲为，谁也不敢做声，都顺从地沉默着。

然而内贾德却是个绝不肯轻易屈从的小女孩。她向婆婆告状，向丈夫的第一位妻子告状，当父亲来看她时，也向他告状。但没有人打算为她做任何事情：这个男人已经成为她的主人，想什么时候占有她就什么时候占有她，这是法律规定。因此，内贾德决定依靠自己。借着去萨那拜访几位亲戚的机会，她偷偷地赶往法院，并成功向一位法官求助，冲他大喊道："我要离婚！"

法官们目瞪口呆：妻子能否提出离婚，也门法律从未有过相关规定。新娘的年纪如此幼小，那位已婚且已为人父的男子如此粗暴，这些都令法官们深受触动。一个有权势的男人，以丈夫的权利以及岳父的许可为名义，每晚都对她施以强暴，如果她胆敢反抗或是喊叫,他便棍棒相加。法官们,尤其是一位年轻而激进的女法官决定帮助她:他们为她找到了一处庇护所,以免让她再次落到虐待狂丈夫手中。这是一则丑闻,一时间满城风雨,一本书顺势推出:《我,内贾德,十岁,已离婚》——终于有了一个让人满意的结果!这一切听起来令人难以置信,但这是真的:信息的传播和人们的团结帮助了她。

我也和学生们同样需要故事,而这则故事恰好切合我的现状:如同往常一样,我随意拿起一本二手书翻阅,它不仅仅是一部小说、一份文献,而正是此时此刻我之所需——我需要它指点迷津。"世界上最难的事情就是用自己的头脑思考发生在自己眼前的事情":如果没记错的话,这是歌德的一句名言。那么我在苦苦寻找的究竟是什么?失踪的小女孩还是消逝的同情心?在这个世界上,同情心真的曾经绽放过光芒吗?

"懂得越多越无知":这是康帕内拉的话,我对此深信不疑。我觉得自己知道的就越来越少:比如家庭、家庭中的变化、父女关系、夫妻关系。为什么一位年轻男子在幸福的结婚生子之后,感到需要坐上飞机去逛亚洲的妓院,只为享受一个尚未发育成熟的身体,强行占有它,给它造成痛苦?我的老兄,不一定总是造成痛苦——折磨我的那个声音又来了——有时这些女孩儿对痛苦并不介意,她们早就习惯了,为了从那些蠢货身上把钱赚走,便在那儿等着被搞,纯粹出于贪心,为了赚钱。你无比庸俗、无知、愚蠢:一个八岁大的小女孩,如果出来卖身,一定是被逼无奈,即便她已习惯于此,挣来的钱也不归她享用,就算她能享用那些钱,日复一日的强暴她如何忍受得了?她会学着像世界上所有的妓女那样,麻木自己的身体。你脑子坏了吧:你认为一个小女孩的弱小身躯能学会忍受家常便饭般的暴虐,而不心如死灰吗?女人有被动的天性,她们在那里候着,并不认为这一切是在受苦,否则,世界上就不会有那么多妓女了,各个年龄段的都有。你简直令人作呕,购买愉悦感是一种罪恶:你怎么能够与一个人做爱,却与他对抗,而不是与他融合?这是一种老旧、迂腐的想法,几乎每一次性体验都是和感情分开的:身体有它自己的语言,心灵不都懂。我讨厌你,下地狱见鬼去吧,你这头破鸟儿,你的声音我连听都不愿听到,简直令我反胃!

不出所料,它被惹怒,愤然走远了。我听到它的翅膀发出奇怪的声响,就像带有花穗儿的窗帘被风吹得飘然而起,随后又噗的一声落了下来。

或许它就是我的双重人格,我内心深处的声音,我的大男子主义在说话?你真让我恶心!我对它喊道。而它冷笑着,自命不凡地认为它所表达的粗俗想法与所谓理智如出一辙,有点儿像古希腊悲剧中那些评价主人公行为的合唱:貌似不无道理,实则不过是人云亦云罢了。

30

为了更多更好地理解,我约见了一位朋友的朋友:他是个尼日利亚人,在大区①医院当医生,名叫默罕默德·阿佳尼。我告诉他我们的见面地点约在"蜘蛛"酒吧:我对自己生活中次第出现的那些巧合一直念念不忘,这次和阿佳尼约谈,也愿意回到那只巨大的蜘蛛下面,它把我家的浴室和酒吧的大厅联系在一起。这里缺少装饰,到处都是镀铬的光泽,四周飘荡着背景音乐。

---

① 意大利行政划分依次为:国家、大区、省、市镇。——译者注

　　我慢慢地品着一杯茶,等了他一会儿。他迟到了,我可不希望他改变主意不来。但过了片刻他到了,从他打开门的样子,我立刻认出一定是他:动作干脆,在辨认出我之前不忘用谨慎的目光飞快地扫视了一遍大厅,然后果断地向我走来,嘴角挂着一抹微笑。

　　他是个帅气的男人,精瘦且体格强健,微微有点儿"O"形腿,穿着宽大的白色裤子,天蓝色衬衫,以及一件夹棉外套,用来抵御十一月的寒冷。他一头短发,颧骨高高的。从老远就能看出这是位知识分子,肯定上过学,并且读书看报。我的朋友说得没错:只要看见他,就能感觉到他必定有些尖锐的观点,并且引以为傲,不准备隐藏。

　　"我能为您要点儿什么吗?"

　　"一杯玛奇朵咖啡,谢谢。"

　　"天气这么冷,您不想喝杯热茶吗?"

　　"我得坦白地告诉您,这些英国茶很令我反胃。我们尼日利亚人习惯喝家乡山里的那些口味浓烈的茶,加上糖和薄荷把它调制柔和,这种茶在品尝之前要先醒一会儿,它不是在殖民地印度种植的,产地离沙漠很近。"

　　"仅仅用了几句话,您便把您的一切以及您对自己客居的这个国家的看法全部告诉我了。"

　　他笑了,牙齿非常整齐、光亮,仿佛假牙一般,但它们并不是假牙,从完好无损、颜色粉红的牙床一看便知。我为他点了杯咖啡,问他能否给我讲讲用小女孩做人体炸弹的事情。

　　在回答之前,他目不转睛地盯了我半天。

　　"您是记者吗? 哪份报纸的记者?"

　　"我首先是位学校老师,一个失去了女儿的父亲,正在对自己生活的城市里一名失踪的小女孩进行调查。我也不对您隐瞒,我和一家叫做'即时贴'的网络报纸合作,但实际上我很少给他们写文章,进行调查完全出于我个人原因。另外,需要澄清一下,我给他们写文章,他们也不付给我报酬。"

"嗯,这样最好,有些记者我没法信任,尤其是那些收入颇丰的。"

我又重复了一遍自己的问题,他看上去不知所措,两眼注视着我,把咖啡杯紧紧握在双手掌心之间,就像沙漠里的牧人,以这种方式把手捂热。随后,他把杯子举到唇边,我不由自主地注意到他修长、灵活的手指。

"您知道,我在一家意大利医院当医生,不能总是说出自己的真实想法。但我愿意对您直抒己见,这是因为我对您有一种天然的好感,另外我能理解您的痛苦。首先要说,你们欧洲人过分看重自己了,以至于认为世界上发生的一切要么对你们有利,要么就是与你们作对。我们很清楚这是历史上由来已久的自恋。您所提到的是正在穆斯林世界内部爆发的一场可怕的战争:这和你们没有丝毫关系,当然你们免不了在要闻里对此大书特书,你们对品头论足特别有兴趣,并且擅长散布消息。"

他的眼睛灵敏、目光犀利,他想让我感觉自己有罪,并且成功了,甚至比我的那只飞禽还要成功。然而他语气温和,一点儿也不夹枪带棒。我全神贯注地听他说话。

"我们尼日利亚人十分清楚此刻正在发生的事情:那些认为传统、宗教、道德受到冲击的人怒火冲天地反对主张政教分离的人,反对主张思想自由的人,反对认为国家应当由议会管理,而不是由宗教领袖管理的人。要求民主权利便很容易被指控为不热爱祖国或异端邪说。他们以此为借口发动战争,为了掌握政权、称王称霸。作为爱国主义者,很难与强大的宗教势力抗衡。我们恰恰因此备受谴责：叛教、异端。比如说，对于那些穆斯林狂热分子而言，我就是个叛教者，但事实上，我比他们更虔诚，与真正的伊斯兰传统和本源联系更为紧密。您知道'伊斯兰'这个词的含义吗？它意味着顺从，但并非顺从于某位暴君或者独裁者，而是顺从于由安拉主宰的宇宙规则，而安拉倡导爱与和平；从字面上讲，'伊斯兰'的意思是'通过对真主的遵循和顺服，求得和平与安宁'。这些你们是无法理解的，因为你们第一位的信仰是个人自由。但自由为何物？个人自由并不存在，我们是脆弱的生物，弱不禁风，唯有精神法则能让我们团结在一起。你们因为自由而狂妄自大，每个人都以为自己是神，是自己的主人，是世界的主人。这份狂妄迟早会烟消云散，你们所有人都将被大洪水淹没，当然了，也包括我在内。"

"我看出来了，您是位悲观主义者。可即便有大洪水，也会有诺亚和他的方舟，我们可以登船获救。"

"我不知道，亲爱的老师。我是医生，救死扶伤，您往孩子们的头脑里灌输自由平等的民主思想，仿佛世界上真的曾经有过自由和平等，并且它们现在依然存在似的。"

"您说话很坦诚，感谢您对我的信任。而我想谈谈下面的话题，欧洲有许多年轻人对此深深着迷：一部分伊斯兰主义者利用人体进行杀戮。对您而言，殉难意味着什么？献给集体或是献给真主的礼物？能强迫一个尚无决定能力的人去殉难吗？"

"我反对'只要目的正当，便可以不择手段'这种观点。对此我从未苟同，我想我们的先知也不会认为这是对的。但以暴力强迫他人接受某种想法是一种颇为诱人的愿望，如果一个人真的沉迷于这种愿望之中，最终便会接受那个观点，也就是您所说的，只要目的正当，便可以不择手段。而在众多手段之中，在一个小女孩身上绑满炸药，派她去制造血案也是令人心仪的一种。如果是以真主为名义，为什么不呢？狂热分子们如是说。"

"您认为一个意大利小女孩会遭到绑架被用来做人体炸弹吗？"

"我认为不会，这并非出于敬意，而是因为很不便利。相比而言，非洲小女孩少有人看护，毫无疑问她们更便宜，让她们消失得无影无踪显然更加容易。"

"您在报纸上看到关于小法提玛的报道了吗？她是埃莲娜·烈威和松龙泰扬的女儿，遭到绑架，可能沦落到一家柬埔寨的妓院里。您认为这可能吗？"

"穆斯林国家禁止卖淫，并且是严厉禁止。诚然，在叙利亚和约旦流行临时婚姻，在花钱做爱之前，女孩先和士兵结婚，这样就不会违反禁止婚外性行为的法律。苟合之后，婚姻自动解除。在许多其他国家，无论是不是伊斯兰国家，非法妓院四处都是。贩卖儿童风险很大，但收益太丰厚，他们认为值得冒险。那些本应把他们送进监狱的人也经常被收买，成为共犯：腐败越猖獗，人肉买卖也就越气焰嚣张。那些人非常无耻，为了钱任何事都做得出来。"

"因此您认为，一切针对欧洲的憎恶和仇恨行径不过是一场正在伊斯兰世界内部进行的惨烈战争的一小部分，根本无关紧要？"

"你们是新闻，是广泛传播的流行电视节目。另外，你们把人的身体看得太过神圣。为了能把一名囚徒重新带回家中，你们随时准备支付一笔在我们看来不可思议的金额。你们的那些恶俗的网站备受追捧，上面出现的一切都会成为新闻,飞速传播,成为公告,并令人深信不疑。而狂热分子很乐意使用你们的传媒工具。所有这一切都令他们很惬意,完全就是替他们宣传。"

"宣传什么?"

"宣传他们的神,他们的原则,自然也宣传了他们的统治,他们的霸权。"

"宗教霸权?"

"是的,但首先是军事霸权,然后是政治霸权。您不要忘记,对他们而言,宗教和政治完全是一回事,没有区别。"

"您用'他们'一词,也就是要划清界限,您谴责他们使用的手段吗?"

"按照你们的说法,像我这样干干净净、衣着得体的人代表了伊斯兰温和的一面。但你们大错特错了,这与温和、融入无关。伊斯兰第一次肯定了人的权利,无数个世纪以来,它一直维护这些权利,并与信奉其他宗教、拥有其他习俗、信仰的人们友好相处、和平为邻,并且不允许自己被两三股表面宽容而大度,实则想要充当大哥的势力所辖制。而事实上,正是你们这些自称民主、自称捍卫人权的人发明了毒气室、大屠杀、集束炸弹。历史上你们总是使用毒气,只顾自己舒服,从不想想那些因为你们的错误而死去的孩子们。"

"这个'你们'有些太过泛泛了,事实更为复杂。"

"你们从不进行自我批评。您发现了吗?那些干下流勾当的人,搞背后袭击的人,割喉谋杀的人,并非来自非洲穆斯林地区,也不是冒着生命危险,不顾暴风骤雨横渡大海的难民。那些放冷枪的人,那些强迫一名九岁儿童用手枪处决两名假设的俄罗斯间谍的人,都是欧洲人。他们在你们那里学会了蛮横和傲慢,还以民主、自由为旗号四处炫耀。正是那些少年曾在你们的学校里读过书，接受了自由的原则，并认为自由神圣不可侵犯。而如今他们却绑架、偷盗、敲诈、当众羞辱敌人。那些无政府主义的黑旗，首先是冲着我们这些认真阅读过《古兰经》，明白其中包含了多少智慧、多少和睦、多少共存之道的真正穆斯林挥舞的。"

"那您认为，如何能结束这场战争？"

"我不知道。你们所传授的蛮横时常能制胜，武器能制胜，金钱能制胜。然而无论理智怎样沉睡，它始终存在。理智告诉我们，割喉杀人，把小孩变成人体炸弹、砍人脑袋，或是以暴力威胁，敲诈勒索某些国家，都无法改变世界。"

"我感觉您有些游移不定：您认为人权是智者的胜利，同时却觉得这个世界里智者为数太少，且无人听信。您的想法我解读得对吗？"

"是你们这些基督徒开始的十字军东征：屠杀一个手无寸铁、毫无防备的民族，只因为他们信仰另一种宗教，这就是你们最初始的想法。批判这种歇斯底里的仇恨、狂悖无道的镇压的人，也是被你们活活烧死的。"

"这是事实，的确曾有十字军东征，曾有宗教裁判所，但也有圣·方济各，他反对战争，并且成为圣人，保护我们国家的圣人。这说明也有持不同想法的人。而您想说的是一神教本质就是狭隘的？"

"如果上帝对我说：'我是你的神，除我之外，你不再需要其他神'，那么其他神理所当然地立即变成了需要消灭的敌人。凶残的不是神，而是以神的名义进行杀戮和伤害的人。"

他说话的时候，我注视着他，不由自主地联想道，这位智慧、干练的医生正站在一处无底深渊的边缘，而那正是他抨击的深渊。他批判暴力，自己却也言辞激烈。然而我却想拥抱他,因为他是个富有责任感的人,严肃认真地对待工作,对待自己的观点,勇敢无畏地与世界对峙。

最后,我把小女孩特雷贾尼消失得无影无踪一事讲给他听,并问他如果他是我,会怎么做。他用那双美丽的眼睛凝视着我,睫毛长长的,眼神深邃无比。在这双眼睛里,世界扭曲而支离破碎地映射出来,对抗的智谋迸射出火星,与和平、理解铸造的柔软铠甲激烈交锋。

"如果我是您,我会放下那个小女孩,给她安宁。她肯定已经死了,被埋在某个隐秘的地方了。"

"所有人都对我这么说。"

"您应该关心活着的人,而不是死去的人。我想我能理解,掌上明珠日益化为一小堆白骨,您想把失踪的小女孩活着找回来,是为了消除女儿逝去带来的切肤之痛。"

"也许您说得对。露西亚已经失踪一年多了,我想他们再也找不到她了,我应该接受。"

我看到他露出微笑,向我伸出手。

"我得回医院了。如果您愿意,随时可以给我打电话。我很乐意再和您聊聊。"

31

孤单一人,坐在一张小桌子前,桌上铺着带有蓝色条纹的塑料桌布。孤单一人,面对一只荷包蛋。孤单一人,把一块变硬的全麦面包在指间翻来转去。我把它撕碎,蘸上几乎全生的蛋黄,放入口中。在我面前,一本翻开的书靠在一只装满水的杯子上:我在看书,但并没注意那些字。我用下意识阅读的能力进行自动阅读,但清楚自己没把注意力集中在语句上,任由它们从我眼前划过。心中思绪万千,就像柏拉图的树上挤满的鸟儿。我又想起对于三种记忆充满诗意的隐喻:一种记忆刻在石头上,它永远不会磨灭,但石头不仅占地儿,而且坚硬无比;一种记忆印在泥土上,下雨之前它会一直留在那里,但随后便被雨水冲刷殆尽;还有最易逝、最脆弱的记忆,而它却最为生动鲜活——记忆如同栖在树枝上的飞鸟,有时它们数以百计,成群结队地挤在那里,叽叽喳喳,争吵喧闹,彼此冲撞,简直就要折断树枝;但只要一缕清风拂过,便足以惊跑无数,留下空无一物的枝条。即便你想把那些四处闲荡、反复无常的鸟儿召唤回来,也未必能如你所愿。此时此刻,我的记忆就像柏拉图之树:挤满了喋喋不休的鸟儿,喧闹嘈杂,但我不知道自己能把它们留住多久。也许稍不留神的某个动作,某个声响,都会把它们吓跑。

在同一张桌子前,女儿曾坐在我身旁,我们一起吃早餐:牛奶、咖啡、黄油和果酱,那是安妮塔做的杏肉果酱,味道棒极了。"爸爸,你说果酱会进入到血液里吗?"

"我想不会的,宝贝。"

"我真希望把我血管里流淌的毒素换成这些鲜嫩的杏酱。"

"杏酱血液,马尔蒂娜,这可有难度。"

"医生不是说过,血液是我们最宝贵的果实吗?"

"我不记得他说过果实,可能说的是'宝贵的淋巴'。"

"不对,他说过血液会结出果实,而有些果实是有毒的。"

"他真说过果实吗,就像树上的果实?"

"是的,他说过果实……可是,爸爸,如果我吃掉好多好多果酱,我能不能清除那些坏果实,把它们换成这种又香又甜的果酱? 得病不就是因为血液失去香味儿了吗?"

　　那天为什么安妮塔不在,她出门上班去了吗?抑或从那时起,她已经开始逃离家庭,因为痛苦和死亡的预兆已经在此常驻?而她也和我一样爱着马尔蒂娜,只要能挽救她,我们都愿意付出生命。也许对于安妮塔而言,令人肝肠寸断的痛苦近在眼前,她无法装作若无其事。时不时地,她便会感觉无所适从,烦躁憋闷,需要出去透透气。我理解她,从未抱怨过她一个字。另外,我也时常需要离开家去上班,我感到女儿的这场可怕的疾病正在使我们走向分离。无法医治——这个事实把每一项计划、每一丝慰藉、每一份对于未来的憧憬化为乌有,对于安妮塔而言,这难以忍受。从她严肃、苦涩的眼神里,我能读懂这一切。

　　尽管对于生病的女儿倾注着万般温情,她依旧愿意做好分离的准备。医生们早已了然于心,女儿已病入膏肓。他们非常委婉地把情况告诉给我们。骨髓移植手术虽然成功了,但疾病却再次复发,并且比以前更为严酷、顽固,我们能做的一切,只有等待奇迹降临。而我俩谁都不相信奇迹。也许安妮塔比我更懂得如何应对变故。要么和她一起死,要么就离远点儿:这便是死亡的要挟。也许那时我依然幻想能挽救她,这种盲目自信完全源于一位父亲对于女儿深沉的爱意。我看着她的眼睛渐渐熄灭,光芒日益消逝,越来越疲惫困倦;我看着她的面颊日渐消瘦、苍白;我看着她的双手紧紧抓住床单,努力忍住疼痛。但我不愿去想她真的会永远离去。

　　"已经到这种地步了,需要上吗啡。"医生用一只戴着手套的手抚摸着小女孩汗湿的前额说道。

　　吗啡有助于缓解她的疼痛,让呼吸更容易一些,但每天都要增加剂量。用的吗啡越多,她便越安静,但同时也越来越失去知觉,日益麻痹,就像在为长眠不醒缓缓地做着准备。

　　我感到站在枝头的那些洋洋自得却脆弱不堪的麻雀忽然之间一起逃走了，留下我孤单一人，坐在荷包蛋前。女儿不再紧挨着我，一起坐在那张餐桌旁边，而此时我已没了胃口。困意令我的眼皮发沉。我推开盘子，把双臂撑在桌布上，就这样睡着了。

　　对我而言，梦既是安慰，也是折磨。事实上，她就在那里，穿着校服裙的小露西亚站在一扇窗户旁边，窗外可以看见一些美丽的黄色花朵：是杏花，我能闻到刚刚张开的花瓣散发着芬芳，它们在高高的树枝上绽放。

　　小女孩微笑着望着我，一言不发，谜一般神秘莫测。我等待她说些什么，对我讲讲话，但她口中始终没有发出任何声音，令人捉摸不透。在梦里，我想到了圣母，她在卢尔德①的牧羊人面前显灵时，一定也有相似的面貌：一位非常年轻的母亲，看上去简直像个小姑娘，辫子盘在头上，一张端正的脸，优雅却很憔悴，一双黑色的眼睛，目光清澈而充满疑问，一袭天蓝色的长衫一直垂至膝盖，面带甜美而玄妙的微笑。杏之圣母。

　　太奇怪了，女儿马尔蒂娜从未走进我的梦里，而我却经常梦见露西亚，我从不认识她，只在报纸上见过她的照片。我在梦中对她说话。既然她沉默不语，那么就由我来开口。

　　"你在哪儿？"我问她。

　　没有回答。

　　"你希望我们继续寻找你吗？"

　　没有回答。

---

　　①　卢尔德，法国西南部比利牛斯山山麓的一个小村庄，因圣母显灵事件成为天主教信徒朝圣地。——译者注

"你死了还是活着？"

没有回答。

街道上一阵嘈杂的人声把我吵醒。我发现自己趴在厨房的餐桌上睡着了，鸡蛋上结了一层褶皱的亮皮，撕碎的面包躺在带有蓝色条纹的桌布上，如同一份被人遗弃的祭品。

我从不明白为何需要分食耶稣的圣体。此刻我回忆起梦中的一小段场景，之前我已经将它遗忘，或是故意把它从心中抹去：露西亚把一只托盘递向我，上面放着两只眼睛。那一刻我马上明白过来，在我面前的不是小女孩露西亚，而是"半截井"社区教堂的女圣人，她是基督教的殉道者，被古罗马的刽子手挖掉了双眼。她微笑着，示意让我拿出一只眼睛放进嘴里。我照做了，用两根手指从托盘上夹起一颗呆滞的眼珠塞入口中，但我不敢咀嚼。把它含在嘴里，就像含着耶稣的圣体，我仿佛感到睫毛在舌头上蹭来蹭去。我该如何处理口中这颗滚烫、神圣的眼球？我绝不敢用牙咬它，只能把它整个咽下去。事实上，我把它吞了下去，并在万分惊恐中醒来。

一个难以解析的梦，一个谜一般的梦，令人反胃，令人备受折磨。我决定把那只鸡蛋吃完，毕竟一点点廉价的蛋白质，我还是有权享用的。你不能失去体力，你需要体力去教书，那头飞禽一定会这么说。

除了鸡蛋，我还吃了一根香蕉，一个切成块儿的橙子。然后我热了杯茶。此时家里很冷，因为是集中供暖，经济危机的时候，连供暖柴油也要节约使用。

我开始收拾餐桌，刷了盘子，洗过刀叉，把桌布上的面包渣清理干净，然后舒展地躺在沙发上。一会儿得去批改作业，为明天的课程做准备，而现在可以享受一个小时的清净时光看看报纸。幸好不用买礼物。十二月初，周围洋溢着圣诞气氛,年复一年,一向如此。而这对我来说早已习以为常,屡见不鲜。

我们的政治家们无止无休的争吵令我昏昏欲睡,翻开地方新闻的版面,看到一则使我大吃一惊的新闻:"埃莲娜·烈威女士被发现死于柬埔寨,其女儿尚无任何消息。"报道附有一张在金边故去的少妇的照片,一张父亲的照片——一位柬埔寨年轻人,额头高高的,长着一双深色而标致的眼睛,目光犀利而愤怒。另有一张埃莲娜·烈威的照片,和我认识的她截然不同:瘦弱无比,穿着一件粉红色衬衫,袖子很长,头戴黑色面纱,脸上的表情显得严肃而痛苦。她找到女儿了吗? 消息是由一些意大利友人提供的,被地方报社整理刊登。后边跟着一大段文章,是小城 S 最有名的知识分子对此事的评论,他在文中谈到了"暴行"和"文明"之间的战争。

我试着给尼日利亚医生打电话,虽然他总是怒气冲冲,但为人很坦诚。但他的电话占线。我又试着给特雷贾尼夫人打电话,而她的电话也无法接通。

我决定出门。骑上自行车,前往"半截井"社区。

32

来到特雷贾尼家门前,敲了敲房门。来给我开门的是卡尔梅拉。她头上生出了一绺白发,离我上次与她碰面,也就差不多一年的时间。她手中拿着针和线,中指上带着一枚金属顶针。

"如果我打搅到您了,请原谅,但我太不安了:您听说了烈威女士死去的消息了吗?"

"大家都在谈论,这件事太可怕了。"

"那您知道她去柬埔寨是为了寻找女儿吗?"

"这我知道。如果您同意的话,我得继续做衣服了,一个小时之后就得交货,我已经慢了。"

毫无疑问,我让她继续干活。她把我请进屋里,我坐在她对面看着她,她一副平静的样子,面带忧伤,又快又准地把白色的线穿进针眼儿里,把蓬松的婚纱拿过来放在膝盖上。她正在完成一幅刺绣,婚纱的上身是白色绸缎,绣在上面的图案也是白色的,薄如蝉翼的细纱裙摆层层叠叠,从上身垂落下来,上面点缀着闪闪发亮的珍珠。

"埃莲娜·烈威从柬埔寨给您写过信吗?"

"没有,从没写过。"

"您认为她找到女儿了吗?"

"不知道。"

很显然她不愿意说话。此外,她看上去疲惫不堪,并且忧心忡忡。

"您总是孤单一人,守着这些婚纱吗?"

她抬起眼睛,饶有兴趣地望着我,仿佛是第一次见到我。

"自从露西亚失踪之后,我就孤单一人。"

"您丈夫呢?"

"我丈夫每天早上五点出门,晚上九点回家。他还经常外出两三天不回来,为了送货。"

"关于您女儿,您又从警方那里得到过新的消息吗?"

"他们不再寻找她了。没人认为她还活着。"

"但只要没找到尸体,理论上讲,她就有还活着的可能性,不是吗?"

"我不敢再相信了。"

"很抱歉看到您如此孤独和伤感。我经常问自己:她,您的女儿会不会被人绑架并带到国外了,就像埃莲娜·烈威的女儿那样?"

"我想不会。这儿就是一片泥潭,没人能从这里出去。"

"可埃莲娜·烈威出去了。"

"然后又陷入了另一片泥潭。"

"您知道那些贩卖小女孩的场所吗?"

"不知道,也不想知道。比起落入那步田地,她还不如死了好。"

她急于下逐客令。我感谢她接待了我,把她留在那件婚纱耀人的光彩之中。

重新骑上自行车回家准备明天早上的课?不,一想到回到那空荡荡的四壁之间,我就心生反感。我向教堂走去,在那里看到了堂·安东尼奥,他正在布置圣坛,为晚上的弥撒做准备。

"抱歉,您听说埃莲娜·烈威被人发现死于柬埔寨了吗?"

"是的,我听说了。好像尸体明天运到。"

"她的葬礼由您主持吗?"

"他们要先进行尸体剖检,这是警察告诉我的,然后再举行葬礼。"

"堂·安东尼奥,您觉得发生的一切到底是怎么回事?"

"我不知道,太难解释了。"

"您知道埃莲娜·烈威去柬埔寨是为了寻找女儿吗?那个小女孩被她父亲带走了,他有一半巴基斯坦血统,一半柬埔寨血统。"

"这我知道。"

"那您没劝过她放弃如此危险的行程吗?"

"所有人都劝她别去,但她特别坚决。她申请了旅游签证,并且通过了。在经济不景气的时期,他们恨不得把游客捧在手心里,这是穷国唯一的收入来源。"

"有没有可能,她们杀害了她,是因为她发现了女童贩卖的某些情况?"

"这就不好说了。她是个勇敢的女人,为了寻找法提玛,走遍天涯海角也在所不辞。那是她唯一的女儿,她很晚才有的她,把她视为掌上明珠。"

"那会进行调查取证,弄明白她是怎么死的吗?"

"这很困难,涉及到那么遥远的一个国家,各种各样我们不了解的规定。"

"教会在柬埔寨没有联络人吗?不能问问他们吗?"

"当然有,有一些天主教的传教人员,但最近这段时间他们的日子很不好过。就在前天,一所教堂和里边的全部家当都被烧毁,幸好当时神甫外出了,也没在举行典礼。"

我看出了堂·安东尼奥也不愿再多说,一副急急忙忙的样子。事实上,他向我告辞,说得去祭衣室换衣服,弥撒一会儿就要开始了,他得抓紧。

我向他道别,准备离开。但那幅女圣人露西亚的巨大画像令我停住脚步。我走上前去,仔细地观看它。上一次我匆匆忙忙,另外光线也不好,而现在所有细节一清二楚地展现在我面前。她是位年轻女子,面庞清瘦,鹰一般的鼻子,一双细长的眼睛——简直像一位东方女性——但是闭着的,空无眼球。一袭天蓝色的长裙一直垂到她的脚面,我今天才注意到,她的双脚是赤裸的。她两手端着一只小托盘伸向前方,盘子上放着两只圆圆的眼睛,带有睫毛和褐色的眼球。两只明亮的瞳孔凝视着,似乎能够看见东西似的,尽管不在头上,但它们仿佛可以思考,洞悉一切。

我手中拿着一本小册子,那是堂·安东尼奥在要回到祭衣室之前交给我的,上面记载了女圣人露西亚的故事。我坐在长凳上阅读。露西亚出身锡拉库萨①的一户殷实人家,她的父亲卢西奥在她刚刚十六岁时就去世了,留下母女两人相依为命。母亲埃乌蒂西亚患有出血症,当时没有医生能治愈这种疾病。露西亚秘密地信仰基督教。她从教友那里听说了卡塔尼亚有位女圣人名叫阿加塔,逝世于二五四年,此人能够创造神迹。信仰基督教的秘密团体十分爱戴这位女圣人,举办盛会纪念她。露西亚说服母亲前往参会。事实上,埃乌蒂西亚触摸了女圣人的衣服,就像《福音书》里患血漏的女人触摸了耶稣的衣服,之后她的失血症便痊愈了。母女两人幸福地返回到锡拉库萨。为了感谢阿加塔,她们决定变卖家中所有值钱的物品,把钱分发给穷人。但这一行为引起了怀疑,因为只有基督教徒才如此漠视钱财。一位曾遭露西亚拒绝的年轻人向古罗马当局告发了她。

在戴克里先的统治下,对基督教徒的迫害更为残酷。露西亚被大法官帕斯卡西奥叫去,他命令她祭祀古罗马的神祇。她拒绝从命,公开宣布自己是耶稣的追随者。大法官威胁她,扬言她若不放弃这种信仰,便命令士兵们凌辱她。而露西亚没有退让,大法官决定把她活活烧死。然而当她走上火堆时,火苗自动远离了她。他们把她带下来砍头。母亲目睹女儿殉道,却束手无策,无法拯救她。

那么眼睛的故事呢?这份简短的传记里没有提及。有的人说在砍头之前,他们挖掉了她的眼睛。也有人认为这不过

---

① 锡拉库萨是意大利西西里岛上的一座城市。——译者注

是后来被人添枝加叶地杜撰的一段传说。也许是因为露西亚的目光富有磁性、锐利无比;也许是因为她的名字令人想起光明,也许是因为她曾治愈过一位盲人;肖像学通过手中的眼睛忠实地再现了这段情节。在多幅油画上,女圣人拿着放有两只眼睛的托盘,但脸上也有眼睛,仿佛具备双重视觉;另一些油画上,眼睛只放在盘子里,而面颊上的眼皮凹陷了下去。

"在和平时代,殉道还有意义吗?"我问堂·安东尼奥,他站在我身边,好奇我为何对这幅画有这么大的兴趣。"当不受任何迫害时,牺牲自己的生命有意义吗?"我追问道,试图以此迫使他开口。

"殉道是模仿耶稣的一种方式,他是第一位殉道者。"他简洁地回答我。

"可如今殉道的意义何在? 我们在一个和平自由的时代,并没有人强迫你信仰什么。殉道难道不是对于强权的反抗吗? 但如果强权根本不存在,殉道岂不变成要挟、报复以及权力意志了吗?"

"还有一种精神上的殉道。"堂·安东尼奥反驳道。他仔细观看那幅画,仿佛他也是第一次看见它似的。

"那是在野蛮的世纪,当时基督教徒就像老鼠一样躲藏在地下。"他一边说着,一边直起身子,画了十字,嘟囔着走开了。"但他们的信念坚不可摧,随时准备做出任何牺牲。现在我们生活在和平时代,这没错,但也是奢侈逸乐、自私自利的年代,我们这些富有却软弱的神甫已然迷失了。"最后几个词消失在一根大理石柱子后面。

我继续注视着那两颗玻璃般的眼睛,感觉喉咙被堵住了似的。露西亚要我吃下她的一只眼睛,那个奇怪的梦究竟要告诉我什么呢? 而我为何如同着魔了一般,听从了她的指引呢？我是怎么做到从托盘中取出一只死人的眼睛，并把它放进嘴里的呢？在吞下它的时候，我又为何能够感受到平静，甚至是幸福呢？但我并没把这些告诉堂·安东尼奥，否则他会把我当成疯子。

我从教堂出来，心中尽是我无法回答的问题。

33

回到家时，我在门口发现一封信。信封和上回的一模一样：埃莲娜·烈威的来信，我认得那细细的、向一边倾斜的笔迹。这么说她还活着，想到这里，我心中一阵狂喜！我急忙把信拆开，迫不及待地阅读她的文字。但里边是一些褶皱的方形便条，带有数字编号，上面密密麻麻写满了字。

十一月三日

金边，一座躁动不安的城市，一切都在奔跑：汽车、坦克、自行车、黄包车、摇摇晃晃的摩托车，还有骑在自行车上的人，简直就像一个骚乱的蜂窝。头顶上一团一团的电线杂乱如麻，它们被系在细长、歪斜的杆子上，摆来摆去的，在熙熙攘攘的街道上显得十分危险。最初几天我还担心它们会掉下来砸到身上，但随后明白了它们虽然随风摇摆，但自有其稳定。我努力节省开支，落脚的膳宿公寓价格低廉，但我发现床上有跳蚤，一些面目凶险的人进进出出，令我十分不快。于是我在一家比较经济的酒店订了个房间，酒店取了个很美满的名字："Les Retrouvailles①"——团圆。这是个好兆头吧？长长的走廊贴着

---

① Les Retrouvailles，法语，译为团圆。——译者注

中国风格的壁纸，那里的服务生只会说高棉语和法语。我去过意大利领事馆，但那儿一个人都没有。市中心好像发生了骚乱，很多人去看热闹。一位职员对我说："这里本应是座人间天堂，可安宁正在变成危急，贫困正在化为暴力。"

我和一位从事家具贸易的意大利人成了朋友，他叫雷纳多·塔拉莫奈。为人友善，高高的个子，身材魁梧，红色的头发。是他给我讲了城里的生活状况。他也住在团圆酒店，就邀请我一起吃午饭。我知道不该如此轻易信任别人，但找到一个会说意大利语的人令我倍感欣慰。他十分好奇，想知道我为何会在这里。我把真相告诉了他：我在寻找女儿，一位朋友告诉我她被关在金边郊外的一家涉嫌做未成年人性交易的妓院里。我的故事似乎打动了他，他说会尽量帮助我。我问他是否知道关于这些隐秘处所的一些信息，他回答说只听别人谈论过，但会去打听一下具体情况。他请我品尝了阿莫克鱼，这是一道柬埔寨特色菜肴：淡水鱼佐以椰汁，放在香蕉叶上蒸熟，非常可口。就着鱼，我吃了很多米饭，肚子撑撑的。塔拉莫奈先生还请我喝了米酒，这让我有些头晕。

十一月六日

今天，在团圆酒店附近，有一枚炸弹爆炸了。我在卫生间里听到了爆炸声，酒店的墙都在晃动。我匆忙穿上衣服走了出去。所有人都在跑，比平时跑得更快。发生了什么？一位过路人用十分蹩脚的英语向我解释说是一只锅炉爆炸了。片刻之后，另一位路人告诉我是两辆汽车相撞。回房间的路上，我遇到了塔拉莫奈，他告诉我那是炸弹。可是由谁引爆的？又要针对谁？"这里是佛教国家，但少数派逊尼教的狂热分子会不时让人感受到他们的存在。他们想打破现有的平衡，制造恐慌，营造声势，先动摇人们的信念，其次还要摧毁旅游业。无论是酒店或路人，都没有对您说出真相。"

我问他为什么要待在如此艰难的城市里，他回答说自己在这里的生意非常红火。"动乱时期，所有人都在卖东西，而我在收购。"他建议我一整天都待在酒店里。我把自己关在房间里看了会儿书，然后给母亲打了个电话，幸好她没弄明白我现在的处境有多么艰险。

我吃了米饭和炸香蕉。酒店的厨师是个意大利人，他想认识我，便走到我座位旁边，头上戴着白色的帽子，俯身吻了我的手，如同一位老绅士一般，尽管他才二十六岁。我问他在这座城市里做什么。"厨师总能找到位置。"他一副开心的模样对我说道，"并且你手艺越好，就越容易获得更多保护。"他人很友好，晚饭为我做了一份西红柿茄子酱意大利面。"我们在巴勒莫晚饭就做这种面吃。"他挤了一下眼睛对我说道。他叫罗萨里奥，女朋友是个穆斯林姑娘，名叫诺乌尔，是占族人，少数民族。那个女孩一句意大利语都不会说，在外边的时候穿着罩袍，身体和脸部都被遮住，只能看见两只眼睛。她隐藏在那些深色的衣服里，身上带着一种新鲜的茉莉花芳香。两只眼睛因为化了妆而显得愈发热情，它们是深黑色的，水汪汪的。好像女孩儿的父母反对他们的婚事，于是两位年轻人决定等罗萨里奥攒够钱就立刻一起私奔。"那你们打算去哪儿？"我问道。"去西西里，到我父母那儿去。"这是他的回答。

十一月十日

我终于认识了领事,他住在一所戒备森严的公寓里,有武装人员把守,光秃秃的小花园里有两条狗,外出的时候乘坐防弹车。我向他解释了自己在这里的真实原因:寻找女儿。"您还是放弃吧,这些贩卖儿童的人非常凶狠,还是别和他们有任何瓜葛为妙。那些人都是不法之徒,却有人为他们提供保护,所以总能逃脱法网。另外,您上哪儿去找女儿?您真的相信自己的朋友在这些妓院中的某一家见过她吗?我认为极其不可能。您还是听我的,回意大利吧,这是您能做的最正确的事情。而且,您也看到了,这里的气氛越来越紧张。他们想吓跑游客,把国家弄穷……您听说曼谷的炸弹爆炸的事了吗?我们正陷入恐怖主义四处横行的困境,而这一切无法预料,难以控制。"

"那我就更有理由留下来了。"我反驳道。他对我说,对于一位孤身女性而言,这非常不易,何况还要寻找一个被人买卖,并关在妓院里当奴隶的小女孩。

回到酒店后,我看到塔拉莫奈正在等我。"如果您愿意的话,我送您去。我有汽车,还有司机。""去哪儿?""带您去见一位妓院老板,他那儿我去过几次。不过他手下只有成年女子,但可以告诉您一些情况。他们讨厌那些紧闭门窗、让未成年女童卖身的妓院,因为如果警方一时心血来潮决定查办的话,他们也会受到牵连。"

那是一栋不起眼的小楼,有三层高。妓院在一层的一所公寓里,几乎被一个野草丛生的荒芜花园完全掩盖。屋里有很多块地毯,两三把单人小沙发,铺着刺绣布垫,可以把头靠在上面,还有一张很矮的小桌子,他们拿来了几杯茶和几块椰子做的甜点放在上面。

那个男人是个光头,很胖,他的嘴巴看上去很任性,就像一个被宠坏了的小孩似的。他对我说,让未成年人卖淫是受到法律严厉禁止的,但还是有人不顾法律——小女孩可以用来赚很多钱——因此有人不惜铤而走险。而他不会,他要和正义站在一边。他问我为什么对此感兴趣,我告诉他自己正在寻找女儿,她现在差不多九岁了,而他给了我一个同情的微笑。我问他,据他所知,这类妓院在城里是不是有很多家。"我不知道。"他简短地回答道,"它们通常藏在假旅馆里,或是那些被用来做夜店的地下室里,或是普普通通的楼房公寓里,通常没有门房,客人们进进出出一点也不显眼。"我把 S 城友人为我标注的地址拿给他看,问他是否了解相关信息。他抓过纸条,把它在粗笨的手指间翻来转去。他不认识那个地址,说那也许是另一个城市的,也许是另一个国家的。我沮丧地回到酒店。我问塔拉莫奈,我能不能自己坐出租车去地址上的地方。我还对他说自己可以女扮男装混进去。他笑了出来,一个劲儿地摇头:"您的幻想太多了,或是母爱太深了。咱们的把戏在这里不管用,因为他们比你狡猾多了。如果您愿意,让我试试。""真的吗?"我说道,为他的仗义而感到惊奇。我明白,把我置于他的保护之下会让他获得某种骄傲的满足感。他从早到晚都能在这所奇怪的酒店里看见我,往来于此的有越南军人、欧洲企业家、来旅游的俄罗斯夫妻、逊尼教徒的大家庭,其中女性要裹在一身黑色衣服里才能四处走动。有时我们一起吃晚餐,塔拉莫奈和我,就在团圆酒店的餐厅里,桌上铺着新洗过的桌布。餐厅里铺着许多地毯,上面满是污渍,从上面走过,都不会发出声响。

十一月十二日

　　我和塔拉莫奈已经成为朋友,今天早上,他告诉我昨晚他去过了我交给他的地址上的那家妓院。他们满腹狐疑地接待了他。所有的客人都是熟人,新来的人不被信任。不过,鉴于他是外国人,在仔仔细细地核对、审查过他的护照后,他们让他进去了。他们为他上了一杯茶,与此同时,很明显有人去向酒店打听他的情况。然后他们问他,是不是想要个小女孩,价格随着年龄的减小而递增。他说想要个八九岁的小女孩。

　　他们告诉他需要预付三百美元。"是不是太贵了?""这可是尖儿货,要尖儿货就得掏钱。"这就是他们的回答。于是他拿出三百美金,付给了老板。他们让他走进一间非常小的屋子里,和电话亭差不多大,塔拉莫奈这么告诉我的。里面的地方将将够放下一张床,床上有一条红色的棉被,上面躺着个小女孩,穿着一身白色的衣服,她惊恐万分,一句话也不敢说。他坐到床上,向她保证决不碰她。"您用什么语和她说的?"我问他。"英语。""她能听懂吗?""能懂一些,她们得和客人交流,不是吗?"他试着让她安心,然后慢慢地问了她一些问题:那家妓院有多少女孩,她认不认识一个叫法提玛的欧洲小姑娘。她很吃力地作答,几乎说不清楚。但他大致听出了一些信息:那家妓院有十几名小女孩,年龄从六岁到十三岁,客人们付很多的钱,是有几个外国女孩,但她不知道她们的名字,因为一来到这里,她们便不再用自己的本名,而被人用数字编号加以区分。数字编号？没错，就是数字编号。"但愿他们没把数字纹在她胳膊上。"我说道。"刚到的时候，他们发给女孩们一些能粘贴的小数字，强迫她们贴在印花睡袍的翻领上。""您问了这些小外国人的情况吗？""当然问了，但她们是埃及人和叙利亚人，不是欧洲人。我一再坚持，让他们告诉我一个能找到正宗白人女孩的地方，后来他们给了我一张小纸条。"他给我看了一张纸片儿，上面用高棉语写了一个地址。我问他下次我能不能跟他一起去，他说这真不行，太危险了。"那些人都是亡命之徒，一旦察觉有被告发的风险，当时就能拔刀子。反正去那种妓院的人通常不会告诉任何人，可以从容地让他消失。""贩卖女童，这种事情难道没有任何人制止吗？""讲伦理道德没用。毕竟，她们在那里还算安全，不会被一群野蛮的士兵强暴，或被醉醺醺的父亲殴打，或嫁给一个老头子，被他粗暴地使唤，婆婆和姑子还在一旁幸灾乐祸……在那里也比待在一间没水没电的小茅草屋里，每天只吃一顿饭强。""您别胡言乱语了，塔拉莫奈，妓院里的小女孩每天不知道要被多少客人强暴。如果我女儿在那里，就算需要杀人，我也在所不辞，一定要把她带走。""您别逞能了，在这儿可不是闹着玩儿的。我帮助了您，您得遵守协定。""什么协定？""您得按我说的办：我了解这座城市，了解这里的人。他们都是出色的商人。对他们而言，贩卖人口也算不上特别糟糕。这座城里到处都是躲避战争和迫害的难民，他们一贫如洗，随时准备为一点点钱财卖掉自己的女儿。您别忘了，波尔布特执政时期，屠杀的人数以百万计。他们懂得什么叫做狂热，躲得远远的，唯恐避之不及，尽管他们能像苍蝇一样，一头扎进贪污腐败和冷漠无情做成的牛奶里。"这是一番愤世嫉俗的话语，但我心知肚明，如果还想再见到女儿，就不能对此品头论足。

走出团员酒店，我差点被人行道上一辆飞驰而过的摩托车撞死。我看到沿着大街再往前一点，地上有一团破布。我本来以为那可能是别人弄丢的一块布，但走近之后却发现那是一具女尸，骨瘦如柴，一脸麻子。在她身旁驶过的汽车并没有停下来，一个死去的女人躺在地上，就在马路边儿上，身上只盖着一块布，成群的苍蝇蜂拥在她脸周围，仿佛这是一件司空见惯的事情似的。我通知了门房，他当着我的面给警察打了电话。"他们会来的。"他对我说道，一副无可奈何的样子，"但不知道什么时候。"

十一月十八日

我厌倦等待。塔拉莫奈去吴哥了，那里是高棉的旧都。他本想让我和他一起去，说那里非常美，但我不想去，我来这儿不是为了旅游。"我去那儿是为了生意。"他对我说，"过几天我就回来，您一定记住，一个女人独自在城里游逛有失谨慎。"我会待在房间里看书，我还能做什么呢？我放出话，说自己正在等丈夫过来，他是位工程师，我会跟他一起去北方游览，但不知道他们是否相信我。没错，日子一天天地过去了，而我丈夫还是没来，这会引起怀疑！而塔拉莫奈何时能回来？他是我在这座城市里认识的唯一的意大利人，我信任他，尽管也许我不应该如此轻信。

今天我围着酒店走了一圈。这里有很多商店和小铺子,有些甚至是用纸壳搭的棚子,但出售的商品一应俱全:从蔬菜到廉价瓷器,从欧美样式的鞋子到柬埔寨北方的、带有中式图案的布料。路上人满为患,中午的时候,他们就蹲在便道上做饭。很多手推车上装满了已经做熟的食物:炸肉卷、烤玉米、蚕豆米饭、浇了一层红色酱汁的鱼肉盖饭。为了在这些坑坑洼洼、脏乱不堪的路上行走,我给自己买了一双人字拖,它就像居家鞋一样柔软。"城里也有一处美丽、富有的区域。"门房对我说道,"如果您想去看看,我帮您安排一辆车,还带一篮子早餐。"

我拒绝了他,我更想等塔拉莫奈回来。与此同时,我向窗外望去,嵌有钢筋和玻璃的摩天大厦显露出轮廓,它们屹立在城市新区的地平线上。

我躺在竹子做的床上,头顶上是一部巨大的吊扇,扇叶是柚木做成的。我在阅读这个不幸国度的历史,它一直饱受磨难:越南人的入侵,泰国人的觊觎……在历尽煎熬、目睹无数同胞被绞死和枪决之后,一些红色高棉者心中产生了要把祖国变纯洁的理想。"红色高棉想以共产主义为旗号,祛除国家中的毒害污染,而'伊斯兰国①'的极端分子则想以宗教为旗号,使国家变得'纯净'。"这是一天晚上一起吃晚饭时,塔拉莫奈用他那低沉、沙哑的声音对我说的:"'纯净'的思想根深蒂固、源远流长,对于那些把它当作良药使用的人而言,它很可能变为一剂强劲的毒药,杀人的毒药。""您告诉过我,这儿是佛教国家,'伊斯兰国'和这儿有什么关系?""他们已经到处都是了,他们想'净化'全世界,统治全世界。""他们能得逞

---

① "伊斯兰国"缩写为"ISIS"。——译者注

吗?""我认为不会,但一旦穆斯林采取行动,就很难应付。他们使用的新手段令人惶恐不安:四处游击,在你毫无防备的时候从天而降,滥杀无辜,从杀死他们自己开始。另外,他们坚信世界就要毁灭,生命毫无价值。"

十一月二十二日

塔拉莫奈回来了。他带给我一只跳舞的布娃娃当作礼物。"一个跳舞的高棉女人,身上穿着传统的'山朴'服饰,她可不像意大利厨师的女朋友,还戴着面纱。"他微笑着对我说道。"但面纱会不会是一种掩藏的手段?对于妇女而言,生活在一座想把她变成女奴的城市里,掩藏难道不是一种享有自由的方式吗?""掩藏什么?""掩藏自己,避免被看见,一个女人如果被人看见,便会激起欲望,因此就有被强暴的危险。"他摇了摇头,一副不赞同的姿态,对我的看法,他经常持不同意见。但在他摇头的举动中,也饱含了很多包容。我明白,如果打算冲出困境,我必须完全倚仗他,倚仗他的仗义,倚仗他父亲般的保护和照料别人的意愿。"您打算什么时候再去违禁妓院?我的钱快用完了,而且别人在看我的时候眼神里尽是怀疑。"我对他说道。"钱的事儿由我负责,至于怀疑,您不用在意,过些时候他们就习以为常了。""不,抱歉,您的钱我一分也不能接受。我已经欠您很多了……""我真不是想让您难为情。""谢谢您,但钱我不能接受。""好吧,我今天晚上就去,尽管看到那些身陷危险之中的小女孩令我于心不安。我有两个孩子,他们都已经长大成人了,儿子三十岁,在澳大利亚工作,女儿在米兰,帮我销售亚洲产品。但他们曾经是孩子,我懂得如何让他们远离那些正人君子有悖道德的欲念。""您很勇敢。"我说道。"不，我只在做生意方面直觉敏锐。"这便是他的回答。

十一月二十三日

　　我终于看到他了。我在酒店门口等待了整整一个上午，盼望看到他魁梧的身形推动旋转玻璃门。他走进大堂，在已经磨旧的小沙发上沉重地坐下来。手指上戴着一枚金戒指，像星星一般闪闪发光。"怎么样？""稍等，别太心急，我得先喝一杯双份浓缩咖啡，然后再给您讲。"

　　在喝完双份浓缩咖啡和一大杯清水之后，他对我说已经去过了他们告诉他的那所公寓。那儿的人立刻就放他进去了，因为事先得到消息，知道这个客人腰缠万贯，出手大方。在上过茶水和甜点之后，他们问他想要哪个小女孩，他假装漫不经心地说想从八岁至十岁之间的小女孩中选择一个。他们告诉他这没有任何问题，不过，如果既要选择年龄，又要选择面貌的话，价格要提高到五百美元。好吧，拿出五百美元，然后他便舒舒服服地坐在铺着塑料布的小沙发上，等着小女孩们被带来。"她们进来了，"他对我说道，"我感到一阵揪心：都是些七岁至十岁的小女孩，好似机器人一般，走路姿势不乏优雅，但一点也不自然。依我看，他们一定强迫孩子们吃了药，才能让她们如此老实安静。姑娘们的脸上都化过妆，身上却穿着校服，脚上是白色短袜和系着鞋带的小鞋子，看上去昏昏欲睡，心不在焉。我逐个把她们看了一遍，但任何一个都不像您女儿。"

“那我们该怎么办?”我绝望而苦闷地问道。“他们又给了我另一处公寓的地址,好像那儿有些外国女孩。老板是同一个人,他有好几摊儿买卖。”我心如刀割,难过到甚至没有接受他的邀请,和他一起在酒店的餐厅吃午饭。我回房间去睡觉了。

那天晚上,吃过一顿清淡的晚餐后,我看见他出门了。我一如既往地坐在这家老旧豪华酒店里一张快散架的沙发上等他。我喝了两杯开胃酒,吃了整整一碗开心果,眼睛一直盯着旋转门,等待。

快到半夜的时候,他回来了,一抹胜利的微笑刻在他那张长满雀斑的宽脸上。这次也一样,在讲述之前,他先狼吞虎咽下一杯双份浓缩咖啡,然后开始叙述他在金边郊外的另一家妓院的经历。“同样的过分客套,同样的笑脸相迎,背后却隐藏着贪婪和怀疑。但很显然,另一家妓院的经营者已经告诉过他们我是位出手大方、绝不废话的客人。他们问我想要什么样的,我立刻说道:两个欧洲女孩儿。他们满脸惊讶地看着我,因为一般情况下,客人们更喜欢有着蒙古相貌的小女孩,她们很美,而且是亚洲人,黄皮肤,杏仁眼,能够满足客人们对异域风情的需求。他们满足了我。又喝完一杯香茶后,我看到两个面色苍白、西方人打扮的女孩走了进来。她们比其他女孩更加瘦弱,更加魂不守舍,眼中净是恐惧和屈从。其中一个一头灰金色的卷发,我觉得像是染过的,另一个戴着长长的黑色假发,一直垂到臀部。我假装对她俩都色迷迷的,还小声儿用意大利语说了几个词,发现披着黑色长发的那个女孩惊诧地望着我,目瞪口呆。她没有说话,但是很模糊地微笑了一下,我随即明白就是她。我告诉他们要选那个女孩。在房间里的时候，我给她拍了照片：那是二层，光线充足。她没有反对，但还是一言不发。她痛苦地默许献出自己，随时准备好闭上眼睛，去想其他事情，以此来忍耐日复一日的恐怖。我很温和地用意大利语对她讲话，但她害怕一切。也许屋里有微型监听器，甚至是摄像头，我对自己说道。我假装抱着她，在她耳边说话。'你是法提玛吗？'我问她，她咬了我的鼻子。不知道是因为愤怒还是因为幸福。那是她默认的方式。我低声对她说会把她从这里带走。但她假装没听见我的话：万分惊恐地盯着床前的镜子，一言不发。很有可能摄像头就装在那后面。我假装抱着她，然后让自己重新恢复平静，洗了把脸，洗了洗手，假装亲了她一下，小声儿对她说妈妈来了，会把她接走，让她做好准备。""可是怎么才能把她带走？""讨价还价，再讨价还价：没别的法子。"

我激动得双手颤抖，眼泪不由自主地流下来，无法控制。"照片，"我向他请求，"请您给我看看用手机拍的照片。"他答应了我的请求。"是不是她？"他睁大双眼问我，为自己的这次胜利而感到快意。他确信那就是她。而现在轮到我疑惑重重了。女儿的变化太大了，令我难以辨认。那头黑色长发不属于她：它们被拉长、被烫过，光亮而平整，显然不是她的头发。此外，她面部肿胀，眼睛抹成浓艳的亮黑色，嘴唇上涂成血红色：一张滑稽的面具。"然而看上去就是她！我越看越觉得像法提玛，现在我们该怎么办？"塔拉莫奈对我说，此刻该轮到我了。"您必须亲自去那儿，告诉他们您是被软禁的一个小女孩的母亲，然后谈价钱，把她买回来。""买？可她是我女儿，我有权利把她要回来！""不行，如果他们是花钱把她买来的,就会把她当成自己的财产。您试试给他们些钱。您还剩多少钱?如果您愿意,我可以借您些钱。"我回答他我这儿还剩五百美元。"不够,您至少得带一千五百美元。您放心,我可以借给您,以后您再还给我。如果他们阻止您,您就说会给警察打电话……尽管我们知道很多警察都特别腐败,很可能已经被那些恶狗收买了。"

明天是星期日,我会去那里,就按塔拉莫奈说的做。我必须把女儿带回家。

我把这几页纸寄给您,萨比恩查老师,因为您对我的事情非常关注。如果几天内您没看到我回去,请您把这几页纸交给意大利警方和外交部。我甚至可以不保全自己,但他们一定要救我女儿!

此致

敬礼

埃莲娜·烈威

34

在一个没有阳光的十二月,骑在自行车上飞奔时,我的皮肤被寒冷的空气刺痛。我把那几页纸送到警察那里,他们告诉我会处理此事,但看样子并未把它当成紧急事件对待。我把一份复印件寄给了外交部,另一份由我自己保存。

学校里的孩子们满怀好奇地看着我进来,他们知道我认识埃莲娜·烈威,并希望了解关于她的新闻。

"他们找到小女孩了吗?"

"我不知道。"

"为什么母亲会被杀害?"

"我不知道,孩子们,现在咱们上意大利语课,以后再聊烈威女士。如果我和你们聊城里的新闻,校长会把我吃了。而她这么做也有道理,因为她会受我牵连,被你们的父母们吃了,他们可不希望课堂上讨论街上或城里发生的事情。"

"但我想知道发生了什么事情,不可以吗?"

"塞提米诺,你应该去问你的爸爸,而我现在得上课。"

"那要不给我们讲个故事吧?"

"不行,今天不行。"

"为什么不行?"

"因为我累了。"

我坐在讲台后的椅子上,开始讲解及物动词,我很少坐着讲课。为了报复我,孩子们开始忙于摆弄手机,注意力显然没有集中在课堂上。我提高嗓门儿,强迫他们把所有手机都交上来。他们照做了,却并不心甘情愿。

"老师,至少给我们讲个故事吧!"

"那好吧:从前有一个小女孩,她非常聪明、优秀,所有人都想和她做朋友。但她的父亲不希望她和其他小伙伴儿出去玩儿。她不得不待在家里,头上戴着头纱。"

"就像修女?"

"没错,就像修女那样。"

"那她是修女吗?"

"不,她不是修女。"

"那她为什么必须戴头纱?"

"因为她的宗教,更确切地说是她父亲的宗教是这么规定的。"

"那她的母亲呢?"

"母亲结婚后便接受了丈夫的宗教信条,而这些信条规定应按照父亲的信仰教育子女：儿子们要温顺、服从，女儿们要温顺、服从并戴上头纱。"

"在我家，所有的女性都要戴头纱。"一向沉默寡言的阿麦德说道。我觉得这是他第一次有了参与的举动。

"那她们洗澡的时候也戴头纱吗？"法布里西奥一脸坏相地问道。

"法布里西奥，别提愚蠢的问题。"

有人开始笑起来。我制止了法布里西奥，他总把在家里听到的那些陈词滥调拿出来讲。

"老师，我知道真相。"弗朗西斯科冒了出来。

"什么真相，弗朗西斯科？"

"烈威女士的女儿被自己的父亲绑架了，他把女儿带到叙利亚。他在战场上身亡，小女孩则被一个人贩子拐走了，并被卖给一家柬埔寨妓院。"

"你是怎么知道这些的？"

"城里所有人都这么说。烈威女士为了救她步入虎穴，我爸爸这么说的，然后他们就把她杀死了。"

"我请大家对这位已逝的母亲保持起码的尊重，她为了救回女儿，勇敢地深入无比艰险的境地。"

"老师，那这是真的？"

"我们回到课堂上来吧，今天你们太不遵守纪律。"

"他们杀死了一位我们的同胞，难道我们应该假装什么事情都没发生吗？"

"我们还是继续讲故事吧！"一个刺耳的声音尖叫道。与其说那是劝告，不如说那是命令。

"好吧，我们继续讲故事。"这是能做的最明智的事情。"嗯，那个戴头纱的小女孩非常可爱，他们说道：'知道我们要做什么吗？我们要去集市上把她卖了。'"

"就像卖掉一只羊？"

"是的，正是如此。如果你阅读《一千零一夜》里的故事，会发现很多少男少女被卖给出价最高的人，在当时，这种事司空见惯，没有人会对此说一个不字，奴隶制度是合法的。而现在我们已经废除了奴隶制度，因为历史在进步，我们取得了很多成就，懂得了不能占有任何人，不能买卖任何人，正因为他不是一条狗、一只鸡，而是一个人，即便是个弱小、无助的小女孩。"

"老师，那为什么以前可以卖一个人，而现在不能？"

"我对你说过了，因为渐渐地，我们坚信所有人都拥有同样的权利，所有人，全部都有。不能随意杀人，不能打人，不能因为某个人弱小、无助，就迫使他屈从。"

"故事呢，老师，故事后来怎样了？"

"后来，勇敢的母亲去救女儿，但一头恶龙堵在牢笼门前，把她吃掉了。"

"那女儿呢？"

"女儿成功逃跑，回到家中。她为母亲的死而悲痛欲绝，但她的死教她学会勇敢。从那天开始，她将成为一个勇敢的小姑娘，与绑架小女孩并把她们像小狗一样卖掉的坏人斗争。"

"那个小女孩什么时候回来？"

"也许她已经回来了。"

"总之她得救了？"

"是的，她当然得救了。"

"但我没在 S 城里看见过她！"

"你以前认识她吗？"

"嗯,我认识她。她长着一双大脚。她妈妈以前总说,有那么大的一双脚,她将来能长到两米高。"

"路途遥远,但她会回来的。"

"有一次我看见她坐在父亲的摩托车上,她好像个头很小,但有一双大脚。"

"她爸爸死了,妈妈也死了。那她怎么回来?"塔提安娜问道。

"她会回来的,你们等着吧。我对你们说过,她是个勇敢的小女孩。她会回来的,今后开着一辆全红的摩托车的人将会是她。"

"幸好下课铃声响起,因为我真不知道该再说些什么了。今天,现实与童话太相近,但却是一则悲伤的童话。"

35

埃莲娜·烈威的葬礼在雨中进行。尽管雨下个不停,天气潮湿、寒冷,来的人还是很多,所有人都打着伞。圣·露西亚教堂甚至无法容纳下这么多人。堂·安东尼奥主持为覆盖着鲜花的棺木降福,他随后做了弥撒,中间还停顿了一下,就"最近一段时期的暴行"以及"我们英勇、无畏的同胞的英雄主义精神"进行了简短发言。他没有忽略将这些良好品德归她所受过的基督教教育以及她所扎根的城市 S 是一座基督教城市。很多女人都哭了。

卡尔梅拉和她的丈夫乔万尼也来了。她穿着一身朴素的黑色衣服,胸前别着一朵白色玫瑰,而他穿了一件连着帽子的深绿色大衣。

"不知道他是不是在想他女儿……"看到乔万尼站在那

里,弓着背,两手交叉着放在隆起的肚子上,有人这样小声嘀咕道。

"没准儿有人把她拐走了,就像小法提玛。"

"那肯定是外人……如果是本地人,肯定会被发现。"

一年多了,小特雷贾尼的尸首还是没有找到。街头巷尾的窃窃私语已经宣告她一定是被带到别处,距离小城 S 很远的某个地方,并在那里惨遭杀害,然后被埋在一处没人知道的地方。对于一个社区的居民而言,把责任归于别处是一种快慰人心的想法:恶棍不在本地,是外边的一些素不相识的歹人来到这个可怜而无辜的社区害人性命、为非作歹。整座城市都认为自己与这起失踪事件没有任何瓜葛,现在已经无人再提了,然而对于那些最敏感的人而言,它却沉重地压在心头。智者们说过,摆脱谜团的方法是去破解它,而不是将它埋葬。尽管我们已经习惯埋葬一切,甚至连最令人作呕的垃圾也包括在内:上面盖上一层泥土就万事大吉了!然而泥土不时绽裂,突然冒出阵阵腐臭。此时便又流言四起。

我注视着小城 S 的居民们,他们拥挤着围在深色的棺木四周,那上面覆盖着百合花和一束束玫瑰,这些花朵并无香气,它们的形状又无比完美,看上去简直像假的一般。等待去向埃莲娜·烈威——"半截井"社区的"英勇母亲"做最后告别的人排成长长的一列。在暗红色的地毯上走几步,躬身致敬,伸出一只手放在棺木上,几声啜泣,几句悄声低语,然后走开。

此时轮到佩拉女士,她身材粗壮,背部挺直,一副趾高气昂的姿态。她并没有躬身致敬,而是伸出双手放在棺木上,俯身亲吻了一朵白色百合,那朵花看上去像是从棺材盖的缝隙处钻出来的,佩拉女士没有发觉花蕊上粘有铁锈色的粉末,在她的面颊上留下一道胡须般的印痕。她的眼睛瞪得圆圆的，表情十分傲慢，朝着长凳走去，身穿一身黑色衣服的侄女正在那里等她，这位侄女长得与她十分相像，简直就像是她的女儿。

最初的那些怀疑再次出现在我脑海里。不知道佩拉女士是否依旧认为是母亲杀死了小露西亚。然而推理也可以反转：也许正是她——争吵不休、心怀不悦的女邻居阴谋致使小女孩失踪，以此对她无数次践踏花园的植物施以报复。我觉察到自己正按照同城居民们的思维方式考虑问题，对此我深感不悦。

我试着把注意力集中到其他事情上：描绘女圣人露西亚的那幅画。当发觉托盘上的两只眼睛以疑问的神态眨了眨时，我顿觉一阵毛骨悚然。它们像是把责备的目光向我投来。

和往常一样，你又癫狂了。那只飞禽在我耳后嘀咕。这次我没听见它到来的响动。你把翅膀放哪儿了？我的翅膀用不着你操心，我来这儿是为了监督你：如果你开始看见女圣人的眼睛眨动，那你就快完蛋了！那也许是个征兆。根本不是什么征兆，明明是你在胡思乱想，去看活人的眼睛吧，它们更加生动，即便说谎的时候也不例外。而这次我认为它说得没错。

我又低下头，跟着 S 城居民们的队伍，大家相继走近棺木，向年轻的母亲埃莲娜·烈威做最后的告别，她如此勇敢，独自启程，奔赴遥远的国度，一心只想竭尽全力从人贩子手中救回女儿。

"后来她找到女儿了吗？"我听到右边有个声音在窃窃私语。"好像找到了，在一家妓院里，可似乎就在她找到女儿的那一刻又失去了她。他们不让她带走女儿，即便她肯出一大笔钱。有人担心她去告发,就把她杀了。""八岁,在妓院里?"
"嗯,法律禁止胁迫儿童卖淫,但你知道为什么还是有这类妓
院吗:用一只手把他们送进监狱,另一只手却在大把抓钱,他
们不是睁一只眼闭一只眼,而是把两眼全闭上,任由人贩买卖
兴隆,大发其财,但毕竟国家也有利可图,未成年人妓院备受
青睐。""受谁青睐?""我们的丈夫们、兄弟们、父亲们,他们厌
倦了我们这些糟糠,受不了我们日益苛刻的要求,对男女平等
深恶痛绝,认为这令他们的阳物垂头丧气……"他们低声笑
着。"那为什么喜欢孩子呢,那些小姑娘难道就不苛刻吗?
她们献出身体,难道不要钱吗?""她们当然要钱,但妻子和女
朋友要得更多,她们要得到关注、照顾、爱情……你想拿一个
见多识广的成年女子和一个没有任何性知识的小丫头做比较
吗?后者可是任人蹂躏,一个字都不会说,事后得到点儿钱就
心满意足了。"

我不再去听旁边那些人的闲言碎语,专注于从棺木前经
过的这队人。现在轮到乔万尼·特雷贾尼了。他虽然很胖,
却在棺木前跪倒,把头靠在棺材盖上,像是在专注的沉思。也
许他在哭泣,看着他颤动的双肩便可以感知。

紧接着轮到他的妻子,卡尔梅拉·特雷贾尼,她缓慢而庄
重地走上前去。这位女人有些神秘之处:她从不看着对话者
的眼睛,微笑起来极不明显,难以辨别那究竟是笑容,还是一
脸嫌恶的怪相。她把那双被针线活儿磨损的双手放在棺木
上,低头沉思:嘴唇微动,像是在用一种神秘而无声的语言与
逝者的身体交谈。

"会不会真是她干的?你知道吗,佩拉女士一口咬定恰
恰在小女孩失踪之前,曾在街上看见过她。"另一个声音充满
怀疑地说道。我没分辨出说话者是男人还是女人。"也许她

把孩子放进行李箱,毕竟一个八岁大的小不点儿能塞进去……""可行李箱能看见啊!你听谁说过看到她拎着行李箱朝荒郊野外走去了吗?就连自称仔细监视过她一举一动的佩拉女士都从没提到过行李箱。""另外理由呢?她为什么要杀害自己的女儿?""对丈夫强烈的怨恨,一种令她窒息的憎恶。你不觉得她面带冷酷,心里像是藏着事儿么?""可谁会因为对丈夫怀恨在心,就杀掉亲生女儿?""美狄亚①就这样啊。""这跟美狄亚有什么关系?简直就是一派胡言。""爱与恨亘古不变,只是表达它们的方式有所不同而已。"

听着社区居民的这些无稽之谈令我心烦意乱。我想躲开它们,但窃窃私语无处不在,把我紧紧包围。人群拥挤,还有一股臭脚的气味从下面飘了上来。

"快看那个男的,他都快趴在埃莲娜·烈威的棺材上了:那会是谁啊?被抛弃的情人?人不是被他杀死的吧……""另外,谁也不知道在金边那家违禁妓院里到底发生了什么。""可怜的埃莲娜是在女儿重获自由之前还是之后被人掐死的?""她女儿没能重获自由,说不定连她也性命不保。烈威的尸体是在酒店发现的,要知道,是在她自己的房间里,那时她已经收拾好行李准备回国了。""小女孩也在酒店吗?""好像没有:小女孩不在酒店,母亲没能把她从妓院里救出来。""那后来他们是怎么把她放走的?""可能烈威支付了商议好的金额,她没想到,因为担心被告发,犯罪组织竟然对她下了毒手。""公然违抗法律,开办未成年人妓院,这得需要多大的胆子,多么冷血……""某些警察收入颇丰,某些法官从

---

① 美狄亚是希腊神话中的女性,因伴侣伊阿宋移情别恋而极度悲愤,由爱生恨,杀死自己与伊阿宋所生的两个孩子。——译者注

不考虑受理未成年人失踪案件,你相信犯罪分子没有得到这些人的默许和纵容吗?"

无论如何也无法躲开出席者的闲言碎语,他们毫无同情心,一味穷根究底,臆造出荒谬、残忍的假设。

我决定离开教堂,从这些无止无休、满怀恶意的议论中抽身。然而,我却发现这些胡言乱语已然被我听了进去,并且记在心里,仿佛它们就是明智的推理。只要尸体没被找到,无端揣测便难以停息。

36

昨夜我又梦见了小露西亚。她从头到脚都被布带包裹,像是在睡觉。我对她说:"你还活着吗?"我心想那或许是蛹,也许一只蝴蝶将从这只蛹中破茧而出,翩然飞走。但小女孩所在的那个奇怪的地方没有窗户。我对她说:"你想让我把这些布带解开吗?"事实上,比起一只蛹,她现在更像卢卡·德拉·罗比亚①雕塑的一尊高浮雕——襁褓之中的童子耶稣。从前,人们有把新生儿用布带裹缠起来的传统,我一直在问自己,为什么要把那些可怜的新生儿包裹得像个木乃伊似的,让吃奶的孩子从刚出生的那一刻起便要记住他应当习惯束缚?新生儿的身体需要自由自在地袒露在空气中,这种观点在历经了无数个世纪之后才占据上风,这是我在梦中的思考。我对自己说,需要解开那些布带,它们令她动弹不得。我准备动手,刚把布带的一头抓在手里,却发现那些根本不是布

---

① 卢卡·德拉·罗比亚(1399/1400—1482),意大利雕塑家。——译者注

带,而是由红色粉末结成的块儿,它们如鳞片般纷纷掉落,随风飘散。

我在惊跳中醒来,感觉喉咙被堵住了。"你到底是什么意思?"我在半睡半醒间对她吼道,你活着还是死了?但没有回答,那些粉末在黑暗的房间里回旋,我能闻到一股味道,有点儿像桂皮或是海藻在阳光下干裂时散发出的气味。

下课之后,我没有回家,而是在"半截井"一带徘徊。我完全沉浸在自己的思绪中,差点儿被一辆闯了黄灯,在马路中央疾驰而过的卡车撞到。迫在眉睫的最后一刻,我猛地一跳闪开了,虽然摔倒在地,但并无大碍。我站起身,向教堂走去。那会不会是特雷贾尼的卡车?那个人会不会对我没完没了的调查感到厌烦?

路过圣·露西亚教堂,我朝着学校走去,打算和校长谈谈,但学校已经关门了。我又走回教堂,但那儿也关了。傍晚七点的城市空寂无人。我向特雷贾尼家的房子走去,他家也仿佛无人居住一般,但随后我看到上边一层有一扇窗户虚掩着,于是我便按响了门铃。我觉察到栅栏后边的窗帘被掀起来,一个脑袋遮遮掩掩地探出来向外窥探。那是男人还是女人的脑袋?我仿佛觉得那张脸肿胀着,满是瘀青。我挥了挥手,而那个脑袋立刻缩了回去。

我站在门口等待,但没能像上回那样听到弹簧弹起所发出的喀嚓声。但屋里的人看见我了,也应该认识我。我觉得像是卡尔梅拉·特雷贾尼,她为什么不愿意开门?她看清楚了吗?是她的脸上布满瘀青吗?

我两手架在大门的栏杆上,等了好一阵子。正当我满脸沮丧,打算离开时,听见房门打开的声响,我看见了男主人乔万尼·特雷贾尼,他站在门槛上注视着我。我又挥了挥手,他转身回屋,但立刻又出来了,一如既往地裹着那件连着深色帽子的绿色大衣。他显得很不耐烦。

"很抱歉打扰您,我能进去吗?"

"又是您!"

不知道是否应该把我做的梦讲给他听,但我决定不说,因为难以预料这位极易动怒的彪形大汉会做出什么。

"我来是因为报纸上的消息。"

"有什么新闻吗?"

"他们似乎找到了一些线索,大概是 DNA。"我编了个谎,为了试探一下他的反应:我并未事先准备,全凭临场发挥。

这个男人没有任何惊讶的表现。

"您请进。实话实说,我和我妻子正在吵架。"他说道,仿佛感觉有些抱歉。事实上,我刚一进屋,就踩到了一块盘子的碎片。

"你们俩扔盘子玩儿吗?"我玩笑着问道。

"我妻子有时扔。"

"嗯,我很抱歉在这么尴尬的时候还来添乱。"

"这样更好,今天盘子就不会再到处飞了,至少我希望如此。对吗,卡尔梅拉?"他一边说一边转头看着通往二楼的楼梯。没有人回答。随后,与特雷贾尼谈话时,我听到一阵低声啜泣。他也听到了,显得很难为情。

"您希望我离开吗?"

"家庭内部的情绪发泄,她没下来和您打招呼,请您不要介意。自从失去露西亚,我妻子就时不时地情绪失控。她人并不坏,就是有点儿抑郁。您和我说说新消息吧:是从警方那里知道的吗?"

"我没什么消息能告诉您。如果他们愿意,他们会和您说的。"

"有什么新进展吗？谁的DNA？"

"我想他们正在进行化验。"

"那么寻找工作又重新开始了？"

"您看上去并不为此感到欣慰。"

"如果他们找到了尸首，我会很欣慰。但如果找来找去却始终一无所获，那还不如别找了。我们已经受够煎熬了。"

"你们不打算再要个孩子吗？"

"算了吧。"

"您妻子想要吗？"

"我估计她也不想要。抱歉，可这与DNA和新线索有什么关系？依我看，您来这儿只是为了探听点儿闲话，用来在您的报纸上发文章。"

"您看，那份报纸马上就停办了，赚不着钱，大家全都得破产。"

"嗯，抱歉。但您当然不至于沦落到破产的地步，您还有当老师的薪水。"

"学校也很有可能把我辞退。他们一直在裁员，裁了又裁，我们任何人都不敢保证自己有铁饭碗。"

"那要是没了工资，您靠什么维生？"

"不知道。我总可以去要饭吧。"

"您别逗我了。我想您正像我刚才所说的：正在为您的报纸寻找素材，一心打算再次引起对失踪小女孩的关注，使这起事件再次成为焦点。"

"如果我告诉您，我又梦见她了呢？梦里她被五花大绑，待在一间没有窗户的房间里。"

"您要知道，这回我不揍您，只是因为我累了。但我请您现在就从这里离开。您就是个神经质、幻想狂，我可没时间浪费在您这样的疯子身上。我让您进来，只是为了中止我和我妻子的吵架，不是为了听您胡说八道。"

他就这样把我赶到了门外。

我本想和做婚纱的女裁缝卡尔梅拉谈谈，却没想到他也在家。他通常都在外开车，今天怎么会在家？另外，他为什么和妻子吵架？她又为何在楼上哭泣？是我看错了，还是她真的面部肿胀、满脸瘀青？

我放慢脚步，朝着学校的方向走去，边走边向四处观看。我集中精神，努力想象露西亚的步伐，一个小女孩迈着小步子向学校走去，那是一年前的某个周一的早晨，在十月，我记得应该是二号。我的问题从来没有答案，这令人灰心丧气，但我不至为此停止发问。我很清楚，问题是我生命中的意趣，它们让我始终面向未来，而没有答案则鞭策我继续前行。不能驻足，驻足意味着灭亡，而我还有生存的愿望。

37

我注视着维尔吉尼亚·佩拉女士家的房子，所有的窗户都关闭着，看不到一丝光线。花园被精心照料过，似乎已经做好准备，迎接四月，甚至是三月的鲜花盛开。每片花丛都用白色石板围成一圈儿。在百花之间，还有两棵枝繁叶茂的樱桃树，一棵白蜡树，一棵云杉，以及一棵被用心修剪、施肥的梨树——不知道佩拉女士此时在哪儿。如果我试着按响门铃呢？

还没按响门铃，大门却出乎意料地自己打开了，我走了进去，踩着宽大、洁白、扫得干干净净的石板，小心翼翼地不碰到花丛。我看见门打开了,佩拉女士亲自站在门口等我。

"抱歉打搅您,我从这儿路过。"

"您不是路过,您来是为了和特雷贾尼夫妇谈话。我看到您去他们家了,您中断了一场可怕的争吵。"

"他们经常吵架吗?"

"她时不时会发牢骚,他就揍她。卡尔梅拉通常不还手,只是哭泣。今天她往他身上扔了一只盘子。然后他们就平静下来,亲吻对方,随后他会消失几天。她肿着脸,不好意思出门,就待在家里做衣服。我能从窗户看见她往脸上涂抹脂粉,为了遮盖瘀青。"

"您觉得他们为什么总吵架?"

"不知道。他赖她没亲自送女儿去学校,我觉得因为这个吧。他们的对话我听得不是很清楚。她大喊大叫,说全是他的错,因为他总是不在家。我感觉她是这么说的,但不确定。"

"所以他们是为了女儿露西亚而争吵……"

"嗯,是的。"

"既然听不清楚他们在说些什么,那您确定如此,还是仅凭猜测?"

"这是我的直觉,因为他们心里一直记得那件事,凭这点就够了。他俩互相猜忌,邻居们窃窃私语,到处都是流言。"

"什么流言?"

"有人认为是他把女儿杀了,并埋在荒郊野外的某个地方了。他们说他是个色魔。还有人说是她杀了女儿。"

"为什么?您了解他们这么残忍是为什么吗?"

"我什么也不知道。但那个家庭有秘密,而且没人能知道究竟是什么秘密。"

"您为何如此确定他家的秘密无法被别人知道？"

"因为他们做得天衣无缝。找不到尸体，因此所有的假设都成立。"

"那么也可以认为，是您，佩拉女士，或者是我把小女孩弄失踪的，当然我只是随便说说而已。"

我看到她一副盛气凌人的架势，俨然一头公鸡一般：头昂得高高的，挺起胸脯，晃动着鸡冠，咄咄逼人，不可一世。

"也许是您吧，老师。我可不知道该怎么对付一个小女孩。"

"她用球糟蹋了您园子里的花花草草，而您那么在意它们……是您对我说过真想掐死她。"

"有谁会因为一个小女孩糟蹋了一片花圃就杀死她！"

"您怎么这么肯定她死了？没有找到尸体，那么她就有可能在某个地方，可能被什么人囚禁起来了。"

"那样一定会露出蛛丝马迹。这么多个月过去了，如果我们还什么都没发现，那就说明她一定被杀害了。"

"我想社区居民都深信不疑地认为是外边来的某个陌生人把小女孩带走了。"

"他们对记者，对来这儿探听消息的人都是这么说的。"

"比如对我这样的人？"

"没错。"

"可事实上人们却互相怀疑，真是糟糕透了。"

"您想喝杯咖啡吗？我刚刚煮好的，还烫着呢，给您倒一杯？"

"谢谢，您真是太周到了。"

"我不是周到，我是孤单。"

"您丈夫呢？"

"他去年过世了,心脏病。当时我们正在一起吃晚饭,他向前扑倒,脸埋在了盘子里。我还以为他在开玩笑,而他却死了,给我留下一大笔需要偿还的债务。我的退休金全跑到债主那儿去了,每天只能吃西红柿酱拌面,配点儿橄榄油,连买奶酪的钱都没有。"

"您可以把房子租出去,至少出租几间屋子,现在求租的人很多……"

"对,那样我就能把一个杀人犯引狼入室了!"

"您为什么会有这么大戒心?"

"您看电视吗? 每次打开电视,都能看到关于犯罪的报导。独自在家的女性遭到袭击、抢劫,挨刀子。幸好我家没什么值得抢的,而小偷们,至少本地的小偷都了解情况。"

"佩拉女士,我能邀请您一起吃晚餐吗? 我也独身一人,没人等我回家。"

她用怀疑的眼神望着我,也许她以为我想勾引她。我虽然努力让自己的语气听上去友好,却丝毫没带勾引的腔调。坦白地说,就算饥不择食,我也不可能和佩拉女士上床。她笑了,把一只手放在嘴上,大概真觉得我在向她献殷勤。我努力在不失礼貌的同时保持沉稳严肃。

她站起身,穿上大衣,娇滴滴地说:"老师,咱们走吧。"

38

晚餐无聊至极。我努力让她多聊聊社区里的人。她给我讲了无数八卦,但都毫无价值。唯一令我好奇的是她描述的某位玛穆奇,此人住在加富尔大街深处一所孤零零的房子里,似乎从未有人见他在社区里走动。

"他总是猫在家里，要不就匆匆忙忙地出门，钥匙转三圈儿把门锁上，然后钻进他那辆屎色的 SUV 里，转眼间就不知道开到哪儿去了，买菜他都在别处买。"

"他做什么工作？"

"会计。他能做到好几天待在家里闭门不出，要不就消失一个月，也从不和任何人说话，简直像个幽灵。"

"他叫什么名字？"

"凯撒·玛穆奇。人长得很帅，额头上有一撮灰色的头发垂下来，他总是用手把它扒拉上去，免得挡眼睛。既然老是挡眼睛，就应该把它剪掉，不是吗？但他就是不剪，他乐意不断地用手把那撮头发撩到后边去，过不了几秒钟，它就又落下来了。一个古怪的人。"

"您说他'古怪'是指什么？"

"他有点儿像鸟，脑袋总是奇怪地乱动。您知道鸽子什么样儿吗？没错，他的下巴一会儿往前探，一会儿向后缩，跟鸽子一样。他穿一身灰色衣服，总是干净利落、头发精心梳理，衣服熨得十分平整，一副公子哥儿的模样。他每天换一件衬衫，我总是想那都是他自己熨的吗？"

"您就像侦探一样洞察一切，什么都逃不过您的眼睛。"

"我不感兴趣的事情就能逃过我的眼睛。"

"那您为什么会对这位玛穆奇感兴趣？"

"因为他神秘。没人知道他总是独自在家做些什么。也许他整天用电脑工作，事实上，他家里好像有三四台电脑。"

"他真的一个人生活吗？他大概多大年纪？"

"差不多五十岁吧，他确实一个人生活。从没见过有女人进出那所房子。没见过女人，也没见过年轻人、老人或是孩子进出。他甚至不去酒吧喝咖啡，也从不和邻居聊天，可以说有点儿性格古怪,不好相处。他开着那辆屎色的 SUV 可劲儿地摆臭架子,简直不知道自己是谁!连招呼都不打,在路上遇见别人的时候眼睛就往别处看,太没教养了。"

"但是他令您好奇。"

"嗯,社区里所有人都好奇,想知道他到底是什么人。但他就是不给别人了解他的机会。"

"如果没人进过他家,那您是怎么知道他有好几台电脑的?"

"我猜的,不合理吗?对了,我刚想起来有个女的时不时去他家,好像是个秘鲁女人,给他打扫卫生,干完就走。"

"一个秘鲁女人有他家的钥匙?"

"怎么可能!他从不把钥匙交给任何人。他在家的时候她才去,另外他也不出门。"

"这么说有人帮他熨衬衫?"

"嗯,可能是吧,但那个丰满的秘鲁女人总是来去匆匆。我觉得他和她一定有一腿,那是个漂亮女人,乳房圆得像两只瓜,包在袒胸露背的低领衬衫里,一览无余,而且她还穿高跟鞋。依我看,她没时间熨衬衫。她扫地,整理床铺,倒垃圾,然后急急忙忙地离开。她也是那种从不打招呼、从不聊天的人。另外,她住在城市的另一端,也没有汽车,因此她总是着急离开。她好像有两个孩子,留在老家需要她养活,她还去其他几位夫人家干活,但都不在这个社区。"

"您为什么觉得他俩有一腿?"

"因为有时她会比平时待的时间长,而且他家所有的百叶窗都关着。我看他和她上床是为了少付她工钱。"

"我觉得这都是恶意诋毁,我理解您一点儿也不喜欢他。您能给我指指他家在哪儿吗?"

"咱们走吧,我指给您看。"

我们沿着加富尔大街往回走,她指着远处的一所房子给我看:红砖砌成的墙壁,尖拱形的窗户,带一所小花园,但里边荆棘丛生,杂乱无章,无人照管。那所房子的式样属于二十世纪初的自由风格:一座两层小楼,楼顶耸立着小塔,窗户上方有哥特式圆拱,临街的一面覆满爬山虎。

我把佩拉女士送回她家。她带着一丝卖弄风骚的神情,把一只手伸向我,我吻了它,然后朝着会计师玛穆奇的房子走去。我确定佩拉女士正从窗户那里监视着我。另外,如果玛穆奇果真像她所描述的那样,那么他一定不会给我开门,但我还是要试试。

我短促地按了一下门铃,然后等待。没人应答。我又按了一下,这次按的时间更长,依然没人应答。但随后我看到门慢慢地打开了,一个灰色的脑袋探了出来。

"您是哪位?有何贵干?"

"是玛穆奇先生吗?我想和您说几句话。"

"我不接待任何人,抱歉,我很忙。"

"我想问您几个问题,关于社区生活的,我为一家叫做'即时贴'的网络报纸撰稿。"

"记者让我恶心。我不想谈论社区的任何事。"

"社区也让您恶心吗?"

"社区也让我恶心。事实上,我住在这里,但我不在这里。"

"漂亮句子。您住在这里,但您不在这里。佩拉女士告诉我……"

"谁?街尾那所房子里的长舌妇?她说的一切都是屁话。"

"那么您认识她?"

"我不认识这个社区里的任何人。另外,我很快就要搬走了。"

"您不喜欢住在这里吗?"

"看看,记者诡计多端。明明不想说话,您却能让我开口。但您要是敢在那份该死的报纸上乱写,您就等着瞧吧。"

"如果您不愿意,那我什么都不会写。我只是在做一项关于幸福的调查。"我随口编了这个说法,想让他在门口多待会儿。他虽然脾气古怪、怒气冲冲,却似乎对我有一点点好奇。他明白我不是这个社区的人。

"幸福?没错,这就是那些愚蠢的御用文人争相歌颂的东西。幸福!瞧瞧!世界都成什么样了,您还要谈论幸福?"

"我既不为政治,也不为经济。顺便说一下,佩拉女士告诉我您是会计师。我能否请教您关于国家职员收入申报的相关问题?我要做一笔投资,想知道该如何操作。"

"我不提供咨询,更不会给记者提供咨询。现在我要回去工作了,再见!"他转身回屋,并重重地把门撞上。

不管怎么说,佩拉女士对他的描述一点儿不差。此人长得的确很帅,五十来岁,一副盛气凌人的架势,右手不停地捋过额头,把滑落到眼前的一撮银色头发撩开。他的嘴唇很厚,长着一双形状完美的大眼睛,眼神阴郁而愤怒。他的脖子很长,从一件鼠皮色的羊毛衬衫里伸出来。他长着摔跤运动员的肩膀,像是经常健身的人,对于会计师而言,这显得颇为古怪。

会计师也健身,那头飞禽嘟囔道,我并未觉察到它的到来。当然了,会计师也健身,为什么不呢?他的胳膊很长,或许有点儿太长了,令人联想到猴子般晃晃悠悠的身体,眼前似乎浮现出他从一棵树跃到另一棵树的情景:一只毛绒绒的大手抓住枝条,两腿乱踹,身体左右悬摆,飞禽开着玩笑说道。他面色苍白,正如一个从不晒太阳的人一般。

我听到钥匙在门锁里转动的声音,随后是踩在屋内地板上渐渐走远的脚步声。

我也和佩拉女士一样,开始对这个男人感到好奇。他好像与全世界都有仇似的,不愿和任何人说话,总是把自己关在家里。

39

当我走进教室时,发现四下里不同寻常的安静,课桌椅座位上空无一人。发生了什么? 随后我发现讲台上放着一个包裹和一束鲜花。我刚要说:"好了,孩子们,出什么事了? 这都是什么东西?"他们便一下子冒了出来,节奏整齐地拍着手喊道:"老师,生日快乐! 老师,生日快乐!"

"不用大喊大叫,我知道了。谢谢,但求求你们,别让我被校长用平底锅打脑袋,学校禁止为教师庆祝。"

他们激动地回到座位上,等待我拆开包裹:里面是一本我正在寻找的书:贾科莫·莱奥帕尔迪的《鼠蛙交战记续篇》,这个版本十分稀罕。书的首页上写着今天的日期,二月二十八号,还有他们所有人的签名。看到我心满意足地欣赏着那本书,他们又开始喜悦地大喊大叫。

没过多久,我看见教室门缓慢地打开了。我对自己说,一定是豹纹女士,这下可有的瞧了。然而,她却微笑着从门口探出头来,对我说:"萨比恩查老师,生日快乐! 我们都老了。"

"四十岁,我觉得还不算老……"

"和面前的这些孩子们比起来，我们已经非常老了。"

我已经彻底忘记了自己的生日，已经好久没有过生日了，确切地说，自从女儿去世之后便如此。我想，四十年很漫长，这些逝去的岁月似乎都压在我肩头，像巨大的驼峰一般，满载沉重且无用之物。我应该卸掉一些负担，但卸掉哪些呢？

就从那个小露西亚开始吧，你在她身上浪费了太多宝贵时间……你以前不是愿意从事写作吗？耳畔又是那头飞禽的声音。我已许多天没听到它说话了。管好你自己的事儿！我才不想祝你生日快乐，你这个心神恍惚、顽固不化的老幻梦狂！在你生日这天，也就是在你又老了一岁的这一天，大家都希望你随着年龄的增长越来越智慧，我要好好劝劝你，别再愚蠢地寻找了，开始写作吧：可以从你在学校里的经历写起。让我自己安静会儿，你这只蠢鸡，四十年的岁月令我倍感沉重，但你这头鸟令人生厌的身躯压在我身上更加沉重。你没看见校长为你准备的惊喜多么精心吗？是孩子们为我准备的惊喜。不，是她。如果我是你的话，我会重新审视一下这种禁欲节制，坦白地讲，它已经令我无比厌倦；我乐于看着你做爱，而你却变成了一位守节者，还不如天使。没错，我的确需要做爱，但是和谁？和美丽的女校长，她多么柔媚地冲你微笑，你没看见吗？

事实上，她现在正站在全班同学面前，一边拍着手一边喊道："祝老师生日快乐！"说实话，我非常尴尬，语气干巴巴地谢过她，并对她说现在我要开始上课了。然后我把满脸微笑的女校长送到门口。在把她关在门外之前，她冲我挤了挤眼睛，如同在说：咱们一会儿见。但我不知道自己是否愿意和她花前月下。爱情是另一回事。透过她诱人、性感的身体,我似乎看见安妮塔柔情似水地冲我微笑,她才是唯一与我紧密相连的女人。校长柔软的酥胸散发出撩人、庸俗的浓香,而我仿佛闻到另一种雅致、神秘的气息,它来自另一个女人的胸膛,哪怕只是在脑海中稍作回想,都能激起我的无尽柔情。

爱情是另一回事,我完全赞同。但在等待这另一回事到来的同时,你也可以和美丽温柔的女校长在一起,安享艳福。她想要你,并且用尽各种办法暗示你。你怎么还在这儿,我还以为已经把你赶走了,你这个讨人嫌的多嘴驴!而它却沉默地冷笑一声——那是最能激起我怒火的方式:呼出一口热气,就像一股南风透过门缝儿吹了进来。

我开始给孩子们讲意大利语,讲从不受重视的语法。

"能用正确语法规则进行思考的头脑,必然是善于推理的头脑。"

"老师,您为什么不给我们讲个故事呢?"

"一个关于语法的故事?"

"只要是故事就行。我们可以从故事中学习语法。"

"弗朗西斯科,你倒是提醒我了,小时候我父亲就唱着歌教我学语法。你知道吗?语言中包含一种音乐,这种音乐拥有数学的结构。学好语法也就意味着把一首乐曲植入大脑,而大脑需要很多音乐,你认为呢?"

"老师,我想听个故事,故事也是音乐!"

我只能同意。

"那么,那么,那么……我们看看,能不能一边想着语法,一边给你们讲个故事:这个故事发生在因为饥饿和宗教迷信而惨不忍睹的意大利。一些新思想从北方,确切地说从法国传播进来,这些思想先进而引人注目:认为教会应当与国家政权分离;认为应当结束一个富人和穷人、学者和文盲两极分化极其严重的社会;认为应当把国家从侵占者手中解放出来。"

"老师,'侵占者'指什么?"

"指其他一些国家,他们凭借自己的军队和经济实力,侵占了我们的领土,并在我们的土地上为所欲为。我指的是奥地利人,他们侵略了我国北方,赖在那里不愿意离开。还有波旁王朝,他们在我国南方建立殖民统治,也不愿意离开……我今天想给你们讲的故事谈到了一个名叫彼萨娜的小女孩,以及故事的作者,伊波利托·涅埃沃,此人是一位加里波第义勇队队员,为了把意大利从外国列强手中解放出来,为了把这个国家的民众思想改造得不那么盲从、迷信而投身战斗。"

我看到他们聚精会神地聆听,脖子伸直了,手放在课桌上,眼睛盯着讲台。好像我的身体里会生出枝条、树叶,然后结出果实,而他们正在那里如饥似渴地等待把它们吞食下去。这份专注令我感动。毕竟,我在这里正是为了被他们吞食。我为他们讲述里帕弗拉塔城堡的故事以及既任性又可爱的小彼萨娜的故事。

"卡尔洛爱她,而她却嫁给了一个老头儿?"小米凯拉失望地说道。

"你要知道,那个年代,女孩们没有选择丈夫的自由,只能服从家庭的安排。"

"那她最后回到他身边了吗?"

"这个明天我再给大家讲,明天我们细说伊波利托·涅埃沃这部小说的第二部分。我会给大家读几页原文,我们分析一下散文作家的语言和语法。"

"涅埃沃真的是加里波第义勇队队员吗?"

"一天早上,他起床后穿上一件漂亮的红色衬衫,发现其他人和他一样,也喜爱红色衬衫,于是,他便和其他红衬衫一起追随加里波第。"

"他是自杀身亡的吗?"

"伊波利托·涅埃沃?不是的,塔提安娜。他死于船只失事,事故发生在苏莲托海岸的一处湖泊,他从那里出发,打算与其他加里波第义勇队队员会合。很遗憾他那么年轻就不在了,他本可以写出其他许多好故事。"

"彼萨娜爱卡尔洛还是爱埃托莱·卡拉法?"

"也许她两个都爱。"

"老师,我们能同时爱上两个人吗?"

"那种彻底的、能够持续一生的挚爱只能给予一个人,但人们有时会迷乱混淆,因为受到两种诱惑的吸引,而认为自己能够同时爱上两个人。然而最终,彼萨娜明白她只爱卡尔洛。他们双双流亡伦敦,饥寒交迫,为了帮助他,她上街乞讨,正在此时,她领悟到他才是自己的毕生所爱。"

幸好此时下课铃声将我打断,因为小说的第二部分情节错综复杂,历史事件繁多,我一点儿也记不起来了。我可以用下午的时间再读一遍。

我跑着走下石头台阶,准备去取自行车,到大门口时,我感到有人抓住了我的一条胳膊。

"我为您做了一个独特的蛋糕,放了很多苹果和葡萄干儿,我知道您喜欢这种口味。我能有幸邀请您去我家吃午饭吗?"

又是女校长。

"您丈夫呢?"

"他去曼谷了。"

"他也去那儿了?"

"什么叫他也去那儿了?"

"我听说很多人去曼谷了,都是独自一人,不带妻子。您没有一起去……为什么?"

"他去那儿是为了工作。"

"您确定吗?"

我知道,如果我继续说下去,我们会争吵。所以我继续说下去。

"似乎每周都有一班飞机满载意大利人飞往曼谷。机票中包括酒店、城市观光以及妓院嫖宿的费用。如果想嫖未成年幼女,则须支付双倍的价格。而所有人都隐瞒得天衣无缝。"

"您为什么要这么说? 您不了解我丈夫,他是正派人,不会去妓院。"

"也许吧。但他乘坐的飞机里有数以百计的好父亲与他同行,这些人前往那座美丽的城市就是为了踏踏实实地玩弄一个未成年幼女。"

我看到她面色阴沉起来,把衣袖撸起,好像准备打一架似的。但她的语气依旧温柔。

"萨比恩查老师,您别在这里充当道德家了。您和一位已婚妇女通奸,而她的丈夫则外出猎艳,这有什么不好?"

"我可不喜欢赶这种时髦。"

"一个我亲手做的蛋糕正在等您。"

"我从来不庆祝生日,此时此刻更不打算庆祝。另外,我不喜欢吃蛋糕。"

"您真是各色! 好吧,不吃蛋糕。我至少能请您喝杯咖啡吧?"

"当然可以,不过还是我请您喝吧,咱们走。"

很奇怪,在与女校长亲密相交以后,我们依旧以"您"相称。但这是校园伪装的一部分,这一点也令我深恶痛绝。

40

我们在"蜘蛛"酒吧,面前放着两杯卡布奇诺,像敌人一样对视,却仍然能够感受到彼此亲近,或许还有相互吸引。这位坐在我对面的女人肤色红润,正温柔地微笑着——我几乎记不得她的名字,对我而言,她是校长,这就够了——但她柔软诱人的身体近在眼前,我难以抗拒。或许我的拒绝令她感到难为情,或许有那么一瞬间,我很享受她的这种难为情。我一点也不欣赏自己这样。我嗅到了一阵性虐待的气息,我在这里到底为了干吗?然而,当她抓起我的一只手,握在两掌之间时,我感到自己双腿间有个东西在动。她白皙柔嫩的皮肤散发出一股淡淡的紫罗兰香气。这股微微的香气与我舌尖品味到的咖啡香混合在一起,令人心旷神怡。

"我既不求您爱我,也不求您为我奉献,对我忠诚,我只求一个吻,一个温柔的长吻,这过分吗?"她柔情似水地说道。

"给我一千个吻吧,然后再加一百,

"接着再给我一千个吻吧,然后再加一百,

"成千上万个吻,连绵不断……

"我们将真正数目隐瞒,

"便不会引来嫉妒的目光,

"如霜如剑。"

"您引用卡图卢斯的诗来回答我,为什么?"

"这是描写吻的最美的诗句。"

"那我可就信赖您了?"

"我们也要数数①吻吗?"

"不,我不是想数数,我是想信赖你。"

"现在我们以'你'相称了? 这样不错。但我绝不会去你家,我不想闻到曼谷的气味。"

"你这么说就有点儿夸张了。"

"我一点儿也没夸张。真想让你了解一些铁证,那些女奴被放在银盘子上献给肥胖的欧洲客人:意大利人、法国人、西班牙人。而意大利人,您知道吗? 他们是光顾那类妓院最频繁的客人。"

"我看出来了,埃莲娜·烈威的故事令你颇受困扰。你和她上床了吗?"

"需要和一个女人上床才能为她的死讯感到困扰吗? 她死得还不够神秘莫测,听起来还不够恐怖骇人吗?"

"我知道你今天情绪很差,谢谢你的咖啡。如果过一会儿你改变主意了,给我打个电话就行。"

"谢谢理解。但在你离开之前,我想问一些有关你们一位邻居的情况。"

"'你们'指谁?"

"这个社区,学校。一位名叫玛穆奇的会计师,他住在一所自由风格的小别墅里,楼顶的小塔高耸入云,您认识他吗?"

"我个人并不认识他,但我知道他一个人住,谁也不见。"

"那个男人身上有些东西令我不安。他为什么总是把自

---

① 在意大利语中,"数数"一词也有"信赖"的含义,作者在此处一语双关。——译者注

己关在家里？为什么不和社区里的人聊天？为什么偷偷摸摸地到偏远的街道上去买菜？"

"你太好奇太多疑了。那个男人怎样和我有什么关系？"

"那个人真的很帅。你注意到他总是用一只手把一撮滑落到眼前的灰色头发捋上去吗？"

"我没注意过，这有什么关系？一个人难道连用手把一撮不听话的头发从额头前捋上去的自由都没有吗？"

"我和他聊过几句。他给我留下的印象是心里藏着些事儿。"

"他能藏着什么事儿？他不过是个普通人，我甚至不觉得他帅，样子看上去简直像头乌鸦，灰色的那种，在草坪上跳来跳去找虫子吃。"

"的确如此，就是这种鸟一般四处找肉吃的模样令我不安。"

"你还在调查那个失踪的小女孩？"

"这种人很有可能把她绑架、杀害，然后埋在他家的花园里。"

"的确，从来没人到他那个长满荆棘，被层层植物严密覆盖的花园里去看看。但我觉得他是无辜的。时不时能看见他从学校前经过，他也许病了。这一点我甚至敢肯定。他皮肤的颜色看上去令人难受，蜡黄色的。我想他一定生病了，所以才躲躲藏藏。"

"他从来没来过学校吗？"

"他又没孩子，一个人生活，为什么要来学校？"

"也许为了认识一位美女校长，而且她的丈夫还经常出差。"

"知道我想对你说什么吗？你算什么屌道德家，难怪你妻子离你而去，对此我一点也不吃惊。你愚蠢、狭隘、庸俗！"

我没料到她会说出一番如此犀利的言辞。我僵直地坐在那里，看着她拽着美丽长腿上的裙子站起身，穿上她众多丑得吓人的外衣中的一件：上面点缀着珍珠，有着人造皮毛做成的高领。她踩着高跟鞋渐渐走远，我感觉自己重获自由。但她依然在我教书的学校当校长，她会让我付出代价的，我对自己说道。

怪事，那头飞禽没来这里幸灾乐祸地窃笑。

你以为你摆脱我了吗？我在这儿呢，我来告诉你，你的行为糟糕透顶，你没费任何力气就给自己制造了个敌人……现在你怎么办？我现在什么也不办，我要回家吃油炸马苏里奶酪。油，你们家有么？没有，我得去买葵花籽油。他们说花生油是做油炸食品的最佳用油，我要把奶酪蘸上一层面包屑，放在平底锅里煎，然后配上在有机食品店里买的黑麦面包一起吃。可你已经欲火缠身了，我觉察到了。现在连我的裤子里你也要钻进来侦查吗？不用钻进你裤子里也能看出来，从你的脸上一看便知，你的脸又圆又胖，简直像一轮满月，因为激动，你胳膊上的汗毛都竖起来了。汗毛？你在说什么鬼话？一位肤如凝脂的女子，浑身散发着紫罗兰香气，而你为什么却要羞辱她？你真是头蠢驴。的确，也许我是很蠢，但一想起她丈夫去了曼谷，就为花很少的钱睡小姑娘，我就恶心想吐。去嫖娼的又不是她，她只想要你：你们俩都是成年人，干柴烈火，不涉金钱交易，只是为了愉悦而做爱，这有什么不好？我不喜欢她为了自己更加自由而纵容丈夫的放荡，我不想成为这种交换的对象。你真是个文盲，性爱文盲！或许吧，但你知道，我依然希望与安妮塔复合，一想起她，我的心都要融化了。忠诚是个老物件儿，属于上个世纪。不是忠诚，而是爱情。我听到它在我背后冷笑。与其说那是笑声，不如说那是一阵急促的咳嗽，一串愚蠢的鸣叫，就像一只蠢钝的乌鸦。

41

三月，窗外的杨絮像雪片一样漫天纷飞，斑鸠开始咕咕咕地鸣叫。我从市镇政府那里取了一张社区地图放在家中。小城 S 如同溅落在绿色田野间的一抹粉色斑点。城市中心有许多房屋：斯巴达家族的古老宫殿，中世纪时，他们是本地的豪绅；大教堂；主教的家——如今是市镇政府所在地；主广场和礼拜日的集市；众多酒吧、商店；接着是辐射向四周、通往郊区的道路。最东边的社区就是"半截井"，在那里能找到特雷贾尼家的房子，它离教堂和我教书的学校很近。这一地区盖有联排别墅，每家门前都有一座小花园，有的人家屋后还带菜园。

马尔默拉大街是社区的主干道。从这条干道上分出了加富尔大街、卡多尔纳大街和阿尔曼多·迪亚斯大街三条支路。玫瑰圣母巷则冷不丁地横在社区的一端。加富尔大街上有露西亚教堂、特雷贾尼家、佩拉女士家、萨利娜·帕沃内家、学校，以及位于街道深处的那座花叶装饰风格的小别墅，那是玛穆奇的住所，它几乎被荒野掩藏。

有时候，地图也会说话。这张地图颜色淡雅，黑色的线条如同蜘蛛网一般纵横在土地上，标出小城 S 的众多街道、广场、花园、荒芜之地、喷泉以及没有出路的死胡同。它要说什么？它似乎想要给世人这样的印象：这里宁静、安全，居民相处和睦、生活幸福。如同在说：这里没有犯罪，没有恶习，往来的车辆不多，便于管理，治安良好，一派祥和。源于农人传统的某种古老情结,使得繁忙的市场、热闹的街道以及兴隆的生意在活跃城市的同时也一切井然有序。绝没有人能想到,在这座安逸的地方小城里,居然有个小女孩在从家到学校的一小段路上消失得无影无踪。在那些令人安心的线条之下,一股显然不为人知的毒流正在无声无息地流淌,而地图无法揭示它的行踪。

我在网上搜索了一些玛穆奇的信息。拥有这个姓氏的共有三人:两个名叫凯撒,另一个叫阿麦戴鸥。我在搜索结果中找到了他们的电话号码,并试着给两位凯撒中的一个打电话。拨通后,电话响了很久,随后接听电话的是个女人,声音低沉沙哑。

"抱歉打扰您,我想和凯撒·玛穆奇通话。"

"凯撒·玛穆奇十天前去世了。您找他干吗?"

"很抱歉,我不知道他不在了。您是他妻子吗?"

"不,我是他女儿。您想找我父亲干吗?"

"我只想问候他一下。我几年前与他相识,然后……"但实际上我已经不知道该说些什么了。对于他的死讯,我没有任何思想准备。我想问问他是不是住在加富尔大街那幢小别墅里的凯撒,但她连再见都没说,就挂断了电话。

我试着给另一位凯撒打电话,但无人接听。我只好接着打给阿麦戴鸥。接听者的声音温和而欢乐,我立即明白他愿意聊聊。

"抱歉,我想找凯撒·玛穆奇。"

"谁? 我的那个白痴堂兄,做会计师的那位?"

"我不知道他是不是白痴,但他肯定是个神秘人物。"

"真的吗? 我倒是没发现他有丝毫神秘之处。我只知道他骗过我好几次,我已经好几年不和他来往了。"

"您堂兄是住在小城 S 的'半截井'社区吗？"

"是的。一座丑得吓人的花叶装饰风格的小别墅，那栋房子我只见过一次，而且是在外面。他脑子究竟是怎么想的，居然住在那样一所房子里，这我就不得而知了。房顶上的塔那么稀奇古怪，还是全红的。我叫他白痴一点儿不错吧？可您是谁啊？但愿您不是和凯撒特别亲近的朋友，尤其别告诉他我叫他白痴……尽管当着他的面，我也会这么叫他。"

"除了白痴，我觉得他脾气也不好。"

"估计您比我更了解他。"

"嗯，不算特别了解。您觉得他为什么如此不善交际？他在社区里一个朋友都没有，整天把自己关在家中，不让任何人进门。"

"因为他是白痴，我和您说过了。从小他就一向如此：封闭、神秘、易怒，还满脑子白日梦。以前他想成为钢琴家，但因为手指痉挛被迫放弃。每次弹钢琴他都疼晕在琴键上，于是就卖了钢琴。然后他又想当记者，才刚写了一篇文章，他们就把他从报社轰了出去，也不知道他骂的那个人是谁。不过他是个文化人，看过很多书，熟知法国文学的全部，我记得他能把《追忆似水年华》里的好几页倒背如流，家里还挂着一幅铅笔素描的普鲁斯特①肖像，下边还写着：'马塞尔赠予凯撒'。简直就是个疯子！然后他选择做了会计师。想想看！就凭他那个脾气，我估计他一定没几个客户。"

"如果没有客户，那他靠什么维生？"

"凯撒的命不错，有个好爷爷，当然那也是我的爷爷，他

_____

① 普鲁斯特即马塞尔·普鲁斯特，法国小说家，意识流小说大师，《在少女花影下》的作者。——译者注

既聪明,又勤劳,他摸什么,什么就能变成金子。爷爷攒了很多钱,却从没遇上一个真心爱他的女人。她们嫁给他,然后又离开他,并从他那儿捞走一大笔钱。他有两个儿子,一位是我父亲——一个众所周知的废物,另一位便是凯撒的父亲,阿纳尔多·玛穆奇,他六十岁时自杀身亡。这两个白痴儿子把他们继承的一切财产都挥霍殆尽。幸运的是,几所房子,几块地产侥幸留了下来。其中的一所便是'半截井'那座丑得吓人的小别墅,另一所在米兰,也就是我现在的住处。总之维持生计的钱他还是有的。要是换了我,一定会把 S 城的破别墅卖了,在米兰买一套一居室。如果能见到他,您就这么跟他说。也请告诉他,他就是个呆子……也不见人,也没消息,简直就是个脑残。"随后他爆发出一阵大笑。

"那您这位堂兄既没有朋友,也没有女朋友吗?"

"我觉得没有。他有没有女人我不知道,但我知道他有个当摄影师的朋友,帕多瓦人,现在好像住在米兰,如果没记错的话,应该叫兰多·芬奇……他们是一起长大的。但我想他俩可能也断交了。妻子嘛,连个影儿都没有。知道吗?您可是好奇心太重了。如果您认识他,干吗问我这些问题?"

"我已经很久没见过他了。几年前我和他很熟,我想知道他现在都有哪些变化。"

"他一点儿都没变,如果不是变得更差劲的话。他越来越阴郁、孤僻。现在我得和您说再见了,我有事儿要做。"

"抱歉,我还没做自我介绍,我叫纳尼·萨比恩查,是一名小学老师。"

"嗯,好吧,再见。"他就这样打发了我,好像我是谁对他而言根本无关紧要。

我又看着地图,在玛穆奇的别墅周围用红笔画了个圆圈。

一条小径由那里起始，通往空旷的田野。右边标有一座小山丘，山顶坐落着一片墓地。他眼前的风景显然谈不上赏心悦目。

42

三月马上就要过去了，但冬季的寒冷依旧不愿退去。我顶着寒风，冒着雨夹雪，骑自行车去学校，盼着快点儿看见学生们的面庞。我度过了一个无聊透顶的礼拜天，待在家里在小城 S 的地图上画满了十字。重新见到他们，和他们聊天会令我十分开心，我一边对自己说着，一边在清晨寒冷的空气中骑车前行。

你对那些孩子们的要求太高了，你觉得他们能像你一样进行思辨，却从不考虑他们的年龄。又是你，好久不见啊，但是现在你能不能让我安安静静地骑车？他们有保持单纯的权利，而你却对此置之不顾。单纯？他们可比你、比我都知道得多！即便真的单纯，那我们该做的也应当是保护他们不被自己变复杂，不受这个整天用愚蠢信息对他们进行狂轰滥炸的世界的污染。我希望他们能学会用自己的头脑进行思考，如果他们能做到这一点，就能学会自己保护自己。有一位爱做梦的幻想狂当老师：他们如何能做到我就不知道了！滚开，你这么沉，我都蹬不动自行车了！闭嘴，快点儿骑，你要迟到了！

一下自行车，我就摘掉头盔，把车轮锁在杆子上，这时我看到弗朗西斯科朝我走来，还兴高采烈地向我招手。

"弗朗西斯科，怎么了？"

"老师，我要给您一些惊喜。"

"给我？什么惊喜？"

"我要在班上说，我希望所有人都听到。我有重大发现。"

"你现在就告诉我吧,我可不希望又惹校长生气……谁知道你会出什么幺蛾子。"

弗朗西斯科笑了,蹦蹦跳跳地走在我前面。如果他有一条孔雀尾巴,此刻一定会把它像扇子一样打开,露出华丽的色彩。我上气不接下气地一直跟着他走进教室。

咱们从语法讲起吧,今天我们必须说说动词,过去未完成时①的重要性。

"为什么所有童话都以过去未完成时开始:从前有个国王,从前有个公主,从前有个渔夫②? 小米凯拉,你能告诉我吗?"

"是为了开始讲故事吗?"

"小米凯拉,这不是回答,而是重复。"

小米凯拉表情略带郁闷地看着我。但她马上抬高嗓门回答:"因为过去未完成时是幸福的动词时态。"

"我觉得这是个漂亮的答案,虽然有些不够明确。事实上,过去未完成时使故事的开始变得平缓,它给人一种时间在流淌的感觉。与远过去时和近过去时③不同,它并不强调时间的明确性。如果我说:'从前曾有④一位国王',那我必须立刻说明究竟是在什么时候,给出这个国王所处的时代的名称,总之要按照历史学的方法描述。如果我说'在很久很久以

---

① 过去未完成时是意大利语动词直陈式的时态之一,表示过去一段持续的动作、状态,或描述过去经常出现的动作。——译者注
② 本句中的三个"有"在原文中均使用了过去未完成时。——译者注
③ 远过去时和近过去时是意大利语两个动词时态,表示过去发生的、且已经明确完成的动作。近过去时表示比较近的过去发生的动作,远过去时表示在很远的过去发生的动作。——译者注
④ 此处的"曾有"原文使用了近过去时。——译者注

前,曾有一位国王①',那我就更需要点明我说的是哪位国王。而如果我说:'从前有②位国王',那么我则进入到典型的童话语境和时态之中,我所描述的可以指代任何一个时代的任何一位国王,甚至可以是一位并未真实存在过的国王,他只是故事中的人物。现在大家试着写一篇小童话吧,要求使用三种动词时态:现在时、近过去时和远过去时、过去未完成时。"

"老师,我能念念我已经写好的吗?"

"弗朗西斯科,你已经写完了?"

"我没写下来,但我记在脑子里了。所以……"我看着他在全班同学中间站起身,一副演员的姿态。

同学们略带惊讶地注视着他,同时也十分好奇。他们全神贯注,准备好聆听一个新故事。大家立即明白弗朗西斯科的确有事情要说,而且是能引起全班同学关注的事情。

"从前有一个男人,我们叫他神秘王子吧,他住在一所全部用砖砌成的房子里,房顶带一座火红的小塔,窗户很多,却永远紧闭。那个人从来不出家门,以至于小城里的人窃窃私语,都想知道他整天究竟在干吗?好吧,有个既有胆识,又肯付出行动的小男孩,我们称他诺莫好了,他对神秘王子十分好奇,于是偷偷潜入那座别墅的花园里,爬到高高的树枝上,隐藏在枝叶之间,开始监视王子。"

"可是如果他家所有的百叶窗都关着,诺莫怎么能看见屋子里的情况?"发言的是塞提米诺,他把一条胳膊举得高高的,如同举起一面大旗,来质疑同伴的逻辑。

"正是为这个,诺莫才爬到树上,他发现了一扇没有百叶

---

① 此处的"曾有"原文使用了远过去时。——译者注
② 此处的"曾有"原文使用了过去未完成时。——译者注

窗的小窗户,那是夹楼的厨房窗户。"

我目瞪口呆,问自己弗朗西斯科当真监视过住在花叶装饰风格的小别墅的那个男人,抑或这一切都是他的杜撰。我不确定是否该立即制止他,因为他所讲的事情十分危险,还是应该任由他接着讲下去。而弗朗西斯科丝毫没有想要停下来的意思。他感受到了同学们的专注,越来越无所顾忌。

"诺莫,那你看见什么了?"插话提问的是大马里奥,他说话时嘴里还嚼着糖果,这孩子深深的衣兜里总是塞满各种甜食,把衣服坠得都变了形。

没有人怀疑诺莫就是他,弗朗西斯科,班上最大的孩子,那个因为"家庭原因"——有一次她母亲这样对我说——三次留级,他现在已经十四岁了,却和一群十一岁的孩子在同一个班级。

"我看见神秘王子正在做一盘香喷喷的西葫芦煎蛋。他把煎蛋转动一下,翻了个个儿,放进去一些切得碎碎的洋葱,然后像电视里的厨师一般,把煎蛋抛到空中,再让它落回平底锅里。"

孩子们哈哈大笑。弗朗西斯科已经紧紧抓住了他们的注意力。我欣慰地微笑着,因为知道这种讲述的乐趣他是从谁那里学来的。是我感染了他,这让我喜不自禁。不需要催他继续讲,他享受那种制造悬疑的停顿。作为一个出色的演说家,他懂得如何延长期待,也知道如何把故事讲得真实、严肃、连贯,以此满足听众。

"亮点并不在于神秘王子把煎蛋抛向空中,而在于随后发生的事情:他把火熄灭,用刀子把煎蛋切成两半儿,从碗柜中取出两只盘子,把半个煎蛋放在一只盘子上,另外半个放在另一只盘子上。然后又拿了一个托盘,把两盘煎蛋放在上面,还放了两只玻璃杯和两副刀叉,随后向门口走去。"

弗朗西斯科又停顿了一会儿。孩子们就像着了魔一般,所有人的脸都朝向他,这位勇敢的少年竟然爬到一棵树上,监视一位全社区都在议论的神秘人士的一举一动。

"诺莫,神秘王子打开门的时候,你都看见什么了?"

"王子打开门,但敞开的幅度只够他两手端着托盘走出去,出去之后,他又小心翼翼地把门关上了。诺莫什么也没看见。因此,第二天晚上诺莫又去了,他再次偷偷地爬到房子旁边的那棵树上,在那里窥视了很久,为了看清门后边究竟有什么。我还要告诉你们:这次他随身带了望远镜和照相机。"

"那他看到什么了吗?"

"是的,他看到了,因为这次王子的另一只手上还拿着一瓶葡萄酒,所以他只好用脚开门。这样我就看见了在门后面,走廊尽头有一块敞开的活动门板。因为他用脚开门,所以人进去之后门还半敞着,诺莫便得以看到那个人好像在下一段楼梯,人越来越矮,直至消失。"

孩子们被深深吸引住了,同时也有些半信半疑,而我更是如此。现在该怎么办?

我为弗朗西斯科鼓掌,假装这是一出精彩的话剧表演。然后我抓住他一只手把他拉到门外,问他所讲的是不是真的,他回答说"是"。我问他诺莫是否就是他本人,他回答说"是"。

"那咱们去警察局吧。"

"为什么去那儿,老师?"

"因为那扇活动门板后面很有可能有一位囚徒或是一名同伙。总之需要马上告发玛穆奇。但我想了一下,我不想让你抛头露面,也许还是你别来为好:我自己去,就说监视他的人是我。"

<h1 style="text-align:center">43</h1>

在我报警两天之后，警方搜查了玛穆奇的别墅，但那里已经人去楼空，既未发现他的踪迹，也未发现那位神秘客人的踪迹。会是谁能令家里的主人如此娴熟地为他烹饪西葫芦煎蛋？

我对他们说是我监视了玛穆奇。他们审问了我好几个小时，仿佛在那扇活动门板下边非法拘禁一名囚徒，使他与外界隔绝的人是我。我提醒他们，弗朗西斯科所说的神秘王子很可能就是把一年半以前失踪的小女孩露西亚藏起来的人。而他们断言这绝无可能：在活动门板下面的密室里，他们只发现了一双四十三码的男鞋，以及一把电动剃须刀。警方认为，被窝藏的是一名卡拉布里亚籍克莫拉①秘密组织成员，此人他们已经追捕了好几个月，据说藏匿在北方，就在小城 S 这一带。

"你们采集到印痕了吗？"

"现场没留下任何印痕。看来玛穆奇先生非常善于藏匿活人，我们没发现任何蛛丝马迹，一点儿线索也没有，只找到了那双鞋，它们在门板下面的卫生间里半遮半露，还有那副剃须刀。另外，您想想看，一个小女孩又不是一只老鼠，她会喊叫，很快就能被人发觉。您认为在'半截井'这样人口稠密的

---

① 克莫拉（Camorra）是类似黑手党的秘密社团，起源于意大利坎帕尼亚地区和那不勒斯市，通过毒品交易、敲诈勒索来筹集经费，其活动导致所控制地区的高谋杀率，是意大利最古老的有组织犯罪团体。——译者注

社区,可能没人听见吗?"

我本想提醒他们,确有其他小女孩被秘密关押在隔音房里长达两年多的案例,但我不想让别人认为我太固执。

令人难堪的是,在我接受审问后的第二天,弗朗西斯科便否认了监视玛穆奇的人是我。他到处说在树上盯梢的人是他。现在他的父亲怒不可遏,放出话来,说如果见到我和他儿子在一起,就去告我。他到处说我是个教唆孩子学坏的人,一位无比差劲的老师,甚至是个危险人物。

校长声色俱厉地训斥了我,说我"使孩子们误入歧途"。她认为,我不停寻找小女孩的偏执影响了孩子们,而所有人都认为小女孩已死,包括警方和她的家人。

"您滥用自己学生的想象力,这不可饶恕。"

"我认为想象力是一种珍宝。"

"不可饶恕。"校长又重复了一遍,以前对待我的那种温柔和友善荡然无存。我一言未发,没有告诉她事实上我也没料到弗朗西斯科能想出监视那个人的主意。

但最出乎意料的是弗朗西斯科的母亲,阿黛丽娜·巴斯勒来我家拜访。她身材矮小,无比瘦弱,脖子上青筋暴露,看上去像五十多岁的人,而实际年龄却只有三十五岁。

"请原谅我来找您,但我不得不来。我想告诉您,我一点儿也不赞同我丈夫的看法。我知道弗朗西斯科十分爱戴您、尊敬您。他从您那里学到了很多,他能突发奇想,充任侦探,我为此感到骄傲。我了解我儿子的品行:他决不会做任何坏事。认为那个人是一名暗藏的罪犯,因此去监视他,我想这种行为值得赞扬,而不是责备。"

"您不觉得小女孩露西亚曾被关在那扇活动门板下面吗?"

"我不知道。如果当真如此，那弗朗西斯科的行为兴许能够拯救一条人命，可谁知道是不是这样呢？另外，您认为那个人带着他的人质，能逃到哪里？"

"警方并不认为有'人质'。他们觉得他窝藏了一位同伙，是一个卡拉布里亚人，克莫拉秘密组织成员，警方追捕了他好几个月，根据一位线人提供的消息，此人就在我们这一带。您知道吗，他们在别墅中搜出了一双男鞋和一副剃须刀？"

"那也许只是一种掩人耳目的手段。"

"也许吧。但谁又能证明这一点呢？我觉得他们急于结案，没有人再去考虑失踪的小女孩了。"

这个女人很奇怪，她不停地东张西望，好像即便是在这所房子里，在我的陪同下，也会有人突然来抓她似的。

"我很抱歉，让弗朗西斯科被您丈夫责骂。"我一边说，一边递给她几块巧克力。而她以一个坚决的手势回绝了我。

"不仅是责骂，老师，我面对的比这要严重得多；但我来您这儿不是为了这个。我只想让您知道，我支持弗朗西斯科，并且相信您，相信您是一片好心。"

"但愿您丈夫没打过他。"

女人低下头，没有回答。之后我看到她站起身，迅速穿上外衣，用一块宽大的丝质方巾裹住头和半张脸，戴上墨镜，偷偷摸摸地出门，还在四处张望。

我明白她不愿意让我站在门口看着她离开。她伸出一只手，做了几个手势，如同在说：关上门别让别人看见！我照做了，问自己她是不是担心邻居的目光，担心社区里的流言蜚语，害怕丈夫得知她偷偷来找过我。

44

周六。学校关门,我决定去米兰和帕多瓦摄影师兰多·芬奇聊聊。据那位堂兄所述,他是凯撒·玛穆奇的一位老相识。坐上火车,两个来小时就到了米兰,然后我乘坐公共汽车来到维尔切利大街。

我拨通了芬奇家的对讲机。那是一栋六十年代的楼。我坐电梯上到六层。电梯的内饰看上去像装西红柿酱的罐子:四壁是糙面金属,镀锌地板,开门关门时发出开启罐子的响声。

摄像师一副开心的样子站在门口。他是一位中年男子,梳着灰色长发,在脖子后边扎成辫子。身穿一条破洞牛仔裤,一件栗色毛衣垂至胯部。

他家墙壁上挂着各种姿势的女人照片。里边的墙上还挂着小女孩的照片:噘嘴的,微笑的,嘴里含着一根手指的,搔首弄姿,故作娇媚。他已经知道自己的朋友玛穆奇正在被警方追捕,因为在他家发现了一扇活动地板门,那下面很可能曾经藏匿了一位全国警察都在追捕的嫌疑犯。我对他说,自己正在为一家名叫"即时贴"的网络报纸撰写文章。

"您认识凯撒·玛穆奇吗?"我开门见山地问他。

"当然了,我们是一起长大的。我觉得他是个腼腆、内向、孤僻的人。我们的友谊很奇特,我俩平时几乎不见面,然后每年一次隆重的久别重逢,见到我他也显得很开心。"

"您上次见到他是什么时候?"

"一年前。我本以为圣诞节的时候他会找我聚聚,但他却没消息。他是个古怪的人,从不把想法告诉别人。"

"一位神秘人物。'半截井'社区的人们也这么议论他。他从不和别人聊天,总是把自己关在家里。您觉得他当会计师能有客户吗?"

"不知道,我俩从来不谈论他的工作情况。"

"您认为他有可能在那间地下密室里拘押人质或是窝藏一名克莫拉秘密组织成员吗?"

"我认为这纯粹是无稽之谈:凯撒手无缚鸡之力,是个情感细腻的人,一个爱做梦的人,他和克莫拉秘密组织成员没有任何共同之处。"

"我在那面墙上看到了很多小女孩的照片,您经常给小女孩拍那样的照片吗?"

"偶尔。那些是我特意为凯撒拍摄的。他想要那些照片的专有权,但后来我又把它们卖给了一家杂志,我觉得他因为这件事生气了,说我让他花了双倍的钱买那些照片。但实际上我并没给他专有权,否则我会让他付更多的钱。"

"他把那些照片挂在他在'半截井'的家里吗?"

"我不知道他把照片放在哪儿了,我从没去过他家。通常都是他来找我,他很在意个人隐私。"

"您认为,会计师玛穆奇有没有可能,也许出于被逼无奈,窝藏一个臭名昭著的克莫拉秘密组织成员呢?"

"坦白讲,我认为不会,这种看法甚至让我觉得想笑。我想那个储藏室不过是他养猫的地方。"

"储藏室?这么说您见过?"

"只在报纸的照片上见过。"

"玛穆奇养猫吗?"

"我和他有交往的时候,他养猫。一只硕大的虎斑猫,玛穆奇特别疼爱它。"

"关于报纸上报道的那起事件,您有何看法?"

"我觉得这纯属诋毁。凯撒的确很古怪、孤僻、阴郁、神秘,但他连一只苍蝇都不会伤害。另外,我也不认为他会和克莫拉秘密组织成员做朋友。"

"但活动门板的确存在,密室也同样存在。他为两个人做饭的时候,被人拍到照片了。"

"他非常在乎那只猫,和他分享一切,包括床铺和饭菜。他为那只宠物做饭我一点儿也不吃惊……"

"那只猫在盘子里吃饭?猫吃西葫芦煎蛋?还要喝上一杯葡萄酒?"

"我跟您说过:凯撒是个古怪的人。"

"另外,他们还发现了一双四十三码的鞋,还有一副电动剃须刀。"

"那又如何?凯撒就穿四十三码的鞋。"

"他用电动剃须刀刮胡子吗?"

"我觉得的确如此。"

"您认为,他有可能在门板下面藏了一个小女孩吗?"

"一个小女孩?当然不可能。他藏一个小女孩干吗?"

"您里边那面墙上挂着的照片中都是些挤眉弄眼的小女孩,是您告诉我,他想要这些照片的专有权。"

"他的确喜欢漂亮的小女孩,可谁不喜欢呢?但不过是为了欣赏,他又没有恋童癖。我也一样,拍摄这些照片是为了出售,不是因为我有恋童癖:我有妻子,还有两个已经很大的孩子。"

"据您了解,玛穆奇有女人吗?"

"没有,就像我和您提到的那样,他太孤僻了,一直一个人住,和他的猫做伴,仅此而已。他有过几段关系,有几回我见过他和漂亮女人在一起,但他不想结婚。"

"他为什么不想结婚?"

"我怎么会知道?我又不是他的奶妈。我告诉过您,我差不多两年没见过他了。"

"您刚才跟我说的是一年。"

"仔细想了一下,是两年。上次他来的时候带了一瓶红葡萄酒,是在两年前的三月,我现在还能想象出他站在门口,开心地冲我微笑的样子。"

"为了买那些小女孩的照片,他付给您多少钱?"

"这我可记不清了。总之我给了他一个优惠价。我是一名专业摄影师,我的照片售价很高。但通常我拍摄的照片不会加专有权。"

"您两年没见过他,也没联系过他吗?一个电话都没打过?"

"没有,一点儿联系也没有。我告诉过您,我觉得他生气了。现在我很后悔没给他打过电话,不知道他到底遇上什么麻烦了。但是话又说回来了,他从来都不接电话。"

我站起身,走近观看那些小女孩的照片,它们被挂在里边的那面墙壁上,显得格外引人注目。照片都是黑白的,符合芬奇这位自诩高雅的摄影师的风格。

"这些小女孩都显得很性感露骨,令我想到巴尔蒂斯①。"

"一点儿没错,如何摆姿势这一点我正是从他的画儿中汲取的灵感。"

"这些摆姿势供您拍照的小女孩是从哪里找来的?"

"我认识无数的妈妈,她们为了能送自己的女儿来让我

---

① 巴尔蒂斯是二十世纪卓越的具象绘画大师。——译者注

拍照,跪着爬楼梯都在所不辞。"

"为了钱吗?"

"为了钱,当然她们也希望出名,每位母亲都希望自己的女儿成为明星。"

"那这些妈妈,在女儿照相的时候,会看着她们吗?"

"妈妈们会在场,一边看着,一边聊天。我特别受不了她们,但又不想引起怀疑,遭到投诉。和未成年小女孩在一起需要格外小心。"

"据您所知,玛穆奇交往小女孩吗?"

"这我可没听说过。"

最后这句话使我明白他的耐心已然耗尽,想赶紧摆脱我。我最后看了一眼那些照片中的人像。其中一个小女孩侧身坐在单人小沙发上,卷发垂至脖子,摆出一个颇为性感的姿势,裙子极短,双腿裸露,一条胳膊举起,手中拿着一面镜子,映射出面部的侧影。另一个小女孩坐在一把椅子上,颇为诱惑地把一条腿弯曲地搭在一侧扶手上,裙子因而向胯部上提,露出骨感的膝盖。她手里拿着一本书,那张粉红色的脸凑在书前,露出故作神秘的表情。巴尔蒂斯的画作的确是这些照片的灵感来源,也许这一点为它们增光添彩。但那位伟大的法国画家作品中所呈现的优雅和轻快,是这些照片绝没有的。

45

我向负责这起案件的警员请求许可,申请进入玛穆奇的那座花叶装饰风格的小别墅里看看。"你们认为主人在地下密室窝藏了一个危险的罪犯,我想去那儿看看。"但这绝无可能,他们贴了封条,任何人不得靠近。

因此今天我对待学生们非常严肃,也许甚至有些粗鲁。我刻板地遵守教学大纲,不讲故事,不讲轶闻,不讲背离大纲的神话传奇。我们学习数学,探索几何的奥秘。我不得不说,引导他们解决一些小问题,让他们在纸上写写算算,我们能够以此维系一种并不总那么容易保持的和谐。然而,与毕达哥拉斯①相关的几则小故事我不得不讲。是弗朗西斯科怂恿了我。

"那这位毕达哥拉斯……怎么样,我是说他的个人生活如何?他有家庭吗?有孩子吗?有爱人吗?他幸福吗?"

我对他说,我曾告诫过自己不再讲故事了。而他们已经太习惯听我讲述了,以至于认为故事理所应当地成为每节课不可或缺的一部分。

"我们对毕达哥拉斯的了解很少。据说他因为反对古希腊僭主波利克拉特斯,被迫从希腊出逃,躲到大希腊②避难,确切地说是到克罗托内③。我们从西塞罗那里得知毕达哥拉斯拒绝吃肉,他坚持认为一切生灵,不仅人类,也包括动物都享有同样的权利。"

"那么,如果我吃下猪肉,我就犯了罪。"塞提米诺冒了出来,他总是第一个抓住事情最棘手的方面。

"罪是宗教概念。可以说,如果你吃下猪肉,你的行为就是非毕达哥拉斯式的。"

"那如果我吃下鸡肉呢?" 法布里西奥用挑衅的语气

① 毕达哥拉斯（Pythagoras）,约公元前五八〇年至约公元前五〇〇（四九〇）年,古希腊数学家、哲学家。——译者注
② 大希腊（Magna Graecia）,公元前八世纪至公元前六世纪古代希腊人在意大利半岛南部建立的一系列城邦的总称。——译者注
③ 克罗托内,意大利城市,位于南部的卡拉布里亚。——译者注

问道。

"鸡不是生灵吗?"这是弗朗西斯科的声音,他懂得使用逻辑推理,这一点使他在同学们中间举足轻重。

"老师,我怎么才能做到不吃鸡肉呢? 我妈妈做的鸡肉那么好吃!"马里奥尖叫道,所有人都笑了。

"马里奥,每个人都根据自己的觉悟决定行为。如果我们信奉那位伟大古希腊哲学家的思想,像他那样热爱人类和动物,我们就应当表现出对他者的痛苦感同身受;如果我们不信奉他的思想,吃鸡肉和猪肉,那也无可厚非。选择是自由的,强迫他人接受才是一种过错。你可以自由地吃炸鸡,我也可以自由地发表言论,批评密集化养殖与纳粹集中营差别不大;那些动物,即便是用来屠宰并切成碎块来丰富我们的餐桌,也有权利享受哪怕只是一点点的幸福和自由,它们不应被迫关在笼子里,为了迅速长肉而被填喂饲料,被迫吃下各种药,因为它们太容易患上结核病。"

"老师,我去过屠宰场,从那以后我就再也吃不下牛排了。"阿莱西亚说道,她是一位屠夫的女儿。是谁带她去参观屠宰场的? 她父亲吗? 我本想问问她,但时间紧迫。另外,我曾对自己承诺过要遵守教学大纲的安排。

"嗯,也许所有人都应当去参观一次屠宰场,这样我们就能明白动物的痛苦,它们遭到冷酷的屠杀,孩子当着母亲的面,父亲当着孩子的面。"

所以你不是真的只教数学和几何……那只可恶的破鸟儿的声音又在耳边响起。怎么不是真的? 我正在讲数学,但我们在课堂上习惯如此:学习规定的内容,但之后我们还想知道这一切是从哪儿来的,是谁首先证明出这些真理,在语言和思想背后都有谁。你觉得能有谁? 你,只有你,亲爱的萨比恩查老师,从没有哪个名字比你这个名字更加名不副实,更加骗人了。和我有什么关系?我讲的是毕达哥拉斯,毕达哥拉斯周围还有柏拉图,有犬儒主义者,有希波克拉底,有芝诺。就算你现在躲在大哲学家们身后,你的哲学也是不起眼儿的小城哲学,探讨该不该吃肉早就过时了,那是十九世纪的话题。怎么会过时?你认为二十一世纪动物就不受苦受难了吗?我亲爱的老兄,苦难的概念改变了,你要与时俱进!你让我走神了,弄得我没法专心上课,你总是蛮横无理,多嘴多舌,我不想听你说话。然而我却难以摆脱它,那头飞禽自以为是地认为是我的守护天使。

幸好,此时下课铃声响起,因为事情变得一团糟,每个人都想说出自己的想法。我没想到毕达哥拉斯的思想——我们甚至不知道这一思想是否真正属于他,因为没有一句话署有他的名字,只是别人考证认为属于他——在课堂上引起如此浓厚的兴趣。

孩子们跑着、推搡着、欢笑着离开之后,我也走出教室。

我注意到校长又开始冲我微笑了,这说明她已经原谅了我的孤傲,也许我的确有些过分。她是个奇怪的女人:意志坚定而强势,同时却又非常温柔,有求必应。见到她时,我闻到一股紫罗兰的芳香,真想上前拥抱她。但我克制住自己,因为明白对我而言,一切只能到此为止,而她则想开始一段真正的关系,为每次幽会激动不已。因此我和她打过招呼便匆匆离开了,告诉她我已有约。

回到家,我一边看电视一边给自己做了一点儿豌豆烩饭,电视节目正在介绍加拿大的几大湖泊。银幕中可以看到从未见过的鸟儿,巨大的鱼,浮动的岛屿。恢宏壮丽的大自然涌入我这间狭小的厨房,透过污迹斑斑的窗户,可以看到光秃秃的院子,几辆满身泥点儿的摩托车停放在那里,院中挺立着一棵棕榈树。自从被一种人们称作红象鼻虫的寄生虫侵袭,棕榈树便难逃死亡的命运。对我而言,在丑陋、杂乱的院子中央笔直挺立的这棵树曾经多么赏心悦目。那时它鲜绿、光亮的叶子一直伸到我的窗前,看上一眼便能让我心情愉快。而现在树叶发黄,虽然依然向高处伸展,却无精打采地垂向地面。

怪事:寄生虫难道不希望为它提供养料的宿主身强体壮、朝气蓬勃吗?我突发奇想,打算质问它:亲爱的红象鼻虫,我在一张图片上见过你的样子,你的确面目可憎:身材短粗、比例失调,长着一对黑色的翅膀,脑袋扁平而丑恶,嘴像一根长管儿,毫不留情地钻入、吸食。我要好好问问你:你的宿主养活了你,而你为什么却要把它毁掉?你就像一个新生儿,通过饱满而养料充足的乳房吸食奶水,却把母亲杀害。我要告诉你,你这么做既愚蠢,又鼠目寸光。你给那棵可怜的棕榈树留一些有营养的树液岂不更合逻辑?这样它就可以继续生长,分泌你最贪吃的木髓。我在想,某种与红象鼻虫极为类似的东西在我女儿马尔蒂娜的骨头里安营扎寨,与棕榈树上的这种愚蠢寄生虫一模一样,吃光了宿主储备的全部食物,摧毁了它的养料来源。

红象鼻虫的声音古怪中透着甜美客套,它从容地回答道:亲爱的萨比恩查,我遵从自己的天性,逻辑与我无关,不停地吃喝,然后死去,这便是我的命运。混蛋逻辑!我粗暴地回答。随后,我觉察到自己正在自言自语。孤独开始令我乖张。

46

回到家,我发现屋门敞开着:屋内一片狼藉,所有书都散落在地上，全部抽屉都被拉开并且被乱翻过，柜门也都敞着，甚至连床垫也有一半落在地板上，这说明有人曾把它掀开，不知道要找什么。笔记本电脑不见了，在等待警方把那台旧得不成样子的台式电脑还给我的日子里，我用它工作了六个月。小偷还是密探？

我去警察局报案。他们让我坐在一把塑料椅子上等了将近一个小时。我盯着一只在脏乎乎的窗户玻璃上执着攀爬的蚂蚁，以此安慰自己。它时不时地滑落下来，随即重整旗鼓，心平气和地再次开始攀爬。然后，终于，他们叫我坐到一位秃顶的警察面前，他一副厌倦的神情，敲键盘的速度慢得让人恼火。

他问了我一连串与家里的一片狼藉毫无关系的问题："您一个人住吗？您结婚了吗？您妻子和您一起生活吗？哦，你们分居了。那她现在住在哪儿？您多久没见过她了？您在哪里教书？您为什么骑自行车四处转？"总之，他了解我的一切，这在每个地方小城都一样，但他坚持提问，仿佛什么都不知道似的，而他所提及的信息只有警察知道。

"萨比恩查先生，您为什么把笔记本电脑放在家里？他们还偷了您别的什么东西？"

"没别的了，数码相机和一个几乎全新的索尼随身听却都还在。"

"您知道吗，那些都是吉普赛人，他们只想拿走方便出手的东西，有时候他们连毛巾都偷。他们是吉普赛人，您能指望他们有什么出息呢？"

"您怎么这么确定他们是吉普赛人？"

"这都是经验。"

"我住的地方没有吉普赛人，倒是有不少小偷小摸，他们都是地地道道的意大利人。另外，我不认为这是一起盗窃案件，而是搜查。"

这个人用同情的眼神看着我，脸上露出轻蔑的一笑。

"您比我还懂行吗？我在这儿受理报案已经好几年了。如果我对您说偷东西的是吉普赛人，说明情况一定如此。他们是从圣巴特利一带流窜至此的。"

我明白坚持己见毫无意义，便忍住没有反驳，拿起报警回执离开了。

回到家后，我垂头丧气：怎么才能把所有的书都重新摆到书架上，把内衣放回抽屉里？也许进来了两个人，也许四个人，也许八个人，他们用疯狂的双手把一切都抛到空中，还撕坏了我可怜的书籍。我最珍视的东西被扔到地上，横遭践踏，包括放在相框里的全家福。在那张照片上，安妮塔、马尔蒂娜和我幸福地微笑着，那时疾病的魔爪还没有伸进我的家庭。

我无比沮丧，给安妮塔打了电话。听到挚爱的声音，我立刻感觉好多了。我告诉她家里发生的盗窃事件，或者叫陌生人闯入事件，以及由此造成的一片狼藉。

"纳尼，我很抱歉。我能为你做些什么吗？"

"我们见个面，一起吃晚饭好吗？我想和你说说话……"

"说什么？"

"有很多事想和你说，我太想见你了。"

"嗯，你直说吧，你想见我，劝我回家和你一起过日子，我猜得没错吧？"

"好吧……是的。"

"至少你还算坦诚。"

"我一向坦诚。"

"我知道，我也如此。而且正因为我也坦诚，我得告诉你不行。我也可以赴约,还可以吻你,甚至和你上床。但这一切都很无力,事后我们俩都会为这种无力感到后悔。"

"安妮塔,我可一点儿也不会后悔,我会高兴得跳起来。"

"你自认为爱我,纳尼,但这不过是你的梦中所想。如果现在我提着行李,站在门前,对你说:我回来了! 你会用惊恐的眼神看着我。我已经看到你那张惊慌的脸了。"

"为什么这么说?"

"因为我了解你。你爱的不是我,而是你对我的幻想。你把我变成一个遥不可及的梦想,因为得不到,才心怀渴望、备受煎熬。然而我们早已彼此厌倦了,纳尼,你为什么不承认这一点呢? 近几年以来,我们睡在一张床上,却几乎从不做爱,你不记得了吗?"

"那时我们因为马尔蒂娜而备受煎熬,疾病和死亡压抑了我们的欲望。但我也记得那些共同度过的美妙夜晚,我们相拥而眠,你的每一次呼吸都能帮我睡得更加安稳。现在我饱受失眠之苦,也越来越无法忍受这间空荡荡的房子,它不仅不能保护我,还令我害怕。"

"我也睡不着觉。但我不认为我们回到一起,就都能睡着。两个失眠的人在同一张床上……这可不是什么好办法。"

"安妮塔,别说笑了,我太需要你在我身边。"

"纳尼,我得跟你说再见了,门铃响了,估计是酒铺老板来送葡萄酒,今天晚上有人来我这儿吃晚饭。"

"谁今天晚上有这个福气能吃到你做的饭?"

"纳尼,我不太擅长做饭,你知道我手艺不高。再见。"

她就这样斩钉截铁地结束了对话。我本打算出门呼吸一下新鲜空气,待在家里简直令我窒息,但一想到得穿上鞋子和外衣我便感到泄气。我躺在沙发上，抱着一包今天刚从书店买来的书。我把它们拿出来，一本接一本地摞着放在肚子上：我只读过《古兰经》中的一些片段，计划阅读整本，并与《圣经》做个对比；一本平装的《格林童话》以及一本关于索玛丽·玛姆①亲身经历的书，即《失去的纯真》。我看了一眼副标题：一位虎口脱险的女人奋起抗争，反对对妇女和女童进行性剥削。

深夜两点，我还躺在沙发上，目光沉陷在索玛丽·玛姆这本恐怖的书里：她五岁时被父母卖掉，沦为性奴，在妓院中度过了童年和少女时代。

她现年三十五岁，与年轻的法国丈夫一起创建了一家基金会，帮助和照料沦为性奴的小女孩。她受到威胁和袭击，多次面临生命危险，幸好她现在居住的国家为她提供警方保护。

"我过早地懂得弱者——比如妇女和女童，必须有用途，就如同狗、羊、猪一样。她们必须用来做家务，用来满足性快感，哪怕是最低级的性快感，用来获得做主人的满足感，用来摆布她们的命运，羞辱她们，命令她们，让她们服从，让她们挨打，让她们忍受痛苦、饥饿、讥笑、虐待。"

她用奇特而悲伤的语调描述了现实的残酷，将游客美梦中那些由鲜花、艳舞、眉目传情、色情引诱以及撩人的音乐所构成的画面撕得粉碎。

"每当闭上眼睛，那些身体上的折磨便再次浮现：他们对我那般拳打脚踢，那时我一心想死，想消失，但我甚至没有这种权利。最不堪回首的记忆是那些强奸和精液的气味。妓院

① 索玛丽·玛姆，柬埔寨人，她将毕生精力用于拯救沦为性奴隶的女孩。——译者注

的床席很少更换，到处都能闻到精液的气味，这实在令人无法忍受。至今我的鼻孔里还残留着我们卖淫的那些房间里的气味。顾客身上很臭，他们无比肮脏，从不洗澡。"这种感触令我联想起一位意大利妓女的自传，那便是波代诺内①的卡拉·科索，她貌美、聪慧，在自传中提到过类似的事情，虽然她的经历并没有如此悲惨。令她最无法忍受的，也是拥抱着她的那些陌生身体所散发的气味。她写道，在所有的客人中，她宁愿接待老年人，因为他们对接待自己的女性还存有最起码的一丝尊重，所以他们洗澡、喷香水。而年轻人却脏臭无比，对他们即将享用的人表现出彻底的蔑视。

我继续阅读索玛丽·玛姆的故事以及关于她的基金会的介绍：基金会叫做"AFESIP"（为身处困境的女性提供帮助），越来越多的女童向这个基金会求助，她们有的被买卖、虐待，有的因为患上艾滋病而被妓院赶走，有的浑身是伤，有些因为逃跑而被剥削者打断双腿，有些阴道破裂，有些因长期受到拳打脚踢而肋骨骨折，有些皮肤烧伤，因为烟头总是在她们的胳膊和脖子上熄灭。基金会提供援助和照料。但有的时候，正如索玛丽所述，女孩们太害怕老板的威胁恐吓，又重新回到妓院，任由自己在那里死于饥饿、挨打、疾病。

和红象鼻虫一样，许多剥削者杀害为他们挣钱的小女孩，只是因为高兴这么做。这本书的中间附着一些照片，看了令人心痛欲裂：几个面部消瘦的女童和少女靠着一堵墙站着，就像马上要被执行枪决一般。索克奥妮，八岁被卖，惨遭一群士兵蹂躏，十五岁死于艾滋病；赖·霍雅，越南人，被卖到柬埔寨，死于艾滋病；塔切，五岁时被买卖，惨遭毒打、蹂躏；莫威，

---

① 波代诺内，意大利市镇。——译者注

十二岁,被迫卖淫:试图逃跑时,他们在她头上钉进一颗钉子。

那些有残害场面的照片令我惶恐不安。我把书合上,发现自己双手颤抖。

47

复活节,四月中旬。我放在阳台上的一盆柠檬被风刮倒在地。节日是一种折磨。我在空荡荡的房间里走来走去,似乎期待看到有人在沙发上坐着等我。我把灯打开,又关上,我把收音机打开,又关上。感觉一阵恶心,喉咙似乎被堵住了。

拜托,你有那么多朋友,为什么不打个电话,为什么不约个会,去外边吃顿午饭,一起去看场戏剧,看场电影?她们甜腻的同情令我沮丧。她们的同情和你有什么关系?重要的是你得到门外转转!现在大家都结伴去外边吃饭,而且在户外。就这种刮着风的破天气?你穿严实点儿,出去吧。可是和谁?不是有个你喜欢的特蕾莎吗,喜欢骑自行车的那个?我见过你们俩一起在河边骑车。特蕾莎刚和乔治结婚了。哦,这我可不知道……好吧,换一个,那个女的叫什么来着,乔瓦娜,那个个子很高、棕色皮肤的姑娘,微笑起来甜美极了,为什么不给她打电话?乔瓦娜去印度了,她和一位叫安德鲁的朋友一起在加尔各答开了家饭馆。你为什么不去找你父亲?笨蛋,我父亲去世了,连你都不记得这个了。说得没错,那你呢?他去世之前你都没去向他告别。他因患血栓而去世,我怎么跟他告别?你参加他的葬礼时穿了一件红色外套,所有的亲戚都为此难为情。亲戚们和我半点儿关系都没有。你亲吻了父亲的前额,居然都没有哭。我厌恶哀悼逝者时在外人面前表演。总之你这个儿子可算不上孝顺。畜生,你懂什么!你也极少去看你母亲,极少回你出生的城市……你是个无可救药的自私自利者。管好你自己的事。但我愿意看到你微笑的样子:总归还有豹纹女士,她可对你一腔热望,想和你上床想得死去活来!你为什么不给她打电话?正因为她想和我上床想得死去活来,我才不给她打电话。纳尼,你是个失败者,一个腐烂的失败者,从不采取任何行动从你的窝里走出去,你不笑,不争吵,不做爱,虽然还年轻,但你已经老了!

你在我身后大喊大叫,实在令我忍无可忍!你要是再这样,我就学匹诺曹,冲你扔鞋子,把你压扁在墙上。我可不是会说话的蟋蟀,我是你的守护天使。厚颜无耻!你什么也没守护,你只想让我行动起来,自娱自乐地看着我从城市的一端跑向另一端,和我不爱的人做爱,和没有友谊的人做朋友,当老师却不传授真才实学,你简直俗不可耐。

为了把它从我身边赶走,我打开了一本薇薇安·拉马克的诗集。我喜欢她善于抨击和反讽的风格,看了令人十分畅快。我知道,一听到诗歌,那头飞禽一定烦得要死。

> 削一支铅笔的时间
>
> 夏天变成了秋天……
>
> 我女儿总是说
>
> 她喜欢别人叫她
>
> "小袜子"
>
> 什么颜色的?
>
> 她单腿蹦蹦跳跳
>
> 已经换到另一个房间
>
> 她回答道:妈妈
>
> 红色的
>
> 而且带条纹!

那副蹦蹦跳跳的小袋鼠的模样令人忍俊不禁，这个小女人的声音听上去还是个小女孩，而眨眼间，她就会长大。我终于赶走了那只不吉利的鸟儿，它喋喋不休，恶语伤人。

然而，那种跃动的节奏、诙谐的氛围很快变为痛苦，变为目睹磨难。我随意翻到一篇，为自己邂逅巧合的神力而瞠目结舌。

> 在她的门外
>
> 有几级台阶
>
> 一天傍晚她发现
>
> 有人在那里睡觉
>
> 她俯身观看
>
> 那是一个小女孩
>
> 哦，但她不是在睡觉
>
> 哦，她已经没了气息。

孤单一人，与幽灵为伴，这正是现在的我：家中的囚徒。就听那头无比烦人的飞禽一次，我要出门，去呼吸新鲜空气。

我抓起自行车头盔，出了门。离开这所公寓，在这里，孤独将我网罗，就像蜘蛛束缚它的猎物。我不想变成一具木乃伊，被天花板上悄然沉睡的生灵吞噬。

我在小城 S 萧索的街道上穿行，朝着"半截井"的方向走去，眼睛被风吹得直流眼泪。在教堂附近，我放下自行车，把它锁在一根路灯杆子上，然后进入加富尔大街。

特雷贾尼家门窗紧闭，仿佛无人居住。但我知道，在某间屋里，安安静静的卡尔梅拉正在一如既往地专注于缝制一件华贵的婚纱。我沿着一堵覆满爬山虎的矮墙继续前行，右边能看到大门紧闭的圣·露西亚教堂，再往前几步便是学校，那里也关着门。

　　玛穆奇家那座花叶装饰风格的小别墅矗立在加富尔大街深处，显得阴森而沉寂，我在它面前停住脚步。那些红砖似乎要诉说些什么：但究竟要说什么呢？然而花园却默不作声，仿佛要混淆视听，推翻每一种假设。

　　我靠在学校的栅栏门上，注视着对面的这所房子，它神秘莫测，令人敬而远之。这所别墅矮宽、浮夸：墙壁上镶嵌着窗户，每面墙三扇，那是三叶窗吗？每扇窗底下都有仿大理石的陶立克式立柱支撑。高高的窗户上方升起弓形窗楣，就像人在满脸惊讶时高高抬起的眉毛，周围还有一些仿花叶装饰风格的细小图案。房顶耸立着一座红色的小塔，顶部一圈中世纪风格的城齿。别墅的风格算是哥特式与古典式的混合体，一切都在刻意暗示某种历史风貌，这种仿造显然价值不菲。如果房屋真的可以反映住在其中的人，那么这座浮夸、造作的别墅则让我们看到失败的献技，力求雅俗共赏的野心，以及从未示众的秘密和凶残。玛穆奇的房子要告诉我的就是这些吗？

　　我如此入迷地凝视着别墅，都没发现有人来到我身边。一只手碰了碰我的胳膊，我吃惊地转过头。是萨利娜·帕沃内，她正和善地冲我微笑。

　　"您太出神了，都没发现我在您旁边好久了。"

　　"抱歉，我刚才在想别的事儿。"

　　"您那么出神地看什么？那个犯罪分子，克莫拉成员同伙的房子？社区里所有人都知道那是个恶棍。他们已经无影无踪了，没人能找到他们的踪迹。对我而言，他们离开这儿就谢天谢地了。"

　　"您认为，房子会和住在其中的人相像吗？"

"我可不这么认为。如果您去看看,会发现我家房子都快塌了:那是六十年代建造的,用的建材质量低劣,电路系统无法正常运转,管道脱落,窗户关不上。然而我的家庭一点儿也不差。相反,您看我的两个双胞胎儿子多么苗壮!"

我知道她在撒谎。在那所房子里,住着一个被卡车撞伤的男人,整天躺在沙发上,闭口不言,郁郁寡欢,眼睛总是盯着电视,两个孩子大喊大叫,把到处都弄得很脏,一个年轻女人感觉自己如同囚犯,却要说服自己监狱就是最好的地方。

"您听说埃莲娜·烈威女儿的事了吗?"

"没有,有她的消息吗?"

"他们好像找到了她,她母亲的一位朋友正把她带回家。"

"终于有个好消息了!"

"但听说她病了,病得非常严重,都站不住。"

"他们也找到她父亲了吗?"

"已经得到证实,她父亲在一场战斗中被杀身亡,随后女儿被卖给一些贩卖未成年妓女的人贩子,他们是这么说的。现在她病了,他们同意她离开,塔拉莫奈先生正带她回家。"

"带她回哪儿? 她已经既没有母亲,也没有父亲了。"

"还有外祖母,她会照顾她,这是别人对我说的,我并不认识她,她住在城市的另一个地区。"

"那塔拉莫奈先生呢?"

"不知道……"

她邀请我去她家里喝杯咖啡。但坦白地说,我不想见到那个忧郁的男人,他只会用几声哼哼唧唧来表达自己;我不想听到两个双胞胎的大喊大叫,他们把碰到的所有东西都蹭上巧克力;我不想听到萨利娜赞美自己的命运,她不过是在自欺欺人。

48

过节放假。这个复活节仿佛永远不会结束。太阳出来了,气温却有所下降。我待在床上看书。城里冷冷清清,也许大家都去别的地方过节了,抑或藏在家里躲避大风和寒冷。

有人按门铃,会是谁?我没约任何人。我把一只眼睛对准猫眼往外看,门外站着一个小伙子,他头顶一绺翘起来的头发,活像鸡冠,也在直直地望着我。他手中拿着一个包裹,吸溜着鼻涕,看上去又冷又累。我决定把门打开,他看上去并不是那种面目狰狞的人。

"您是纳尼·萨比恩查吗?"

"是我。"

"嗯,这个包裹是给您的。"

"你是谁?"

"邮差。"

"复活节你也上班吗?"

"我本应该三天前来,但因为我妈妈生病了,于是决定今天来。我能进屋吗?"

他鼻子通红,冻得浑身发抖。我让他进屋,并把家门关上。小伙子把包裹放在门厅里的桌子上,四下张望,惊讶地看着覆满几面墙壁的众多书籍。

"你想喝杯咖啡吗?"

"好的,谢谢。我没想到会这么冷。我骑摩托车来的,手都冻僵了。"

他掬起双手,放在嘴边呵气取暖。微笑的时候,露出损坏的门牙。他有一双暗绿色的眼睛,彼此靠得很近。

"萨比恩查先生,您是老师,对吗?"

"是的,我在'半截井'的朱塞佩·马志尼学校教书。"

"我特别喜欢上学,但自从父亲去世,母亲就供不起我读书了,她独身一人,得养活四个孩子。您能帮我学习吗?"

"怎么帮?"

"您方便的时候,我就来这里找您。如果能负担得起的话,我也可以付给您钱。"

"邮差,你叫什么名字?"

"安杰罗。"

"好吧,安杰罗,你明天也可以过来,现在还在假期,我不用去学校上课,但不用付钱。反正明天我不上班,我想你也不用上班……"

"是的,现在放假。"

这时我把包裹拿在手里,惊讶地发现它是从柬埔寨寄来的。现在我着急把小伙子送走,以便从容地看看里边是什么。我陪他走到门口。

"那每个礼拜天上课您方便吗?英语您也能教教我吗?"

"你想学多少东西啊?除了英语,还有什么?"

"嗯,历史,哲学,地理。"

我微笑着听他的雄心壮志。我看到他腼腆地耸耸肩。老远就能看出他是真心诚意的,虽然贫穷,却热爱书籍。我从书架上拿出斯卡尔梅达的《聂鲁达的邮递员》当作礼物送给他。

"你会喜欢的。"我对他说道。他如饥似渴地用双手抓起书,把它贴在胸前,仿佛担心我会再把它拿走。

"我能留着这本书吗?"

"我已经把它送给你了。"

我看着他蹦蹦跳跳地下了台阶,把书掖进外套里。

我关好门,又拿起包裹并把它打开。里面是一盒饼干,因为运输途中一路颠簸,已经变得粉碎。它们用蓝色牛皮纸包裹着。

我正打算把几乎已经碎成粉末的饼干扔掉时,一张邮票大小的照片滑落到地板上。我把它捡了起来,上面是两张挨在一起的笑脸,一个女人和一个小女孩:埃莲娜·烈威和女儿法提玛。这张小照片的背面写着字,但墨迹已经模糊不清。我又把包裹的包装纸拿起来,上面却看不到发件人的名字,只有一张柬埔寨邮票。为了能更好地辨别字迹,我手里拿着包装纸靠近窗户:但还是看不清,最后只依稀辨认出一个"埃"和一个"烈"。大概是埃莲娜·烈威,她是我认识的人里唯一去过柬埔寨的。但埃莲娜已故,我们已经参加过她的葬礼。

我坐下来,手中拿着那张古怪的包装纸,无法想象出它究竟意味着什么。也许这包饼干是埃莲娜·烈威被杀害之前寄出的,但怎么可能这么久才送到?或许她还活着?这不可能:葬礼时,装着她尸首的棺材明明就在我眼前。她想用那盒饼干对我说些什么吗?还是有人以她的名义把那些饼干以及那张体现失落的幸福的照片寄给了我?难道饼干也和房屋一样,有它们自己的秘密术语,有待解读?

她给你寄包裹,是为了告诉你她身处险境。那她为什么选择这种转弯抹角的方式?因为她害怕。她不能写封信给我吗?我估计不能。你还记得你那位俄罗斯朋友吗?有一次他对你说,因为发表过的几篇文章,他在莫斯科感到自己陷入危险之中,于是嘱咐自己的意大利妻子:"如果收到一本莱奥帕尔迪的书,说明我被谋杀了,即便他们说我是自杀身亡。"你还记得吗?没错,他的妻子玛丽亚是安妮塔的朋友,但我不记得书的事。收到书的不是妻子,而是记者的母亲,事实上,没过多久,便传来他的死讯,说他因为心肌梗病故,而他只有三十五岁,而且没有心脏病。你的意思是,埃莲娜·烈威知道自己可能遇害,寄出一包饼干是为了把这个消息通知给别人?那她应该事先告诉我,否则谁懂这种暗号?也许她告诉过你,也许她只想感谢一下你,也许她没来得及……照片是为了对你说:记住我们。这头飞禽似乎比我更聪明,也许它已经觉察出某些我还不懂的事情。我想看着它的眼睛,然而却从未与它目光相交,因为他总待在我身后,正如一位地道的、不守护你的守护天使。

49

今天是第一个风和日丽的日子。节日假期结束了,四月也几乎快过完了,我心情好多了。学校又开始上课了,城里一派生机,不再那般昏昏欲睡、百无聊赖。在酒吧里聚会的几十个小青年也不见了,节日期间,他们曾在那里喝酒、抽烟,商量如何能弄到廉价毒品和烈酒以供消遣。商铺的卷帘门也不再成排紧闭,一辆辆公共汽车也结束了空载运营。

我骑着自行车向学校飞奔而去。阳光把我的后背晒得暖暖的,我情不自禁地想吹口哨。我很开心,虽然自己也不知道为什么。

在学校门口,我看见弗朗西斯科正在等我,一副急切、兴奋的样子。我太了解他了,知道他肯定有什么新闻想告诉我。

"弗朗西斯科,有什么新鲜事儿吗?"

"老师,我找到了一样特别适合您的东西。"他递给我一个硕大的信封,"但您现在不要打开。"

“为什么？”

“因为现在不是时候。等您回家后，再从从容容地打开它。”

我谢过他，把那只神秘的信封放进书包里，然后和他一起走进教室。很多孩子已经坐在座位上了，他们都在玩手机。我让所有人把手机交上来。

“把手机都放到讲台上来。我一进教室就关手机，你们也必须照做。”

他们虽然有些小情绪，但还是服从了。有些手机确实很引人注目，它们套着花布手机套，配有螺丝扣，并挂着塑料做的小配饰，有小熊、小狗、迷你娃娃，用一条穿进手机壳扣眼的绳子或丝带拴着。

今天要让他们朗读自己复活节假期写的小作文。题目是我们一起商定的：我的家庭。其实，是他们自己定下的题目，绝大多数人赞同这个选择。原本我更倾向让他们写自己看过的书籍，但不得不听从大多数的意见。我做出让步，但要求他们在描述家庭的同时也提一下家里的书籍。

“我的家庭很小，有父亲、母亲和我。当然还有小佩，它是一只兔子，是爸爸从街上捡回来的，它的一只爪子有残疾。我们叫它‘小佩’，因为它来我家时，那天的圣人是圣·朱塞佩。小佩不看书，而是啃书。它特别喜欢吃纸。”

法布里西奥第一个念了他的作文，当他读到兔子那部分时，其他人都笑了。他为此洋洋得意：只有让学校里的同学们发笑，他才能感到称心。为此，他讲俏皮话儿，模仿电视里的人物，我每次批评他时，他总是准备好恰到好处的调侃来反驳我。

“我父亲上班，母亲做饭。我们家没有书。”塞提米诺大声朗读道,"不过老师送了我一本书,名叫《三怪客泛舟记》。我父亲想先看这本书,因为他不信任萨比恩查老师,说他办事总是头昏脑涨。可是我父亲却看得津津有味,我看见他坐在沙发上自己笑个不停。我母亲也想看,所以这本书到现在我还没看成。"

"我家有很多书,因为我母亲是老师。"小米凯拉朗读着,"我的书在书架的最下面,而为了让我够不着,大人们的书都挤着放在书架的高处。其实只要拿一把椅子,我就能爬上去够到那些书。我的姨母梅琳娜说我总是看书,不做作业,但我知道,即便总是看书,作业我也能完成。梅琳娜姨母说看书能把脑子看坏了。但是老师却说脑子不但不会坏,反而会更加机敏。我认为老师说得对。梅琳娜姨母在家的时候,我就偷偷看书,否则她就会打我的脑袋。但并不是狠狠地打,只是拍一下,可她带着戒指,还是会把我硌得生疼。"

"我家里有两本关于皮奥神父的书,还有一本皮革装订的《福音书》。"马里奥念道。"我奶奶虔诚地信仰这位圣人,每年将近五月的时候都去朝拜他。她回来的时候总带回几串被赐福的念珠。我在靠着床的墙上钉了一枚钉子,在上面挂了好几串奶奶的念珠,她每次回来都给我带一串。'皮奥神父真的给念珠赐福了吗?'我问她,她总回答说'是',尽管皮奥神父已经去世了,但她却不承认,因为对于奶奶来说,圣人永远不会死去。她说自己看见他了,神父戴着露手指的黑手套,口中念着祈祷文赐福。萨比恩查老师送了我一本书:贾尼·罗大里的《假话国历险记》,我特别喜欢这本书,故事讲的是一个诚实的小男孩偶然来到一个国家,在那里如果你说真话,就会被抓进监狱。这本书我已经看过三遍了。有一天,我奶奶把它扔进垃圾箱里了,她说我看的书太愚蠢,还给了我一本关于皮奥神父的书。但我把我的'小茉莉①'捡了回来，并且把它擦干净藏在床垫下面了。"

　　每年我们都会为班级的小图书馆增添几本书。我小心翼翼，不推荐那些家长们认为的"有害"读物，他们总是竖起耳朵，满腹狐疑，毫无信任。每当探讨某个令孩子们痴迷的话题时，我们便挑选一些书。其中一些是他们自己买的，另一些则是我带来的。在讲罗伯特·格雷夫斯的《希腊神话》时，我曾遇到一些麻烦。几位妈妈在书中发现了一些淫秽情节，认为不适合这个年纪的小孩儿阅读。似乎所有人都知道，萨比恩查老师愣头愣脑，人虽然不坏，但比较古怪，需要时刻提防。这几乎成了家长们之间心照不宣的成见。

　　"我父亲不希望家里有书。"阿德里亚诺念道。"他说书籍会让脑子生病。因为热爱阅读，妈妈被揍了好几次。我和她偷偷地传阅书籍，她把书藏在厨房里，放在水盆下面或是垃圾桶后面。"

　　"阿麦德，你没什么要讲的吗？"

　　"我家一切都很好。可供阅读的书籍是《古兰经》，当妈妈在厨房做饭的时候，我会和爸爸一起诵读。"

　　"你能说出《古兰经》里的句子吗？一句最打动你，你特别喜欢，想把它背下来的句子。"

　　"每一章的开端都是：'以最仁爱最慈祥的真主安拉的名义'。"

　　"这个开端很棒。那么，最打动你的是仁爱和慈祥吗？"

　　"不是，我更喜欢剑。第九章《忏悔》中写道：'讨伐那些

――――――――――――

　　① 《假话国历险记》原名《小茉莉在说假话者的国家里》，小茉莉是书中的小主人公。――译者注

不信奉安拉及其使者的人。'"

"那么,如果一个人出生在信奉其他宗教的国家里,根本不知道安拉的存在,你认为他也必须受到惩罚吗?"

"不信教者理应受到惩罚。"

"那么,你会因为小米凯拉信仰另一位神明而惩罚她吗?"

我看到他满面通红,低下了头。我知道阿麦德喜欢小米凯拉,经常能看到他俩课间休息时在院子里互递点心吃。继续追问下去还是算了?我努力装作漫不经心,还是让他们自己思考更好。我转向塔提安娜,她已经站了起来,手里拿着作文。

"你呢,塔提安娜?"

她两手紧紧捏着那张纸,满脸困惑地盯着它,似乎对自己写的东西不太自信。我鼓励她给大家念念。她照做了,但在此之前先戴上了一副厚厚的眼镜,她的声音非常弱小,几乎没人能听见。我请她大点儿声念。她羞赧地看着我,然后开始语速飞快地念了起来,声音还是一如既往地微弱。

"我非常热爱阅读,但却不能看书:书籍令我害怕,它们是我的敌人,它们抓住我的眼睛,并把它们带走,我在和书籍作战,我父亲叫我小瞎子,我已经做过三次手术了,可是……"

她突然大哭起来,没法再念下去了。我不得不给她一张纸巾,靠在她身旁的课桌上安慰她。该对她说些什么呢?我以前不知道她做过手术,她从未和我说过。我现在才知道,秉性温和的塔提安娜正在丧失视力。

同学们手足无措地看着她,不知道在她揭开这道痛苦的伤疤后该做些什么。我对她说,现在的科学技术日益精进,足以帮助视力有障碍的人。但她依然沮丧地哭着,我又递给她一张纸巾。我挖空心思,想让她露出笑脸。

"就算你变成盲人,"小米凯拉起身说道,"你也不要泄气,塔提安娜,有盲文书籍。我的一位堂兄阅读盲文书籍已经好几年了。不要哭,你能行。"

"我们向你保证,如果你变成盲人,我们当中会有人在你身边为你大声朗读。"弗朗西斯科出人意料地冒了出来,其他人都表示赞同。

"永远吗?"塔提安娜依旧沮丧地问道。

"永远。"

"当我老了,驼背了,变丑了,你们也为我读书吗?"

"当然。"弗朗西斯科斩钉截铁地答道。其他人都表示赞同。我发现马里奥在课桌下做了一个双角手势①。

"马里奥,你为什么做双角手势?"

"我?没有啊,我在挠膝盖。"

"知道吗?你的鼻子正在变长②,过不了多一会儿它就会垂到课桌上。"

马里奥本能地用一只手捂住鼻子。但因为他正在偷吃巧克力,以致抹了一鼻子黑。所有人都笑了,包括塔提安娜。悲伤的气氛在一阵令人轻松的欢笑中消散。

50

下午到家后,我赶紧打开背包,把弗朗西斯科给我的大信

---

① 双角手势是意大利的一个粗俗的手势,带有侮辱意味。——译者注
② 在意大利童话故事《匹诺曹》中,说谎的孩子鼻子会变长。——译者注

封拿出来。手中是一本相册,上面贴着几张小女孩的照片,她们摆着各种性感姿势。每张照片下面都有名字。其中两张我认得:是芬奇拍的,那位把衣着裸露的小女孩人像照卖给凯撒·玛穆奇的米兰摄影师。

有人按响了门铃,我起身去开门。是弗朗西斯科,他是跟在我身后来的,而我却没有发现。

"你在这儿干吗?既然你来了,我正想问问你,这些照片是谁给你的?"

"在玛穆奇家别墅的车库里找到的。"

"别墅贴着封条,你是怎么进去的?"

"我把封条揭开,然后又粘上去了,这又不难。"

"弗朗西斯科,你不该这么做。法律禁止的地方不得擅入。"

"可是如果法律像一只乌龟一般缓慢前行,还总是睡觉,而我却在奔跑呢?"

"你在奔跑,但你哪儿也到不了。"

"老师,您还想不想找到这个露西亚?"

"这么说你也认为她还活着?"

"我敢肯定她还活着,并且曾在那所房子里待过。"

"你为什么这么说?"

"我在花园里还找到了这个。"他从兜里掏出一只细小的金手环。"这是那个小女孩的,您看,这肯定是给手腕很细的人戴的!"

"这样的手环到处都是,根本不能成为你以为的证据。"

"您好好看看,上面还刻着字儿呢。"

我把手环靠近眼睛仔细观察,事实上,在金手环的内侧,刻着一个名字:露西亚。

"弗朗西斯科,即便如此,也不能成为证据。玛穆奇很可能有个叫露西亚的侄女,或者他某位朋友的女儿叫这个名字。"

"是,但名字旁边还写着什么您看到了吗?"

我更加仔细地看了看,发现名字旁边还有字:是出生日期。我们立刻去翻看我收集的露西亚案件的剪报:日期与小特雷贾尼的生日吻合。

"我把它拿给卡尔梅拉女士看看,如果母亲认出了它,我们就去报警。"

"老师,我和您联手一同调查,对吧?"

"你别说大话。我们俩既不是警察,也不是法官,我们什么都不是。我们只是老师和他的学生,对于一起失踪案件,我们起不了任何决定作用。"

"可如果是我们发现了小露西亚被绑架并关押在那所房子里,那警察也得听我们的。"

"你先让我去问问卡尔梅拉·特雷贾尼她认不认识这只手环。"

"老师,你答应我咱俩一块儿干,好吗?"

"我敢打赌,你长大想当警探。"

"能让我去找特雷贾尼夫人吗?"

"不行,弗朗西斯科,我不想让你惹上麻烦,还是我去吧,我会把情况告诉你的。"

"您能答应我别制止我参与调查吗?"

"我答应你。"

我们一起出门,他坐公共汽车走了,我骑上自行车,直奔"半截井"的加富尔大街。我用了好久才到那里,因为堵车比平时还严重,我在汽车中间穿梭,它们根本不顾骑自行车的人,我不止一次险些被撞到。

我把自行车停靠在同一根路灯杆旁,按响了特雷贾尼家的门铃。悄无声息。所有的窗户都紧闭着,只有二层有一扇小窗户是敞开的,遮着黄色窗帘。我再次按响门铃,看到窗帘被一只白色的小手掀开,卡尔梅拉·特雷贾尼稍稍探出头来,向下张望。随后窗帘被放下了,我听到栅栏门的锁弹开的声音。

"我能进去吗?"我问道,此时我还因为骑车走了很长一段路而气喘吁吁。

这位女人为我打开房门,一言未发。在让我进去之前,她四下看了看,仿佛担心有人看见我似的。

"我必须和您谈谈,情况紧急。"

她请我去客厅。那里十分阴暗,还散发着一股霉味。她打开灯,示意我坐在一张用绣着丁香花的布料盖着的单人小沙发上。沙发前面有一张低矮的铁制茶几,上面镶嵌着玻璃,忽明忽暗之间,我被茶几绊了一下,差点儿摔倒。我重新站稳,然后在小沙发上坐下。

我把小手环拿出来给她看。卡尔梅拉一把从我手中将它夺了过去,并放在眼前。她盯着金手环内侧用极小的字体刻上去的名字和日期仔细观看。然后,她抬起头,注视着我,满脸惊恐。我立刻明白,她心中的第一闪念便是罪犯是我,因为我手里拿着属于她失踪女儿的物品。但如果真的是我,我会把对我如此不利的铁证交到母亲手里吗?不过我又想道,她的这种反应恰恰能证明那确是露西亚的手环。

"您在哪儿发现它的?"

"在玛穆奇别墅的花园里。"

"我不信。"

"我在哪里发现的并不重要,您认得它吗?"

"那天早上她戴着它。"

"您确定吗?"

"当然。那天我本想把手环从她手上摘下来,因为学校里丢过几次东西,我可不希望手环被人偷走,那是金的,是她舅舅阿尔杜依诺在她年满七岁时送的礼物。我对她说:把手环放在家里吧,学校里有小偷。但那天早上她执意要戴。"

"那么您肯定这是小露西亚的东西?"

"非常肯定。"

"这是她的出生日期吗?"

"是的。"

她问我想不想喝杯咖啡。她开始相信,如果罪犯是我,我不可能把自己的涉案铁证拿到她这儿来。疑虑从她犀利的目光中退去。

"您一直坚信我女儿还活着,而我却没有。我已经在心里把她埋葬了,重生希望对我而言实在太难。我无法再一次承受绝望。您真的认为露西亚可能还活着吗?"

"我不敢肯定,但有很多种可能性。为什么玛穆奇匆匆潜逃,在消失之前把一切清理得一干二净?他如此周密地清除了囚室的所有痕迹,却为什么只留下一双四十三号的男鞋和一把电动剃须刀?我想那双鞋和那把剃须刀都是为了混淆视听。真正的证据是这只刻着露西亚名字的手环。现在,如果您同意的话,我去报警,然后咱们再看。"

警察带着些许反感情绪接待了我。我发现了原本应该由他们发现的东西,这令他们大为不悦。我把相册和手环上交后便返回家中,但愿由我引起的恼火不会影响他们重新展开调查。

51

今天,在学校门口,我看见一个身材高大魁梧的男人正在台阶底下等我。虽然已是炎热的五月中旬,他却依然穿着西服外套,系着领带。他向我伸出一只手,一副默契的神情。我问他是谁,他立刻介绍自己是雷纳多·塔拉莫奈。

"啊,您是埃莲娜·烈威在柬埔寨认识的朋友,是您帮助她找到了女儿!"

"我知道埃莲娜给您写信提到过我。"

"是的,而且她对您大为赞赏。"

"她是位勇敢的女人。她的死因至今仍未得到官方解释。没人谈论,没人知道任何真相。"

"也许根本没人想去了解真相。"

"我想您说得对。我们去酒吧聊聊好吗?"

我远远地望见弗朗西斯科靠在一堵低矮的围墙上,用怀疑的眼神盯着我。估计他也在纳闷儿,这个身高将近两米、胳膊粗如树干的彪形大汉究竟是谁。

我们来到"蜘蛛"酒吧。这又是一次巧合吗?我选择坐在角落里的一张小桌旁,点了一杯卡布奇诺。塔拉莫奈只喝白水。

"我想告诉您,埃莲娜经常和我说起您。她觉得您是 S 城里唯一关心这起骇人听闻的事件的人。"

"的确有那么几位,几个蠢材,执意认为她把自己送到人贩子那里是落入虎穴,自讨苦吃,但我敢向您保证,城里绝大多数人都支持她。小女孩被她父亲绑架并带到柬埔寨,S 城的所有人都为此事感到不安。朋友们为了能让母亲启程而自发募捐,这无疑是爱和团结的表现。另外,全城的人都参加了她的葬礼。"

"埃莲娜勇敢地与逼良为娼的人贩子进行抗争,她不仅要把女儿带走,还要告发那些恶棍。她自始至终意志坚定,毫无畏惧,他们意识到她是认真的,就把她杀了。我想真相就是这样:我不敢完全肯定,但很可能就是如此。"

"您给我讲讲埃莲娜的其他事情吧。我只从她寄给我的那些小纸条上看过她的日记,而您则在她身旁,一切都曾亲眼目睹。那时她绝望吗?害怕吗?有人威胁过她吗?"

"没有,据我所知,没人威胁过她。但她显然曾被人监视,有人担心她去告发那家非法妓院。"

"那您没提醒过她会有危险吗?"

"我给您讲一件事吧:有一次我在乡间行走,追猎野鸡,忽然遭遇了一窝野猪,它们是从灌木丛里冒出来的,虽然个头都不算大,但那些獠牙着实吓人。野猪妈妈正领着她的孩子们向前走,刚一看到我,便怒气冲天地向我冲了过来,我吓了一跳。在这条路上我曾好几次遇上野猪,但它们从没攻击过我。通常它们一看见人,便转身逃走。而那头野猪是一位母亲,身边有孩子需要她保护。我赶紧走开,它也开心地回到孩子们身边。"

"您想用这个小故事说明什么?"

"当事关自己的孩子时,母亲们就会变得难以预料,她们时刻准备好应对各种情况。埃莲娜是个和善、腼腆、理智的女人。但面对囚禁女儿的人贩子,她就变得倔强刚烈。我与她相识的那座城市虽然非常腐败,但也有警察管理治安,到处都是眼目,一切都有人监管。但也许正是她的这种绝对信心害了她。在那里,任何事情都可以用钱来解决。实际上,我总是劝她兜里装上现金。而她呢，一方面，自己一欧元都没有，另一方面，又不愿意让我借钱给她。她既骄傲，又固执，只身前往那家该死的妓院，让他们交还女儿，还威胁说要去告发，不仅要通知当地警方，还要上报给国际刑警。那些人就害怕了。"

"现在小女孩在哪儿？"

"她跟我一起回到意大利了。我付了钱，他们就把她给我了，当然也是因为孩子病得很重。"

"那现在她在哪儿？在您家吗？"

"她在医院，正在接受治疗。孩子身患晚期梅毒，营养不良，并且受到了惊吓。"

"我要去看她。"

"您现在别去。孩子还在重症病房。"

"能救活吗？"

"医生们说可以。虽然忍饥挨饿，被人囚禁，尤其还被强迫从事那个行当，但她本来的体格还算强健。也许她母亲去世也算某种慈悲，否则她根本无法认出那是自己的女儿，孩子已经瘦得只剩皮包骨头，被高烧折磨得浑身发抖。"

52

弗朗西斯科对待自己使命的坚持和热情有点儿令我害怕。现在他来找我时都不提前打电话。他在厨房坐着，我给他沏了杯茶，他给我讲他的调查进展。他太冒失了，居然偷偷潜入封闭的花园，爬到树上偷拍照片。

今天他到我家的时候，我正在给邮差安杰罗上意大利语课。看到我们把头埋在书本里，他撇嘴一笑。我没和他一起研究小女孩失踪的案件,却把时间浪费在给一个小伙子上意大利语课和历史课上,而这个小伙子满嘴坏牙,所有人都把他视为城里最倒霉的孩子,邮差里最不守规矩、最懒散的一位。

他在一边坐着,手里拿着一本书,告诉我他可以等。与此同时,我做了三杯鲜榨橙汁。我可不想让别人指责我把未成年人都带坏了,让他们对成年人的毒品——咖啡上瘾。

此时安杰罗不学习了,开始盯着弗朗西斯科看,还问他多大年纪了。弗朗西斯科带着某种骄傲,回答说自己十三岁了,马上就十四岁了。

"而你却和那些十一岁的孩子们同班。"

"这不关你的事。"

"你真的会爬上很高的树吗?"

"这又不难。"

"你能教教我吗?"

"一个萨比恩查老师对你来说还不够吗?你还想要一个弗朗西斯科老师吗?"

他说这句话的时候一副洋洋得意的样子。安杰罗用他的坏牙咬着嘴唇,满脸欣羡的表情望着他。

弗朗西斯科耐心地等到我们上完课,然后把他送到门口,回来时开心地搓着手。

"我觉得在安杰罗身上浪费时间毫无益处,他就是个半傻,每次看到别人会做某件事,就让人家免费教他。看到我堂哥有一家摩托车修配厂,就要和他学修车;看到我的一个朋友在格拉纳达大酒店当厨师,就要和他学做饭;他甚至还央求过卡尔梅拉·特雷贾尼,要和她学缝纫。"

"一个在无知中长大的小伙子怀有学习的愿望并不是一件坏事。我觉得他很用功,学得也很快。"

"我向您保证，他坚持不了多久。很快他就会厌烦，把学习抛在脑后。幸好在邮局里有人护着他，否则他早就成流浪汉了。"

"反正我挺喜欢安杰罗的。你今天来找我干吗？"

"我得给您看些东西。"

"关于什么事儿的？"

"关于玛穆奇的。我不是在树上拍了些照片嘛，但它们洗出来看不清楚：我拍照的时候离得太远，而且没用闪光灯。后来我想起母亲有个朋友是位优秀的摄影师，就去找他，用Photoshop图像处理软件把照片变得清晰，并且把它们放大了：您看看。"

他把一些用白纸打印出来的照片交给我。在一团黑乎乎的背景里，能看出一扇敞开的窗户，屋里亮着灯，一个男人正在做饭。然后是一组镜头：男人面前有一只托盘，上面的两只盘子看得清清楚楚，旁边还有两只倒满红葡萄酒的玻璃杯。然后男人打开门，一只手托着托盘，另一只手转动门把手。最后还是这个男人，他用一只脚撑开门，能够让人隐约看到堆满物品的厨房前厅。

"弗朗西斯科，你真是个天才。我真想马上举荐你当警察局侦察科科长。"

他开怀大笑，让我继续仔细观察照片，并给我指出其中的细节：厨房墙上挂的钟表显示时间为八点，厨房角落的冰箱上有个坐着的玩具娃娃。

"冰箱上坐着个玩具娃娃，这要向我们说明什么？"我好奇地问道。

"没什么，只是要说明比起窝藏黑手党在逃犯，玛穆奇更有可能在地下囚室里关押着一个小女孩。"

"弗朗西斯科,你太成熟了,简直不像十三岁的孩子,你让我害怕。"

"不是您说的,我们小孩儿的脑子和大人一样,只不过我们缺少经历吗?"

"我能弥补你的经历吗?"

"太能了。"

"别对我寄予太高期望……我全凭自学,而且在犯罪学这方面,我可不太在行,容易在细节中迷失,而且经常看错人。"

"没关系。我们有两个人,可以开一家公司。"

"你是说私人侦探公司?"

"我们能赚好多好多钱。"

"可我是老师,不是侦探。"

"改行永远不晚。"

"你先想想怎么长大成人,然后咱们再说。"

"那您觉得这些照片如何?"

"以前你怎么没告诉我有这些照片?我们早应该把它们交给警察。"

"以前照片上只能看出一片黑乎乎的背景和一个亮光的小方块。在用 Photoshop 处理之后,一些值得注意的细节显现了出来。您看,厨房看得多清楚!还有玛穆奇,连他那撮垂在脑门上的灰色头发都一清二楚。他两只手各托着一张盘子,用脚把门撑开的样子也一目了然。可惜没拍到活动门板,它被门挡住了。"

"咱们得去警察局,立刻就去。"

"我觉得不能去:他们肯定把所有东西都没收,然后什么也不干。您把手环拿到警察局的时候,他们是不是就给收走了?"

"是的,他们答应我会有所作为,但现在我还没看到什么进展。"

"对他们而言,露西亚·特雷贾尼已经死了,一切都结束了。没有任何事情能让他们改变想法。"

"幸好我给手环拍了照!里侧的金面上刻着的名字和日期很是令人不安。"

"露西亚的母亲认出手环了吗?"

"认出来了。"

"他们把电脑还给您了吗?"

"还了,谢天谢地。"

"老师,露西亚还是由我们来找吧,我们行动更快。"

"弗朗西斯科,我们不能越过警察。"

"可他们在找那个克莫拉秘密组织成员,才不在乎一个小女孩呢!还是我们来找吧。"

"怎么找?"

"我想想,然后告诉您。您也想想。"

我在问自己,该不该去把这件事告诉弗朗西斯科的母亲。但这么做是背叛。是我自己让自己陷入两难的境地。

现在你看见了,教导孩子们用自己的头脑思考会发生什么……然后他们就会按照自己的方式胡来,而且你还不能责怪他们,依旧是那只飞禽在我耳畔吹风。

53

在医院里,为了找到她,法提玛·泰扬,我颇费了一番周折。没有人知道她在哪儿。他们先让我去重症病房,在那儿我遇见了一位匆匆忙忙的护士,她告诉我孩子被转到三层了。刚到三层,他们又把我打发到四层。我乘坐一部偌大的电梯上楼,速度缓慢得简直像运送货物的升降机。为了寻找小女孩,我把每间病房都看了一遍,但就是找不到她。后来,我看见塔拉莫奈沿着楼道往前走,就叫住了他,他转过身等我。

"我正打算去酒吧,现在警察在小女孩那里。您也来喝杯咖啡吧。"

我们一起下楼来到一层。医院的酒吧里有个长长的、亮闪闪的吧台,几十位大夫敞着白大褂在那里喝咖啡,护士们在吃过一份三明治后便手里拿着一小瓶水匆匆离开。因为现在是探视时间,住院病人家属们拿着行李包或小手提箱在走廊里进进出出。因为不知道医院多久才会更换、清洗一次床单,他们便亲自动手,并把洗过的干净床单交给自己至亲的人。另一些人则甚至带来了完整的一餐饭菜,因为对医院手艺粗糙的病号饭深恶痛绝。

我问塔拉莫奈小女孩情况如何。

"恢复得不错,已经可以接受两位女警察的问话了。警察十分有耐心,孩子的意大利语掺杂着阿拉伯语和英语。"

"她说什么了?"

"她们让我先离开,一会儿就知道了。"

"我感觉小女孩很喜欢您。"

"嗯,我把她从那个地狱里救出来,她明白。我运作了一下,使她母亲的遗体能被带回意大利。我把她送到外祖母那里,然后又带她来医院。"

"您觉得我能看看她吗?"

"等调查员一走,我们就去。她住在产科病房,别的病房实在没有床位了,他们就把她安排在了产科,但这样她至少有一间单人病房。外祖母一直陪在她身边。我两三天来这里一次。不想让她觉得我不管她了。"

与此同时，我们看见两位女警察走进酒吧，随即明白她们和小女孩的谈话已经结束。我们乘坐那部升降机电梯返回楼上。找到最里边的那间小病房后，我们敲了敲房门，走了进去。

外祖母维拉抬起困乏的脸。她看上去仿佛一个星期没睡过觉。这是一位年轻的外祖母：可能连四十五岁都不到。她染成浅色的头发在脖子后边扎成辫子，肤色深暗，长着一双极黑的大眼睛，眼窝很深，嘴唇柔美，脖子很长，血管清晰可见。

她坐在病床旁边，紧紧握着小法提玛的一只手。我走上前去，心里忐忑不安。孩子的样子看上去令人震惊：她瘦弱至极，面部皮肤上满是深色斑点，眼睛又红又肿，细弱的胳膊毫无血色，从睡衣的袖子里伸出来，那件衣服是白灰条纹的，简直像监狱里的囚服。

她呼吸困难，胳膊上插着好几根针头。外祖母小声对她说着话，我用双眼凝视着那张痛苦的小脸，她长得和母亲很像。

我带来了鲜花，但无论是外祖母或是外孙女似乎都没注意到这束小苍兰，我努力把花插进一只塑料杯里，杯子显然太小了。这是现在唯一依然散发香气的花儿，我喜欢它柔和、清新的芳香。花香弥漫在这间小小的病房里，驱散了消毒水和药物的浊气。

"她怎么样？"我问外祖母。而她则从下往上瞅着我，一脸挖苦的神情。

"您觉得一个落到那帮畜生手里的小女孩能怎么样？"

的确，我的问题太愚蠢了，但我不知道该说些什么。这时，我看到塔拉莫奈走到病床旁边，俯身望着小女孩，而孩子正无比甜美地冲他微笑。一个男人为她做了连她父亲都不会为她做的事情。不知道法提玛对她的父亲是否有更多的了解,也许调查员询问的正是这个。

　　如果弗朗西斯科在场,一定会以他的侦探视角给小女孩拍照,没错,他就是那个样子。我可不敢,我觉得这是种无礼的冒犯。"但真相应该被了解,被分析,被研究:照片的作用恰恰在此。"弗朗西斯科一定会如此对我说,他的头脑和语言都很成熟,我太了解他了。

　　现在,小法提玛把一只手放在外祖母的双手之间,扭头望着雷纳多·塔拉莫奈,冲他无声地微笑着。这位彪形大汉弯下腰,轻轻地吻了一下病人的额头。小女孩闭上双眼,外祖母的眼中含着热泪。她也非常感激把外孙女带回家的这个人,知道他不仅破费了许多钱财,而且冒着生命危险才做到这一切。我问自己,这是否能够称作善行。

　　一切都是演戏,我的那头飞禽用讽刺的语气说道。你别胡说,我相信塔拉莫奈的善意是真诚的。善意是一个醒目的词语,自有它的利益所图,和其他任何意图一样。对你而言,现实只是纵横交错的各种利益,有些虽被妥善掩饰,但总归带有贪婪的烙印,这只是你的想法。而我却乐于认为塔拉莫奈的所作所为完全出于善意,他是个好人。对,一个逛窑子的好人!是埃莲娜求他前往那家妓院,他这么做绝对出于怜悯。狗屁怜悯:他是个商人,请你记住!一切都被他拿来做买卖,包括人的生老病死。你别信口胡言:怜悯意味着足够理解他人的痛苦,做到感同身受。你这个煮熟了、烧烂了、烤焦了①

---

　　① 该句出自哥尔多尼的戏剧《女店主》,在此处形容天真的程度,几乎可以说是愚蠢。——译者注

的小天真,和哥尔多尼说得一模一样,那只傲慢无礼的飞禽在我耳边大喊大叫。

一位护士手里拿着针和棉球走了进来。她把孩子的条纹睡衣稍稍掀开,迅速地把针扎入她消瘦的肩膀。法提玛疼得满脸痛苦的表情。随后,她低声说想喝水。外祖母把放在床头柜上的满满一杯水拿起来递给她。但孩子瘦弱的胳膊无法承受一杯水的重量,杯身倾斜,水洒在床单上。塔拉莫奈伸出他的大手,在水洒光之前把杯子抓住。小女孩开始呕吐。外祖母呼叫护士,却没人过来。她冲进卫生间,拿来一只小盆,放在孩子颤抖的下巴下面。那只小盆是绿色的,与马尔蒂娜病入膏肓时,我给她用的那只一模一样。

同样的战战兢兢、心如刀割,面对一个本应朝气蓬勃却已奄奄一息的身体,同样的悲痛欲绝。我记得自己也曾夜以继日地坐在一把金属椅子上,挨着马尔蒂娜的病床,紧紧握住她的手。

但愿至少法提玛能挺住,但愿她能挺住,我在心里反复默念。此时,那头飞禽站在我肩头嘀咕:我觉得她挺不住,你看看她的样子,已经无可救药了。该死的,你是从哪儿冒出来的?从你内心深处,我的纳尼,因为理智比幻梦更灵验。我晃动肩膀,想把它赶走。而它却赖在那里讥笑我、嘲弄我。

我俯身看着法提玛痛苦的小身躯,不禁一阵撕心裂肺,这种感觉接近肉体上的痛楚,仿佛胸口被刀割掉一块肉。我真想和她聊聊她的母亲。不知道在她遇害之前,孩子是否曾经拥抱过她。

"您认为,如果埃莲娜·烈威更谨慎一些,她能避免遇害吗?"我问到塔拉莫奈,他正站在一旁,微微弓着背,双手插在腰上,一副痛苦不堪、无能为力的神情。

"对他们来说，付钱的人，而且是付了一大笔钱的人，理所当然地成为那个身体的主人，就像成为给人做伴的小狗或是小猴子的主人一样。对待一只狗或是一只猴子，主人可以为所欲为，即便杀死它们，也无可厚非。我花钱了，就是我的，他们坚信这是天经地义。这个幼小的身体为他们挣了大笔美金，但孩子突然病倒，便只是一张需要喂饱的嘴。这时他们就会把大夫请来，问他：能治好吗？如果大夫说能，他们就把她交给一个老太太，喂她吃药，看看能否治好；如果大夫说不能，他们就把她扔出门，妓院里没有病号待的地儿。埃莲娜不太走运，她去的时候，女儿的病症还没有显现，否则他们立刻就会把孩子给她，不会多说半句废话。但那时她看上去还算健康，可以频繁接客。而这位母亲在那会儿上门去找麻烦，危言耸听，把他们扰得不得安宁。关于如何摆脱一个妨碍生意的女人，他们不懂别的办法，只知道要赶快除掉她，要么用刀子，要么用毒药，要么往头上套一只塑料袋，他们觉得事不宜迟。但是您看，这就是报应，小女孩生病了，这时他们才知道自己做了蠢事，所以我刚一去，他们立刻就把孩子交给了我。当然我也不得不支付一笔钱，为了请一名假医生，给母亲开一份假的死亡证明，还做了一份假文件，把小女孩过继为我的女儿。"

高大、健壮的塔拉莫奈在病床边坐下来，握住法提玛的另一只手，小心翼翼地不碰到用一块创可贴固定、插进血管的几支针头，他低声而慈爱地对她说着话。此刻我明白，自己是多余的。

我骑上自行车，回到家里，冰箱里能找到什么，我就吃什么。我热了一盘凉面条，翻开一本书，打算边看边吃。但书我看不进去。我问自己，我和安妮塔之间的爱情是否已逝，抑或只是进入冬眠。我想给她打电话,但还是克制住了自己,不想再一次听到她对我说"不"。我给她写了一封邮件,告诉她很多情感和习惯就像熊一样,会进入冬眠,它们看上去已然逝去,但随后苏醒,生机盎然。

我想她不会回复。但等到晚上,我发现手机上有一条提示。是她在 WhatsApp[①] 上给我发了一条短信:"爱情会像熊一样进入冬眠吗?我很想念你,我的大熊,你远在天涯,近在咫尺。让我继续睡会儿吧,也许醒来后我会更加理智,更加坚强。但现在我没有力气去做任何决定。我爱你,纳尼。"

我不敢相信自己的眼睛。我的高傲、冷淡的安妮塔,我的智慧、聪敏的安妮塔,我的倔强、强势的安妮塔,我的温柔似水又冷若冰霜的安妮塔正在冬眠,但或许她苏醒后不再如此执拗!

这是真的,还是从我绝望的渴求中生出的幻影?

54

终于,在发现照片和露西亚的手环之后,警方重新开始调查,他们也意识到那双鞋和那把剃须刀很可能只是为了混淆视听。但两杯红葡萄酒留下重重疑点:从什么时候起,小女孩们也开始喝葡萄酒了?然而,人们已经达成共识,曾在那栋别墅里,在那间地下室里的并不是被追捕的克莫拉秘密组织成员,而是小女孩露西亚,这一点几乎可以肯定。孩子是将近两年前的十月二日失踪的,至今未发现任何踪迹。自然,各大报纸又开始报道这一事件。

---

① WhatsApp,一款智能手机通讯应用程序。——译者注

　　小女孩的父亲乔万尼·特雷贾尼提前休假,开着自己的卡车亲自寻找女儿。小女孩的母亲卡尔梅拉依旧在家里缝制嫁衣,但人们看到她越来越频繁地站在家门口向街上张望。这是她家的女邻居维尔吉尼亚·佩拉说的,她再也不提孩子的母亲就是凶手,甚至否认自己曾经有过这种怀疑:"好多人都认为凶手是她,可我一直都说她是无辜的。看看她的脸就足以明白一切,因为痛苦,她长出了多少皱纹。"

　　我被警方叫去,接受警长的审问,不止一次,而是好几次。六月已经开始,学校即将放假,我努力不让弗朗西斯科·巴斯勒牵扯到这件事里来,但别人已经知道是他偷偷潜入花园,找到小手环和贴着衣着暴露的小女孩照片的相册。弗朗西斯科对自己的发现洋洋自得,忍不住跟所有人讲,使调查重新启动的人是他。幸好,他所做的那些侦查功劳不小,这拯救了他,也拯救了我,使我免遭众人责难。我发现大家在和我打招呼时,都向我投来狡黠的微笑,如同在说:你够老练的啊,挺会办事儿,不错! 不过你可得多加小心,因为我们也不比你傻……

　　当务之急是要找到玛穆奇和小女孩。两人的照片已被四处张贴,消息已经告知广播电台,边境也接到了通报。功能强大的网络也终于发挥作用,小女孩和因禁者的照片得到转发。

　　最终,我获得批准,可以进入那座花叶装饰风格的小别墅。"但不能碰任何东西,一切必须保持原样。"这是条件,我接受了。

　　弗朗西斯科请求我,或者可以说要求我带他一起去:他成功了,尽管他父亲强烈反对。就这样,我们一起进入那座荒芜的花园,他对那里已经很熟悉了。那些蜿蜒的小径无序地交错在高高的野草和带刺的荆棘之间,实际上,是他带我在其中穿行。我们登上满是裂痕的台阶,来到别墅门前。门上虽然还遗留着封条,但门半掩着,推开就能进去。百叶窗全关着,屋里光线很暗,我们打开了灯。从门口走进客厅,这里看上去像是一百年没变过样子:外表已经磨损的巧克力色皮质长沙发和单人沙发,深色实木家具,镶金边儿的红色天鹅绒窗帘,一面嵌在银质复古花纹镜框里的镜子,地上是带有二十世纪初期流行的抽象派图案的波斯地毯,四周已经开线,显得陈旧不堪。

门口有一级通往二层的楼梯,我们登上二楼。走廊里有三扇门。

第一扇门通往主卧,这间屋里有一张偌大的华盖床,旁边一只胡桃木床头柜,上面摆着一盏布罩台灯,灯罩上垂着一圈水晶坠饰。还有一组衣柜,也是胡桃木的,柜门很高。我把它打开,一股刺鼻的樟脑味儿扑面而来。衣柜里有两三件挂着的外套,几件熨过的衬衫,一床叠成四折的白色被子,几条蓝黑色条纹床单。底部钉着一块倾斜的木板,上面摆着一排男鞋,有二十几双,每双都是擦拭干净的,油光锃亮。警察告诫过我不要擅自查看,因为他们已经搜查过了。但我还是搜检了一番,虽然也没发现什么特别之处,除了一只内增高鞋垫,它隐藏在角落里,上面印着一只黄色的小老鼠图案。

另一间屋里有一张深色的木质写字台和一组书柜,我好奇地走到跟前。书柜上排列着哲学书、历史书、拉丁语书、希腊语书。还有《圣经》《神曲》以及普鲁斯特全集。在书柜高处,不用梯子都够不到的地方,我发现有一些儿童文学和青少读物的经典作品:《匹诺曹》《鲁滨孙漂流记》《丛林之书》《灰姑娘》《蓝胡子》《金银岛》《小王子》《爱丽丝漫游奇境》。

写字台上,一部雷明顿牌古董打字机十分引人注目,按键上落着一层灰尘。我没有发现电脑,但从地板上散落的传输线可以得知,肯定有人拿走了一台。

长长的一排文件夹都空着,这说明离开的人不想让别人看到什么。

"他转移转得挺彻底。"我说道,弗朗西斯科表示认同。我觉察到他想跑下楼去查看囚室。

"等等,咱们不用着急,先把这部分起居室仔细看看,然后再下楼。"

在第三间屋里,我们看到两条卷起来用绳子拴好的垫子,一辆崭新的动感单车,还有许多健身用的哑铃。

在走廊尽头,有另一级楼梯通向小塔。我们快速爬上陡峭的台阶,来到小塔的露台,四周的墙上是尖尖的城齿。从这里望去,整个社区尽收眼底,特雷贾尼家看得清清楚楚,显然,从这里可以轻而易举地监视小女孩露西亚的进进出出。那么绑架是早有预谋,经过仔细策划并严格按照计划执行的,还是一时冲动?

"这个人爱看书,并非浅薄之人,他住在一座城堡似的房子里,这里气息凝滞,他脑子里究竟在想些什么?为什么会绑架一个小女孩,并把她囚禁了将近两年?"

"也许他是个疯子。"弗朗西斯科心不在焉地回答我,他正全神贯注于那些家具,以强迫症般的细致把它们打开、关上,"或者他想有个秘密的新娘。"

"不仅是秘密的,简直是与世隔绝的新娘。可迟早会露出蛛丝马迹:他如何能如此自负地认为自己能瞒住所有人?"

"可他的确做到了。以他的沉默,以他混淆视听的伎俩。他料定警察手段有限,漫长的调查会令他们倦怠。"

"我不明白他的动机,不明白。"

"我也不明白。"

最后我们来到厨房,这里朝向花园,弗朗西斯科正是在花园里爬到树上拍了照片。地面白色和绿色相间的瓷砖上铺着一块合成纤维做成的地毯,我们在它底下发现了通往密室的活动门板:虽然嵌在地板上,但打开它毫不费力。弗朗西斯科掀开沉重的铁盖,用手电筒照亮了通往地下的一级陡峭的楼梯。我们把脚踩在螺旋式楼梯的台阶上,小心翼翼地下行,终于进入密室。这里比我想象中大得多,还带一间小盥洗室,配有淋浴和浅紫色的马桶。洗手池也是浅紫色的,上面挂着一面镶嵌在镀金相框里的镜子。

弗朗西斯科一刻不停地寻找,把每个地方都搜了个遍,但他戴着手套,并且把所有移动过的东西都分毫不差地恢复到原位。

"你在找什么?"我问他,"你不知道警察已经到处都搜索过了吗?"

"我知道,但我有另一套方法。"

"什么方法?"

"一种把所有头绪都综合在一起的思路。"

"我没明白。"

"我把自己设想为他,跟随他的脚步。"

"为什么不把自己设想为她,小露西亚?"

"先跟随他的脚步,然后再跟随小女孩的脚步。"

我看到他俯下身,在水泥地板上爬行,然后平躺在地垫上,双手交叉在脑后。

"从这儿能听到楼上的脚步声。小女孩肯定知道他什么时候在家,什么时候不在。"

"你认为这对于露西亚而言重要吗?"

"当然重要。她一定生活在恐惧之中。万一他遭遇车祸,她就等于被活埋了。大家拼命寻找她的时候都没能找到她,那么在所有人都把她忘得一干二净的时候,她如何能吸引别人注意？这间屋子做了隔音,那个杂种干得不错。"

"所以你认为他一直把她关在这里,与外界隔绝,从没让她离开这里半步？"

"当然了,他不会做冒险的事,让别人看到她。"

"那么小露西亚整天待在这里会做些什么？"

"他可能为她准备了一些玩具,也许还有些书籍。电视我觉得没有,他想让她和外界失去联系,这下面墙壁这么厚实,还有绝缘板,也无法收到信号。另外,也没有传输插头。"

"无法想象,所有人都忙上忙下地四处寻找她,地毯式搜索了周围的田野,翻遍了所有水井、沟渠、溪流,而她却被关在这底下,也许她曾听到警犬的叫声,警车的声音,还有她父亲的叫喊。"

"他做了一项大工程,这个疯子,他把整间屋子都做了隔音处理。无论露西亚如何喊叫,如何用拳头敲击,从外边都无法听到。不过老师,我还在书里读到,有时囚徒为了避免精神崩溃,会努力让自己喜欢他们被迫栖身的牢笼,最后几乎会爱上它。"

"弗朗西斯科,你说起话来简直像一位精神分析师,我觉得你太老道了。"

"也许她总是躺在这块垫子上,也许她在这儿看书,为了避免思考,为了避免自己被恐惧支配。"

"因为怕他哪天不回来了所以恐惧？不知道她是否想过逃跑……"

"装甲门,铁制楼梯,活动门板上了锁,还用铁杠固定,不可能逃跑。"

"那么，如果他不论出于何种原因，不得不一去不返的话，她就会死去？"

"是的，我觉得露西亚明白这一点。这是她最大的恐惧。"

"然而他总是回来，从早到晚给她送牛奶和咖啡、煎肉排，还有煎鸡蛋和苹果派，就像你从树上看到的那样。"

"这真令人难以理解，但这种事时常发生。您记得那个被囚禁了十五年的小姑娘的故事吗？她被关在一户私人住宅的地下室里，好像是在比利时。"

"记得，所有报纸都报导过。不过应该是那个女孩十五岁，还和她的施虐者生了好几个孩子。"

"不是，我看过的那本书讲的是小姑娘被一个神经病绑架，并且被他秘密囚禁了十五年，但并没和他生孩子。"

"那就是另一起案件。还有另外两三名被绑架的小女孩，她们在被拘禁了两年之后惨遭杀害。"

"同样的事反复发生，不明白为何居然没有任何人能发现蛛丝马迹。"

"难道所有人都瞎了，哑巴了，这可能吗？"

"设想一次分娩。一次没有医生，没有医疗设备的分娩，一位少女无人照管，只能听天由命。她很可能喊叫过，孩子也会啼哭。可能没有任何人听到过吗？"

"可能大家都把耳朵捂住了……"

在那间地下囚室里思考了足足半个小时之后，我们登上楼梯，回到厨房。

"我刚才喘不上气，现在感觉好多了。"

"她是怎么挨过来的，在下面待了两年……"

"有通风系统，您没发现吗？在天花板的一个角落里，我躺着的时候看见的,那儿有一个监控小女孩的摄像头,还有一台鼓风机,通过一截管道把空气吸入,净化后再将它送出。"

"空气污浊,永远待在黑暗中,没有窗户,没有一丝光亮。她能活下来简直就是奇迹。"

"但他考虑得十分周全。为了准备这些,他很可能花费了好几年时间:完美的监控系统,整套隔音设施,安安静静的气泵把空气送入地下室。他可不是毫无准备的人。"

"因此事情并不像报纸报导的那样,是案犯一时头脑发热所为,而是一起预谋已久的绑架。只是我不明白,他绑架她打算做什么。"

我绞尽脑汁,冥思苦想,试图弄明白如此精心策划的囚禁究竟目的何在。与此同时,弗朗西斯科开始用一把刀子在地板上刮来刮去。

"你在干吗?"

"我发现一件奇怪的事儿:这两块瓷砖之间有新抹的石灰。我想看看其中一块是不是最近被撬开然后又重新放回去的。"

事实上,经过反复刮磨,瓷砖松动,脱离石膏,轻而易举地被他掀开。

"老师,您看见了吗?我就知道!"

弗朗西斯科把手伸进洞里,掏出几样东西,一开始,我都没看出它们是什么:一个小枕头,上面印着几只鸭子,还沾着咖啡污渍;一只白色的毛绒熊;一副小太阳镜,镜片是心形的;一双儿童穿的居家鞋,上面的图案也是几只鸭子;最后是一个黑色封皮的笔记本。

"您看我发现了什么!这儿还写着东西呢。"

除了钦佩他的敏锐、他的直觉、他的观察力之外,我还能做什么呢？他把笔记本递给我，我接过来并打开。本子里一页页的纸上布满字迹，它们很小，并且全向一端倾斜。不时有一张页面没写字，而是画着一幅铅笔画。

"弗朗西斯科，你真是个大侦探；如果这是玛穆奇的字迹，那我们发现的东西将成为无比重要的证据。"

"现在您知道了？我早说过我们应该自己开展调查……"

"我们试试看。但必须把我们即将着手做的事情通知警方。"

"如果您告诉他们，他们肯定把所有东西都带走，以他们的节奏，好几年都不见得有什么进展。"

55

我在家里，面前放着黑色封皮的笔记本。我们把其他东西排好放到一支托架上，以后我会把它们交给警察。

我把笔记本打开，这是一本日记，很可能出自凯撒·玛穆奇之手，尽管既没有签名，也没有地址。我答应弗朗西斯科，会把笔记本给他看，但我想自己先看。必须弄清楚它是否可以交给一个小孩，尽管弗朗西斯科一点儿也不像小孩儿。某些地方，他甚至比我成熟。

字迹难以辨认，因为写得密密麻麻、断断续续。玛穆奇怎能忘记如此重要的证据？他明知道房子肯定会被搜查。他真以为把东西放在厨房里一块掩饰妥当的地砖下面，就十分保险，就不会被发现吗？事实上，在此之前，的确没人发现，尽管警方多次来这里进行现场勘察。需要有弗朗西斯科特有的直觉和洞察力，才能发现一块瓷砖周围的石灰是新抹上去的。

他还把自己设想成囚禁者和被囚禁者本人，甚至模拟他们在房间里的行为。

也许玛穆奇故意想让你们找到它，那头飞禽站在我肩头暗示我。我还以为你生气了，再也不回来了，我真想摆脱你：可你为何又冒出来了？只可惜我不能离开你，虽然没有你我能过得更好……你不会知道没有你我的日子将会好多少，但是我又回来了，我要告诉你，你最好还是把那本日记交给警察。首先我必须阅读它。你觉得它能怎样？一个色魔的日记本……还是别看了，会玷污你的双手。我还是要看，因为我想弄明白。有什么值得弄明白的？一个囚禁小女孩的五十岁男子：这除了是色情日志还能是什么。我先看完咱们再讨论。你怎么这么顽固不化？因为这个绑架小女孩的男人令我好奇，我想走进他的头脑里，走进他的心里一探究竟，弄明白是什么促使他这么做。没什么费解的，他是个变态，就这样。他把一个小女孩像囚犯一般关在地下室里监禁了两年，你知道吗？我想知道他这么做到底为什么。为了强奸她，以满足淫欲，阿门。那为什么要监禁她？强奸犯很多，而他们并不把自己的猎物关进隔音的地下室里。这个你自己说过：小露西亚是他的猎物，他想独自享用，偷偷享用……一顿美餐！你别胡说，无论如何，小女孩肯定还活着，否则他用不着逃跑，只要把囚室清扫干净就够了，不会有任何人发现丝毫破绽。

与这头飞禽的争论令我颇为恼火。但我越退避三舍，它便越步步紧逼，用它那猛禽尖利的长嘴猛啄我的脖子，而它却胆敢自称是我的守护天使。

我给自己热了杯柠檬茶，然后坐到沙发上，把笔记本放在腿上，开始阅读。在第二页，我看到一幅画，它穿插在密集而细小的文字之间。这幅画很像我在米兰拜访的那位芬奇拍摄的照片。我问自己,是不是芬奇从巴尔蒂斯那里汲取灵感,然后影响了玛穆奇的画,抑或是玛穆奇启发了芬奇,后者把从两位启示者那里获得的灵感综合在一起,用以拍摄他的照片。只是芬奇的作品显得矫揉造作,极不自然,而这些画却流露出些许随性和粗犷。它们并非出自专业绘画者之手,只是一些情景草图,是由施虐者慢慢勾勒出的受虐者画像。

毫无疑问,玛穆奇反复描绘的小女孩正是小露西亚:消瘦、虚弱、瘦骨嶙峋,一双屈从的大眼睛里流露出些许绝望的神情,摆弄着姿势的四肢像木偶一般。然而这些画像却少有病态之处。作为一幅水彩画的草图,它们看上去并无不妥,几乎就像默画练习,甚至没有巴尔蒂斯画作中的那份色情,在那位法国画家的作品中,小女孩时常被刻画为卑劣的诱惑者,邪恶而淫荡的美人鱼。

56

任性的爱人,易怒的小女孩,死去的小女孩,但如果死亡只是酣睡与等待,如果死亡只是酣睡与沉沦,那么死亡将有多么甜美……长时间的漫步,我的马塞尔①,在巴尔贝克海滨,头戴玫瑰的如花少女在那里等待你。我敬爱的马塞尔,我们谁是文学的延续,是你还是我？我如痴如醉地追随你,脚步踩在前人的脚印上,那些小女孩是真实的存在,还是我看错了,理解错了,我暴戾的主人,我追随你,不知道未来将会如何,也许当天空倾覆而下,露出它的内脏之时,我们能进一步知晓。而天空的内脏,和所

---

① 马塞尔即马塞尔·普鲁斯特。——译者注

有内脏一样，散发着山羊和粪便的腐臭。但不会流血；我发誓，这次不会流血，只和她交谈，只凝视着她——令我赏心悦目之物：花朵绽放之前初生的蓓蕾，在那宝贵而无比娇弱的一刻，它由闭合的绿色花苞化为花冠，肉感的花瓣鲜艳、芬芳。

我问自己，我在看什么：一个疯子的日记，正如那头飞禽站在我肩上所说的那样，抑或是一个被癫狂的无上威力所控制的人所做的反思？一个引用普鲁斯特的文化人，他的幻想与奇特的思维方式混合在一起，与他的文学记忆混合在一起：巴尔蒂斯、《洛丽塔》、普鲁斯特，当然还有值得尊敬的、笔名为刘易斯·卡罗尔的作者道奇森。

小女孩在哭，小女孩还在哭，堵住她的嘴，她咬人的嘴，一只火辣的小狗，一只长着棕色翅膀的小狗，为什么不把她掐死？但我对自己承诺过，不伤害她，我们任由她去乱踢一气吧，她信仰拒绝，这些都是她的宗教仪式，我吃尽了苦头，但我已经准备好接受一切，我要她永远属于我，但我绝不强求，用我坚定不移的爱的力量，当她明白，倔强不过是一种温柔的意愿，就像乳牙一般会松动脱落，那时她就不再踢了，这个无比曼妙的小姑娘将学会爱她的囚禁者，一切绝非偶然，生活在这间屋子里是她的宿命，这间爱之屋……我们要把这称之为惊悚前戏吗？那么只有在梦里才能逃脱。我明白你的痛苦，我的灵魂，我的罪孽之宝，忧伤的小麻雀，你的痛苦也是我的痛苦，因为我也同你一起踢腿挣扎，同你一起受苦……但以后你会发现，拳打脚踢终将变成拥抱，今天你所拒绝的一切，明日你将欣然接受，让内心的自我佯装沉睡，那种佯装的技艺我毫不陌生，踢人的小女孩，哦，她那般踢人，那般喊叫，仅用一只手无法阻止她的喊叫，需要镇定剂，需要更加强有力的东西，把一只注射器插进她细弱的胳膊，幸福便会像舞动的小蛇一般在她的血管中游走，只需承认那种幸福，只需把它化为喜好，被驯服的心灵的喜好。她还在踢人，还在咬人，还在喊叫，但她终将明白，比你预计的还要早，反抗月亮般幽丽的宿命不过是一场徒劳。驯服是我人生的定数，驯服并理解，驯服并宽恕，那些恶魔般的小指甲在我的皮肤上留下疼痛的印记，而我却报之以圣人般的忍让：我为她精心烹饪了一餐佳肴，她虽然拒绝享用，但已经用眼睛品尝到了食物的美味。我必将把她驯服，就像人们驯服过度自由的鸽子那般，折断它们的翅膀。

这种掌控的偏执从何而来？这种拒绝分享、私密占有的执念究竟从何而来？我仔细观看一幅轮廓清晰的画作：一个男人微笑着注视一个被捆绑的小女孩。不是那种性虐色情狂的微笑，看上去甚至颇为甜美。但仔细观察后，我意识到那是一种兽性的微笑，属于一个洋洋得意、不负责任的施虐者。

我接着查阅其它画作。没有一幅描绘色情场面。起初，小女孩难以驯服，因而被他捆住。然后她变得顺从，他便在她睡觉、看书或是玩娃娃的时候画她。经过了多少日日夜夜，他画中的人像才变得消沉、屈从，正如最后几幅草图所体现的那样——目光无神，头发整整齐齐地梳在头上，正如一个聪慧懂事的小女孩？

我冷酷的美人不愿让我碰她的头发，直到昨天，哪怕我只伸出一只手，她都会大喊大叫。但她现在似乎已经懂事了，现在她明白了，顺从了，她已经知道逃跑绝无可能，也没有人能从外边听到她的喊叫。你爱怎么喊叫就怎么喊叫吧，我折磨人的宝儿，没人能听见你。他们带着狗四处找她，那些可怜而愚蠢的畜生，他们不知道为了打造这爱的囚室我曾花费多少心血，因为爱情可以战胜尘世的谋略，爱情拥有雄狮的力量，牢笼即是墓穴，在这与世隔绝的地下，智慧创造已经登峰造极，即便对着喇叭大叫，声音也必然在半路消失。清晨，当我拿着梳子和爽身粉过来时，她已经同意我为她梳洗了。梳头如同滑冰，如同飞翔：细软的头发散发着奶香，就像一个躺在母亲怀里的新生儿，从这个女人的乳房里吸吮乳汁，而我也正在吸吮那只乳房——通过触摸这些丝绸一般的秀发，梳子温和地穿入，小女孩明白我不会伤害她：难道为她梳头也是一种折磨吗？我不想伤害你，我的小宝贝，我在这儿不是为了肢解你，强迫你，而是为了疼爱你，凝视你。仅仅触摸你稚嫩的头发都能令我心花怒放，犹如升上天堂，感觉心中的一切都在飞翔，仅仅闻到你的汗味我便能感受到汗水也从我自己的毛孔中淌出……以后，以后，以后，也许有一天，你会恳求我抚摸你，亲吻你……而此时此刻，我止于这般占有你，透过交错的光线，用我的意念占有你，用我吞回的口水占有你，在这些美好的十月的清晨，阳光也仿佛偷偷地潜入地下，尽管我们在封闭的室内，只有灯光才能看见我们，目光，我们不会被任何世人的目光捕捉到，这令我喜不自胜，有生之年，我还从未沉浸在如此巨大的喜悦之中……我拥有并主宰着一个甜美的梦，一个被诅咒的梦，一个长久以来令人朝思暮想的梦，梦想一个被征服被奴役的身体，一个属于我的身体，完完全全属于我，任何人都不可以触碰，哪怕只用目光。我的朋友，死亡才是最彻底的屈从，有个声音对我如是说，但我不想要你死亡的躯体，我心爱的小姑娘，死亡只有一瞬间，而囚禁接近死亡，却比死亡更持久，持久到足以慰藉多年以来我这副身躯所承受的全部孤独……年复一年，我筹建这座地牢，年复一年，我追随我的梦想，我观察你，监视你，跟踪你，几个月过去了，然后，一只偷偷伸出的手，一点点悄无声息的三氯甲烷，你是我的了。就是你，在我眼皮底下出生的小女孩，我亲眼看着你躺在婴儿车里，被一位总是板着脸的妈妈推着，我亲眼看着你开始走路，两腿摇摇晃晃的小女孩，我亲眼看着你长大，幼小的身体日渐柔软、性感，微笑起来像天使一般的小女孩，她的眼睛犹如两颗星星，从这个小女孩在我眼前出现的第一刻起，我便知道，她将永远属于我。不会有粗鲁的暴行：我的意愿不会对你造成伤害，我的珍宝，我的意念只会促你蜕变，宛若一只曼妙的蝴蝶破茧而出，我不会霸占你柔弱的小身体，我要进入你的深处，比一副阳具所能做到的更加深入，我要成为你的神明，我要成为你活下去的理由，我要成为你的塑造者，我要成为你，正是这一点令我欣喜若狂，因为我深信不疑，随着时间的推移，即便情非所愿，你也将成为我体内的巨人，而我，也将成为你倾覆的思绪中，那个担惊受怕的小女孩。

这些热血沸腾的文字难以追随，它们就像滚滚洪流一般，在激情澎湃的页面上汹涌奔腾。这绝不是一个简单的人。他不是一个强奸、杀人的畜生，而是一个无耻的控制狂，他要偷偷地、秘密地占有自己的猎物，以便能够操纵她，在"用身体霸占之前"，先"以意念"改造，就像他自己所说的那样。一种变态的计谋，一种摧毁他人的意志，结果无人知晓。这令我想起外表美丽、长而粗壮的大蟒蛇，它会将猎物整体吞下，然后慢慢消化，把骨架的棱角磨平，把依旧鲜活的肉身变滑、变软，它缓慢地将猎物勒死，直到最后一刻，受害者的血液依然流动。

当然，这很奇怪，他竟然感到有必要将这些思绪付诸文字。把这些意图留在纸上，审视它们，让它们在此沉淀片刻，对他而言，仿佛是一种享受。尽管知道这很冒险，但怀揣一个永恒的、完全属于他的秘密，由此而生的喜悦感足以让他嘲笑风险。记住今天，并让它成为明天的滋养？

我问自己，我手中的这些疯魔怪异的文字究竟体现了纯粹文学的快感，抑或揭露了不应被任何旁人知晓的秘密欢愉。一本完全属于自己的日记，在这里低声细语地和自己交谈。尽管一切留在纸上的文字都有被旁人的眼睛看到的危险，玛穆奇却似乎并不畏惧。那会不会，那只蠢鸡站在我肩膀上说，正是被他人阅读的渴望成为他写作的动力，他要以此摆脱紧张而痛苦的思考，它们令他头痛欲裂，口唇焦灼？一位擅长写作的文化人，运用文笔，把他捕获的生灵锁在纸上，正如一位耐心的昆虫学家，即将用针钉住标本。

57

学期结束了，我专心于阅读。弗朗西斯科来找我，他想看玛穆奇的日记。

"日记是我发现的。"他得意洋洋地说道，并反复强调他有权阅读这些手稿。

"我懂，但等我先看完。我先给你看几幅画。"

我给他看了几幅速写:画上的小女孩摆着各种各样的姿势。除了在最初的几幅里,小女孩的嘴被堵住,身体被捆绑着,其余的画像看上去越来越平静。露西亚在他身后看书,露西亚坐在地上玩玩具娃娃。

"这就是冰箱上的那个娃娃。"弗朗西斯科目光尖锐,"证据确凿。"

吃饭的露西亚,睡觉的露西亚。几幅描绘沉睡中的小女孩的画流露出某些情感,我斗胆称之为柔情。但那是真正的柔情吗?

"你认为,在仅有几平米的空间里囚禁一个小女孩,那里缺少空气,缺少阳光,迫使她远离所爱的人,完全与世隔绝,这样的人能对他的俘虏满怀柔情吗?"

"不知道,我也没兴趣知道。"

"你知道这令我想到什么吗? 有一天,我在厨房里抓到一只正在结网的蜘蛛。一只不伤人的小蜘蛛,我出于慈悲没有杀死它:我用手指夹住挂着蜘蛛的网,把它扔到窗外。晚上我回家的时候,发现它还在结网,仍然在厨房里,你想象不到我当时有多吃惊。仔细一看,发现它俘虏了一只苍蝇,猎物已经被网缠住,正在无力地挣扎。"

"蜘蛛在履行它的天职。"弗朗西斯科评论道,他日益成熟,日益理性。他的客观令我颇为困窘,我觉得他比我更成熟、更务实、更理智,观察事物更加细致专注,观点更具建设性。

"蜘蛛在履行它的天职。"我承认,"但它的天职令人生厌:把一个鲜活的生灵困在裹尸布里然后吃掉。"

"这是它的天性。"

"那你认为,我们的蜘蛛人会对一个毫无防卫能力的小女孩满怀柔情吗？他恰似那只昆虫，困住她，折磨她，让她与世隔绝。"

"我不想分析他，我只想让他被起诉，然后被投进监狱。他不配其他。"

"弗朗西斯科，你是个无可挑剔的警察。先进、高效、责任感十足。而我却只会做梦，因此我永远不可能成为侦探。"

"也许在客观务实的人身边，需要有个梦想家。"

"你说起话来简直就像我父亲：弗朗西斯科，你真让我头疼。"

"老师，我是个男人。首先，因为我现在已经快十四岁了，我曾留级三年。其次，因为我目睹自己的父亲自杀身亡。他吊在那里，身体摇摇晃晃的样子至今依然不时浮现在我眼前。第三，在父亲死后，我曾帮助母亲维持生计，我家里还有三个弟弟。第四，因为我生来就是个善于逻辑思维的人，我是下棋高手，这绝非偶然；您知道吗？去年我在区级①大赛中夺冠。"

"可你有另一位父亲！你母亲曾和我说起过他。"

"那个混蛋和我母亲结婚就是为了有人能往监狱里送干净内衣给他……"

"你母亲什么时候再婚的？"

"几年前，她遇到那个无赖，让我叫他父亲。但我只想呸他一脸！"

"弗朗西斯科，我想你能做到更加宽宏。一说起父亲，你简直像疯了一般。"

"您别称他为我父亲，因为他不是。尽管我生父杀死了

---

① 这里的"区"指意大利的行政大区，在国家之下，省之上。——译者注

我妹妹,但他起码还是个有些感情的人,他自己惩罚了自己。可那个现在和我们住在同一个家里,胳膊上带文身的白痴我才不会认他,我母亲和他结婚真是大错特错,她任由自己被他利用,而且还怕他。"

"他现在不在监狱里吧?"

"他出来了,这真是我的不幸。他们真应该关他一辈子。"

"他为什么进监狱?"

"我也不知道,跟毒品有关。一个毒贩子。我母亲爱上了他,把他带回家,而他居然胆敢发号施令!"

"弗朗西斯科,你的理智都去哪儿了? 不过我现在明白你成熟的心智从何而来了……"

"老师,我快十四岁了,我是个男人。"

"我觉得说你十五岁也不过分,你有成年人的头脑。"

"我懂得维生之道。"

"你为什么对寻找露西亚这么上心?"

"我失去了妹妹,就像您失去了女儿。她才六岁,身上中了好几刀,人就这样没了。"

"这我不知道。在哪儿? 谁干的?"

"我父亲干的,老师,我刚才跟您说过……但是经过我以后再告诉您吧。"

"你不想告诉我他为什么杀她吗?"

"我也不知道,一说起这件事我就难受,真想把它忘掉。"

"可你这么热衷于寻找露西亚,是因为想念你的妹妹吗?"

"我不知道,也许吧。我觉得我天生就是做侦探的料。"

"我现在也觉得的确如此。"

"那您能把日记给我吗？"

"我一看完就给你，弗朗西斯科，我向你保证。总之，我感觉日记里没写任何淫秽内容，你可以放心看。"

"您以为我不懂什么是淫秽吗？淫秽我家里就有过，我不也挺过来了。"

"你能从中走出来，内心变得更强大，这很重要，换了别人很可能承受不住，甚至被击垮。"

"咱们不说这个了。总之我没兴趣知道那个魔鬼是怎么想的。他有什么幻想，有什么感悟，我都不在乎，那些都是心理学家该好奇的事儿。我只在乎证据。画着露西亚和玩具娃娃的那幅画就是最有力的证据。我拍的那些照片里，就有一张拍到了他家冰箱上放着一个一模一样的玩具娃娃。而他居然把娃娃和被囚禁的小女孩画在一起，他也早晚会被蜘蛛钳制。"

"问题是怎么找到他，玛穆奇。"

"已经启用互联网，会找到他们的。消息已经流传开了，他们已经被众人穷追不舍。"

"如果再不抓紧，他很可能在被抓住之前杀害小女孩。"

"如果之前他都没这么做，那么现在他也不会这么做。"

"你觉得他会向警方投案自首吗？"

"我不认为他会主动认栽。他肯定能逃多久就逃多久，不能再逃的时候就找个地方丢下小女孩，然后自杀。"

"你怎么这么肯定？"

"这是一种可能性，咱们等待事态进展吧。"

58

　　孤独的男人,孤独至极,只能离群索居,装聋作哑,卑鄙下流。我能想到的一切不过都是无比空洞的词汇,然而恰在此刻,我的孤独布满繁星,而我,密中之密的占有者,成为天空的主人。他们不再寻找她了,尽管残余的灰烬散发着烧焦的气味,当一个小女孩的身体燃烧时,整个宇宙也在燃烧。但我没有碰过她,没有进入她的身体,没有毁坏她的容貌,我本可以这么做,因为她在我的掌控之下,绝对而彻底的掌控,足以使得神圣的火花迸射而出。我怎么会后悔绑架?它令我热血沸腾,如梦如醉。我要说,是我孕育了那个幼小的身体,她来自我的谨慎周全,来自我的肉欲狂热,一个从你腹中诞生的小女孩,不育的男人,不幸的男人,一个完全属于你的小女孩,还有什么事能比这更荣耀、更非凡、更成功呢……? 对于外面那些四处张望、抗议、调查的人而言,这种成功无法理解。而我更强大、更机智,比其他所有人更具狐狸的狡猾和雄狮的强悍,我根本不在乎那些警犬以及人们围堵的计策。他们永远抓不到我。另外,无论我去哪儿,小女孩都会跟随着我,因为她是我的创造物,我的光荣,我幸福晚年的依靠。只要看看她茅塞顿开的样子就足够了,我从未怀疑过她的聪慧,也从不认为她会对我撒谎,我了解一颗冰冷、麻木的心灵有多么难以触动,但她领悟了,她同意了。有人会说,她不过是适应了而已,但某些更为深刻的东西,正在我爱情的巢穴中扎根。她在这里梦想,她在这里癫狂,她在这里吃我每天带给她的美味。一段时间以来,她总是吃不够冰激凌。要带奶油的,她说,要带刚刚搅拌的奶油,因为囚禁会导致贪嘴,多么贪嘴!但我不能一次买太多冰激凌,这会引起怀疑:他要在那个永远大门紧闭的家里招待谁?他不是一个人住吗?我必须小心谨慎,不能引起别人的注意,因此每次只能买一点点冰激凌:巧克力冰激凌,能多益①酱冰激凌,撒上巧克力碎的冰激凌,是的,请加奶油。我发现卖冰激凌的小贩用奇怪的眼神看着我:我要去外边吃饭,我们一共五个人,您能在盒子里放点冰块儿吗?欺骗,为了不引起怀疑而愚蠢地欺骗,马塞尔②,你对此颇为了解,欺骗会扰乱你的心智,但需要欺骗的时候,你会随机应变,因为欺骗也可以令人心变得温和,一颗贪恋巧克力的心。我喜欢看着她吃冰激凌,弄得满嘴黑,一双眼睛闪烁着光芒,我喜欢看她把舌头伸进奶油,把它舔进嘴里的样子,我喜欢看她用渴求的眼神望着我的样子,一只寻求许可的小狗儿,这里谁是主人,她心中有数,她已经大彻大悟,铭记于心,就像一颗钉子植入大脑……但她是幸运的,因为我是个慈爱的主人,正是这一点令她为难;如果主人凶狠暴力,她本应该继续乱踢,可如果拘囚她的人表现得既宽宏,又友善,那么她的脚还能往哪儿踢呢?我的要求只是看着她,看着她稚嫩的身体一饱眼福,那身体属于我,这是命中注定,这是对我美德的报偿……永远,我悄声低语,永远,她没听见我的话,但她心知肚明,我们永远紧密相连,我们将一同死去,因为极乐,因为骄傲,因为彻悟。她和我并无不同,

---

① 能多益,意大利巧克力酱品牌。——译者注
② 马塞尔即马塞尔·普鲁斯特。——译者注

我们在同一个家里,我们同样对捕获着魔,我们是彼此的延续,我们是父女,但或许也是母子,因为在某些日子里,我变得无比弱小,感觉她在保护我,照顾我,我哭泣着,把自己想象为她的孩子,她的创造物,如同她是我的创造物一样,她诞生于我的头颅,弥涅尔瓦诞生于朱庇特的头颅①,一个娇小的生灵,有着柔软的蓝色身体。我们绝不能失去彼此,为此我才要驯服她,按照我的想象,按照我的样子塑造她,她就像一个绝妙的生灵,拥有一副翅膀,并以此代替思想,她永远与我相连,通过一条滋养她的血脉,它发自我的头颅,抵达她的血管,我们已经在彼此体内,而我从未进入她的身体,她为此对我感恩不尽,当我温柔地对她说话时,当我给她梳头时,当我给她洗弄脏的脚丫时——她一直不愿意穿鞋,而地板从没擦过,覆满尘土——她总是乖乖顺从。捧着那双脚丫其乐无穷,它们散发着栀子花和铃兰的芳香,我小心翼翼地把它们捧在手心,放入温热的水中,她咯咯地笑了,因为我弄痒她了,我多想把那双脚丫砍断,干净利落地砍断,那样她就永远、永远无法离开了。但鲜血令我恐惧。你不会砍断它们的,凯撒,那些骨骼属于一个柔弱的小生灵,她无力自卫,你那美丽至极的小生灵有着血肉之躯,每一晚你都在滋养她,尽管独自睡在你的那张华盖床上。或许终有一日,你将怀抱着她,一起睡在那张床上,当她足够成熟时,当她把所有的记忆消耗殆尽时,当她从心灵深处接纳你时,当她爱上你时,当她沉醉在爱情之中时,就像十八世

---

① 弥涅尔瓦,古罗马神话中的智慧女神,据传说,她诞生于朱庇特的头颅。——译者注

纪童话里的美女爱上野兽。那时，将轮到她来请求你，甚至是乞求你进入她的身体。那时我将进入她的身体，以无尽的温柔，以极致的淫荡。我要纵身扑进那稚嫩的肉体之中，就像一只对蜜汁如饥似渴的蜜蜂，抽身而出之时，我必将无比陶醉，万分激动，沉浸在无尽的幸福之中。待到那时，我将怀抱着我的新娘，把她抱到屋里，那时我们再神圣地结合，我们还要生个孩子，一个纯粹而彻底的爱情之子，一个永远不会长大的孩子。

他真该死！这个恶魔一般的男人。我意识到，这些癫狂的文字带着某种魔力，既恐怖，又可憎，但尽管可憎，却也有几乎令人心痛之处。身为男人是命运的残酷，不能独自怀孕，不具备孕育并滋养一个小生灵的肚腹，无法让一个小生灵在自己脏腑的黑暗中诞生，一个有血有肉、完全而绝对地属于他的小生灵。杰佩托又回来了，带着他亘古不变的自负：成为神，凭空创造出一个酷似你的小生灵。但匹诺曹逃跑了，独立自主是他的追求。这个小女孩不是木头做的，而是血肉之躯，却不能行走，动弹不得，无法呼吸空气、沐浴阳光。事实上，在那些画中，她日渐消瘦，日益苍白，我能设想出她孤僻阴郁、精神涣散、听天由命的样子，她甚至已经麻木不仁，习惯了被人拘禁的生活，以至于不再想方设法争取逃脱。

我明白这本日记必须立刻交给警方，不能再耽误时间了。一定要在囚禁者开着汽车，载着小女孩从某座桥上跳河自杀之前找到他。

我给弗朗西斯科打电话，建议他来我家看日记，然后我就把它交给执法部门。日记里有玛穆奇犯罪的种种证据。

弗朗西斯科看了一点儿就厌烦了。他不像我这般，对一个错乱的头脑生出的畸形想法如此着迷。"魔鬼"的心理他不感兴趣,他喜欢称他为"魔鬼",他只想置他于穷途末路,把他投进监狱。

"我想让他也尝尝被囚禁的小女孩所经历的恐惧和痛苦。"他神情凝重地说道。

"让他蹲监狱还不够吗?"

"他是个胆怯懦弱的人,害怕一切。面对一排执行枪决的枪手,他肯定吓得浑身哆嗦……给他上绞刑更好。您觉得让他上绞刑架如何?"

他一边说一边微笑,明知道我反对死刑。他就像一位行侠仗义的绿林好汉,温和地挑唆着我。

"幸好我们这里不存在死刑!"

"那我们就让它存在。对待这样的人,施以什么刑罚都不过分。"

59

马上就到七月了,天气炎热得令人窒息。围拢在玛穆奇和小露西亚四周的封锁圈越收越紧。互联网一旦启用,一切便很难逃出网民的眼睛,他们眼观六路,无处不在。几十个电话打过来,说曾经看见过他们,先在法国,之后在西班牙。因为新闻报导又重新开始鼓噪,警方也感到有必要尽早结案。

很多报纸刊登了绑架者所画的画以及玛穆奇日记里的段落,从中可以得知,小女孩并未遭到强暴,而是被当作人质囚禁,就像一枚私藏的珍宝,不能拿来与别人分享。露西亚的照片随处可见:所有人都曾认为被绑架的小姑娘已经死了,然而她实际上却被一个恋童癖囚禁。是谁让这些案情信息四处流传?它们应该严格保密,至少在逮捕玛穆奇之前。

甚至孩子们，尤其是弗朗西斯科那几个最要好的伙伴，也因追捕嫌犯而激动不已。他们几乎把自己当成事件里的主角，因为被绑架的小女孩不仅和他们在同一座城市，而且在同一个社区，同一所学校。

"老师，您觉得他会在被逮捕之前把她杀死吗？"

"会找到他们的，她也会平安回到父母身边，我确定。"

"我继父说，他宁可掐死她，也不会把她交出来，因为他觉得那是他的东西，不愿让任何人碰她。"

我在想，真应该听弗朗西斯科的，把玛穆奇的日记偷偷收好，现在它已经落到那群八卦记者的手里。

"谁也不能把人当成自己的物品。人们可以拥有一辆自行车，一所房子，一辆汽车，但不能占有一个人：清楚了吗？"

弗朗西斯科微笑地注视着我。某种默契将我俩联系在一起。只要一个眼神，就能明白对方的想法。成为发现这些线索的主导力量，他为自己感到骄傲。如果不是他，露西亚可能永远也无法找到。所有人都曾认为她已经死了，被埋葬了，然而她却被囚禁在地下，被一个幻想狂控制，很可能最终被他饿死。

缝制嫁衣的女裁缝卡尔梅拉很是高兴，但她并没表现出来。她性格内敛，这一点她丈夫并不具备。记者们在特雷贾尼家楼下蹲守，而他又请了几天假，用来回答他们的提问。听他所说的那些话，似乎女儿只是他一个人的，和妻子毫无关系。记者们因为找到了愿意说话的人而兴奋不已，他们拥挤着围住他，索求新闻素材。

"特雷贾尼爸爸说他一直相信女儿还活着。"阿莱西亚在班里引述道。

"现在所有人都这么说。"

"我母亲认为他会再次把她藏起来，永远没人能找到他们。"

"他会在脖子上拴一块石头,抱着她跳海。"

"你在说什么胡话?"

"社区里的人这么说的。"

"大家说他是个疯子,这所有人都知道。人们一直怀疑他,但没有证据。"塞提米诺说道。

"是弗朗西斯科凭着他的足智多谋发现了那处藏身之所。"我更正道。

实际上,弗朗西斯科已经成了名人,他们都围在学校门口等着采访他。他回答提问时既清楚又简单,一点儿都不摆架子,有着成年人的沉稳。

总之,整座 S 城都慷慨激昂:人们拭目以待,期盼早日找到玛穆奇和他的猎物。大家早已忘了小法提玛,她还住在医院里,与病魔斗争。

我去看望她,这次没看见塔拉莫奈。小女孩的外祖母陪着她,正在慈爱地给她念着一则童话。小姑娘显得心不在焉,精神游离。我想和她说话,但她没有回应我。

"我认识你妈妈,你知道吗?以后,等你好些的时候,我给你看她的日记,是她邮寄给我的。她不顾危险去寻找你,我觉得她非常勇敢。等以后有机会,你也给我讲讲她去那家妓院接你的时候都发生了什么……"

孩子的外祖母是位依然年轻漂亮的女性,她注视着我,仿佛我也在讲述一则童话。小女孩似乎耳不能闻,口不能言。

"她能康复吗?"我跟随早晨来查房的医生来到门外,向他询问。

"她能康复,但需要时间。身体可以恢复得很好,精神上就不好说了。她已经三次企图自杀。"

"是她外祖母告诉您的吗?"

"被困在那家非法妓院时,以及在回国途中她都曾企图
自杀,后来在这里住院的时候又有过一次。"

"您怎么得知她被囚禁在那家妓院时曾企图自杀?"

"是塔拉莫奈先生告诉我的。"

"这太可怕了,在遭受那么深重的苦难之后,她却为难
自己。"

"我们已经十分清楚,未成年人遭到性侵最令人痛心的
后果便是孩子视自己为敌人。受害儿童几乎全都会把施暴者
的鄙视内摄①,认为自己肮脏、可怕。按照这种消极的心理机
制,错误永远是性侵受害者的。强奸犯几乎变成了木已成舟
的命运,残忍却不可抗拒的事实,就像地震、水灾一般,他的罪
过反而减轻了。"

"法提玛在那家非法妓院里大概待了多久?"

"大概六个月,就是那段时间让她丧失了对自己的尊重
和爱。我们现在努力让她恢复的正是这些。"

"幸运的是,她有个慈爱的、能照顾她的外祖母。"

"还有塔拉莫奈也和她很亲近,也许是为了纪念她的母
亲,他们在金边相识。"

"一个仗义的男人。"

"我觉得他和这位年轻的外祖母之间似乎有爱情的
火花。"

"真的吗?"

"我听到他们谈论结婚的事儿了。"

---

① 内摄,心理学术语,是一种常见的心理防御机制,即把客体或者客体的
一部分包含为主体的自我的过程。——译者注

"那小女孩就有父母了。"

"的确如此。"

我对自己说,对于一个残酷的故事而言,这是个美好的结局。法提玛将会痊愈,即便不能康复如初。她还将拥有一个家,一个爱护她、为她疗伤的家。

60

找到他们了,玛穆奇和小露西亚,在萨拉戈萨①的一家汽车旅馆里。那是七月初的一个下午,几位心明眼亮的网民记下了一辆逃逸车辆的车牌号码。他们曾连续数日追踪那辆深绿色的马自达。很多人都曾看见过他,但他不停地更换城市。人们终于等来了他们被找到的消息。西班牙警方通知了意大利警方。然而当他们冲入酒店房间时,发现他已死去,小女孩则正在熟睡。和弗朗西斯科预言的一模一样。

他的照片——帅气、高大,一只手放在额头上,捋着一撮垂到眼前的头发——被各家报纸刊登。有人甚至设法弄到了一张汽车酒店房间的图像,并把它公之于众:他躺在地上,鲜血从太阳穴里流淌而出,她则在床上睡觉,身体蜷缩成一团。

弗朗西斯科预料得没错,事实的确如此。心爱的猎物一旦被人剥夺,玛穆奇便不想再苟全性命了,于是朝自己的头开了一枪。

乔万尼·特雷贾尼现在登上了舞台,说一切都在他预料之中,说他从一开始就怀疑那个龌龊的男人,还说现在小女孩需要父亲。没有卡尔梅拉的消息。

———————————

① 萨拉戈萨,西班牙第五大城市。——译者注

　　我去找她，女儿终于被找到，并且安然无恙，我要问她是否开心。她来给我开门，一副着急有事要做的样子。她请我坐在她对面，与此同时，继续缝制一件炫目的白色婚纱，它轻薄柔软，以银丝刺绣。

　　"一场奢华的婚礼。"我说道。

　　"是的，他们很有钱。"

　　"您为什么不和记者聊聊？您丈夫把风头全占了。"

　　"我不想。"

　　"他成了偶像，说事情都在他预料之中，一切都是他发现的。"

　　"他特别开心，我觉得这样挺好。"

　　"那您不开心吗？"

　　"找到女儿我当然非常开心。明天我们就出发去萨拉戈萨。"

　　"到萨拉戈萨你们也会遇到记者，这件事在国外也影响巨大。"

　　"我只在意露西亚已经找到了。"

　　"而且大概他也从来没碰过她……"

　　"是的，这个绑架者有点古怪。他一直认定自己像对待女儿一般宠爱她。可谁会把心爱的女儿关在地下室里将近两年？连一条狗都没法生存！"

　　"比起小法提玛所遭受的一切，她算幸运的。"

　　"等露西亚回来后，我要去见法提玛。"

　　"到现在她还不说话，不见任何人。另外，孩子身患晚期梅毒，希望能治愈。"

　　"我必须感谢您，纳尼老师，您一直认为露西亚还活着。"

　　"您感谢我的学生弗朗西斯科吧，他是个有天赋的小侦探,不仅非常勇敢,而且足智多谋。"

"但是您影响了他。我清楚地记得,我们第一次见面时,您给我讲了您做过的梦。我当时把您当成幻想狂了。"

"真的?也许我是有点儿幻想狂,我太爱做梦了。"

"有梦的人很幸福。我总是记不住自己的梦,我甚至根本没有梦。我的夜晚一片漆黑。"

"有婚纱的微光。"

她微笑起来,放下顶针、剪刀、银丝线,把长长的、轻薄柔软的婚纱放在一把椅子上。

"我得收拾行李。"她一边说一边把我送到门口,"前往萨拉戈萨的航班明天清晨起飞。"

卡尔梅拉如此逆来顺受,这一点令我十分恼怒。我真想把她摇醒,让她开口,告诉她牺牲自己并非总是好事,甚至对那些你为之付出牺牲的人而言也不是好事。而她,刚从门口返回便重新拾起针和银丝线,戴上陶瓷顶针,又开始缝制那件华美的嫁衣,似乎只有如此,才能找回内心的平静。

我在报亭买了一包报纸,然后回到家里。

你满意了?那头飞禽跳到我肩膀上,居心叵测地问我。当然了。但我觉得你还很忧伤。我不忧伤,只是孤独。给谁打个电话吧,某个小姑娘,某个女人,她们到处都是。我可没任何心思左顾右盼。还有女校长,她说她爱你。她是唯一能让我身体出轨的女人,但和她做爱的时候,我一直想着安妮塔。爱情可以以后慢慢培养,乌鸦坚持说道,你可以先和她恢复交往:拥抱她,亲吻她,对她甜言蜜语。我真没这个心情。那你就接着打光棍儿吧,活该!我乐意。

他一如往常地恼羞成怒,转身离开。

我给自己冲了一碗速溶汤,打开一本书,把它靠在装满水的玻璃杯上,打算边吃边看。这时电话铃声响起。这次我真不想接,我对自己说道,我太累了,不想重复说同样的话。但随后我在手机屏幕上看到安妮塔的名字。我立刻接起电话。

"我为你感到高兴,纳尼,你太棒了。"

"我没那么棒,只是固执而已。"

"那些预兆梦呢?我都不知道自己嫁给了一位预言家……"

"什么预言家啊!我不过是个忍受不了孤独的傻子。"

"你知道吗,它也重重地压在我心头。"

"什么?"

"那件愚蠢而自负之物,我们称之为孤独。一切事情我都自己做,我很强大,能照顾好自己,并且引以为傲:你看我过得多好,你看我多能干,我不停地对自己这么说!可然后呢,我独自坐在电视机前吃一盘冷饭。"

"你没在说笑吧?"

"一口袋土豆我都觉得太沉,沉得拿不动。"

"我来拿,一整口袋。"

"或者我们一人拿一点儿,你说呢?"

我的心,抑或不是,是我的阴茎,也许二者一起,分别从衬衫和裤子里跳了出来,开始在屋里飞来飞去,它俩这般欢天喜地,以至于我无法把它们放回原地。

21世纪年度最佳外国小说书目
（2001—2017）

2001 年：

1. 要短句,亲爱的 〔法〕彼埃蕾特·弗勒蒂奥 著

2. 雷曼先生 〔德〕斯文·雷根纳 著

3. 天空的皮肤 〔墨西哥〕埃莱娜·波尼亚托夫斯卡 著

4. 无望的逃离 〔俄罗斯〕尤·波里亚科夫 著

5. 饭店世界 〔英〕阿莉·史密斯 著

6. 凯恩河 〔美〕拉丽塔·塔德米 著

2002 年：

7. 老谋深算 〔美〕安妮·普鲁克斯* 著

8. 间谍 〔英〕迈克尔·弗莱恩 著

9. 尘世的爱神 〔德〕汉斯-乌尔里希·特莱希尔 著

10. 幸福得如同上帝在法国 〔法〕马尔克·杜甘 著

11. 黑炸药先生 〔俄罗斯〕亚·普罗哈诺夫 著

12. 蜂王飞翔 〔阿根廷〕托马斯·埃洛伊 著

---

* 即安妮·普鲁。

33. 病魔　〔委内瑞拉〕阿尔贝托·巴雷拉　著

34. 希腊激情　〔智利〕罗伯托·安布埃罗　著

35. 萨尼卡　〔俄罗斯〕扎·普里列平　著

36. 乌拉尼亚　〔法〕勒克莱齐奥　著

37. 皇帝的孩子　〔美〕克莱尔·梅苏德　著

2008 年(本年起,以评选时间标志年度):

38. 太阳来的十秒钟　〔英〕拉塞尔·塞林·琼斯　著

39. 别了,那道风景　〔澳大利亚〕亚历克斯·米勒　著

40. 优美的安娜贝尔·李　寒彻颤栗早逝去

　　〔日〕大江健三郎　著

41. 大师之死　〔法〕皮埃尔-让·雷米　著

42. 午间女人　〔德〕尤莉娅·弗兰克　著

43. 情系撒哈拉　〔西班牙〕路易斯·莱安特　著

44. 曲终人散　〔美〕约书亚·弗里斯　著

45. 我脸上的秘密　〔爱尔兰〕凯伦·阿迪夫　著

2009 年:

46. 恋爱中的男人　〔德〕马丁·瓦尔泽　著

47. 卖梦人　〔巴西〕奥古斯托·库里　著

48. 秘密手稿　〔爱尔兰〕塞巴斯蒂安·巴里　著

49. 天扰　〔加拿大〕丽芙卡·戈臣　著

50. 悠悠岁月　〔法〕安妮·埃尔诺　著

51. 图书管理员　〔俄罗斯〕米哈伊尔·叶里扎罗夫　著

2010 年:

52. 转吧,这伟大的世界　〔美〕科伦·麦凯恩　著